Über dieses Buch Die Husumer Landratstochter Franziska zu Reventlow, um die Jahrhundertwende strahlender Mittelpunkt der Münchner Boheme, erzählt in ihrem ersten Roman ›Ellen Olestjerne‹ (1903) – nur leicht verschlüsselt – die Geschichte ihrer eigenen Kindheit und Jugend im Husumer Schloß und in Lübeck. Sie schildert das gespannte Verhältnis des Mädchens Ellen zu ihren Eltern, besonders zur Mutter, ihre ›Erziehung‹ im Freiadligen Magdalenenstift Altenburg, ihre Kämpfe gegen die Tradition eines alten Adelsgeschlechts, die befreiende Wirkung moderner Literatur, die sie im ›Ibsenklub‹ heimlich mit Freunden las, ihre Flucht aus dem Elternhaus, ihre ersten Münchner Jahre bis hin zur Geburt ihres Sohnes. In den Roman sind, zum Teil fast wörtlich, Briefe an den Jugendfreund Emanuel Fehling und Partien aus ihren Tagebüchern eingeflochten. Wenn Franziska zu Reventlow hier von sich und ihrer Erfahrungswelt erzählt, werden zugleich Lebensgefühl und Denkweise der Jahrhundertwende aus weiblicher Sicht deutlich. Gisela Brinker-Gabler schreibt dazu in ihrem Nachwort: »›Alles können, alles beherrschen‹, stellt sich ein Mädchen vor, träumt dann von einem freien Leben als Malerin, probt Liebe und Intimität im Sichaussprechen mit der Jugendliebe, entdeckt Reiz und Spannung des erotischen Abenteuers, phantasiert den immerwährenden Rausch, sehnt sich nach zärtlicher Geborgenheit, wünscht sich leidenschaftlich Unabhängigkeit und ein ungeteiltes Leben für die Kunst, erfährt Liebe als Unterwerfungsverlangen und Selbstaufgabe, übt sich in der Kunst erotischer Distanz, erlebt mütterliche Liebe als lebendige Erfüllung und Ganzheitserfahrung. So entfaltet der Roman ein Spektrum von Gefühlen und sexuellen Regungen, von alten und neuen Wünschen, führt sie als Bedürfnisse einer Frau vor, die für sich in Anspruch nimmt, sie zu leben. Das bringt die ›alte Ordnung‹ durcheinander, bedeutet für die Frau selbst Widersprüche und schmerzhafte Verstrickungen, auf keinen Fall – bis heute: eine eindeutige Lösung.«

Die Autorin Franziska (Fanny) Gräfin zu Reventlow wurde 1871 als zweites von fünf Kindern eines Landrats in Husum geboren. 1892, mündig geworden, floh sie aus dem strengen Elternhaus, zunächst nach Wandsbek, später nach München, um Malerei zu studieren, und wurde dort zum Mittelpunkt der Schwabinger Boheme um die Jahrhundertwende. Sie war u. a. befreundet mit Ludwig Klages, Rainer Maria Rilke, Karl Wolfskehl und Erich Mühsam, schrieb Romane, Tagebücher und Briefe, malte und stand Modell und hielt sich finanziell vor allem mit Übersetzungen (u. a. von Anatole France und Maupassant) über Wasser. 1897 wurde ihr Sohn Rolf geboren, dessen Vater sie niemals verriet. Franziska zu Reventlow starb 1918 in Locarno.
Im Fischer Taschenbuch Verlag liegen außerdem folgende Bände vor: ›Tagebücher 1895–1910‹ (Bd. 1702), ›Briefe 1890–1917‹ (Bd. 1794) und die Biographie von Helmut Fritz ›Die erotische Rebellion. Das Leben der Franziska Gräfin zu Reventlow‹ (Bd. 2250).

Franziska Gräfin zu Reventlow

Ellen Olestjerne

Roman

Mit einem Nachwort
von Gisela Brinker-Gabler

Fischer Taschenbuch Verlag

Die Erstausgabe erschien
1903 im Marchlewski Verlag (^{2}1904),
die 3. Auflage 1911 im Verlag Albert Langen,
München.

Veröffentlicht im Fischer Taschenbuch Verlag GmbH,
Frankfurt am Main, November 1985

Lizenzausgabe mit freundlicher Genehmigung des Albert Langen – Georg Müller Verlags GmbH, München – Wien

Umschlaggestaltung: Jan Buchholz/Reni Hinsch
Umschlagabbildung: Franziska Gräfin zu Reventlow.
Ölportrait von Marie von Geyso (um 1903).
(Deutsches Literaturarchiv – Schiller-Nationalmuseum, Marbach)
Druck und Bindung: Clausen & Bosse, Leck
Printed in Germany
980-ISBN 3-596-25894-4

Vorwort

»Mit gewichtiger Festigkeit, mit gleichmütiger Sicherheit treten Sie auf.
Alle Schnörkeleien, alle kleinliche Eitelkeit verachten Sie; gleichmütig gehen Sie Ihren Weg, oft kommt es dabei vor, daß Sie die zarte Rücksicht für andere dabei aus dem Auge verlieren und dadurch, unabsichtlich, verletzen.
Ihrem Denken und Tun legen Sie etwas zu viel Wichtigkeit bei, Sie sammeln und forschen auf *einem* Gebiet.
Sie gehören nicht zu jenen Schablonen-Salondamen, die in Gedanken an Toilette und Geselligkeit ihr Genüge finden, aber auf idealem Gebiet liegt Ihr Feld nicht, Sie neigen mehr zum Realismus, und Materialismus könnte zur Klippe werden, wenn nicht manche, freilich wohl durch anderes unterdrückte Seite Ihres Wesens ein Gleichgewicht hielte.
Ihr Wille ist fest, oft etwas kampfbereit.«
Dem Leser bleibt es überlassen, ob er dies graphologische Gutachten, das sich die Gräfin Franziska zu Reventlow 1890 oder 1891 – den Verfasser nennt sie nicht – ausstellen ließ, durch ihre Tagebücher, ihre Briefe, ihre Werke und diesen Abschlußband der Gesamtausgabe, der den Titel »Autobiographisches« trägt, bestätigt findet.
Der 1901 unter dem Einfluß von Ludwig Klages geschriebene Roman »Ellen Olestjerne« hat kaum dokumentarischen, wohl aber autobiographischen Wert, weil die Verfasserin für diese Geschichte ihrer Kindheit und Jugend ihre persönlichen Erinnerungen zu Hilfe nahm und ganze Passagen aus den Briefen an den Jugendfreund Emanuel Fehling einarbeitete.
Auch in den Novellen und Skizzen ist der Stoff aus den

Erlebnissen geschöpft. Dabei wird eine Entwicklung sichtbar: Bis 1900 schreibt Franziska Reventlow in der Ich-Form. Mit fortschreitenden Jahren wird die Distanz stärker: Das Ich weicht dem Wir. Dabei zeigt sich vor allem die Begabung, hinter dem Vordergründigen das Hintergründige sichtbar werden zu lassen und dem Skurrilen und Makaberen einen realen Sinn zu geben. Die Novellen erschienen im »Simplicissimus«, in der Monatsschrift »Die Gesellschaft« und in Buchform 1897, 1917, 1925 und 1972; die Skizzen werden erstmals in den Husumer Nachrichten und in der Frankfurter Zeitung veröffentlicht.

Ein anderes Bild – das eines unabhängigen Geistes – bieten die Abhandlungen in den von Oskar Panizza herausgegebenen »Zürcher Diskussionen« 1898 und 99. Im »Männerphantom der Frau« spricht F. R. in für die damalige Zeit ungewöhnlich kühner Form über das Verhältnis der Geschlechter zueinander. In »Viragines oder Hetären« riskiert sie eine kritisch-spöttische Auseinandersetzung über die Emanzipation der Frau, die man gerade von dieser Seite am wenigsten erwartet hätte.

Der hier zum ersten Mal publizierte Aufsatz »Erziehung und Sittlichkeit« ist eine scharfe Attacke auf die Moralbegriffe des Bürgertums, ausgelöst durch die 1900 erlassene »Lex Heinze« (Lex Hompesch), die u. a. verschärfte Strafbestimmungen für Verletzung des Schamgefühls vorsah und besonders in Intellektuellen- und Künstlerkreisen teilweise heftigen Widerstand gefunden hatte.

Die Erinnerungen der Fünfzehnjährigen über ihren Aufenthalt im Freiadligen Magdalenenstift Altenburg 1886–87 wurden wahrscheinlich in einem Zug niedergeschrieben, als sie nach einem Jahr zwangsweise das Institut verlassen mußte. Man erhält einen ungeschminkten Einblick in das fast kadettenhafte Erziehungssystem, dem

die jungen Mädchen, z.T. noch Kinder, unterworfen wurden. Die Folge war der Hinauswurf der rebellierenden Fanny.
Die Briefe an Paul Schwabe 1896–99 – einen Freund, der als Kaufmann außerhalb des Künstlerkreises stand, in dem sich Franziska Reventlow bewegte – zeigen die Kraft, mit der sie gerade in diesen Jahren gegen materielle Not und Krankheit anging und dank ihrer Vitalität den seelischen Zusammenbruch überwand, als ihr Gatte ein neuerliches Zusammenleben ablehnte.
Der Brief an Ludwig Klages vom März 1913 nach einer Schweigepause von 10 Jahren gibt dieser geistig-seelisch stärksten Beziehung, die F. R. zu einem Mann gehabt hat, nach der schmerzhaften Entfremdung von 1903 einen menschlich versöhnlichen Ausklang.
Wie heißt es in dem graphologischen Gutachten: »Auf idealem Gebiet liegt Ihr Feld nicht – Sie neigen mehr zum Realismus.« Wenn man so will, könnten die Briefe an Hans Hinrich Busse, die sich mit der Herausgabe der »Ellen Olestjerne« beschäftigen, den nicht unbeträchtlichen Realitätssinn der Verfasserin dokumentieren.
Die bisher ungedruckten Gedichte sind – hauptsächlich vor 1892, der Flucht aus dem Elternhaus, geschrieben – hemmungsloser Ausdruck der nicht ausgelebten leidenschaftlichen Sinnlichkeit des jungen Mädchens.
Das Wort Dichtung verdienen diese Verse kaum. Sie gehören indessen zur Autobiographie, weil sie von der starken emotionalen Vitalität zeugen, die in den kommenden Jahren der Reife geistig gebändigt und diszipliniert zu einer spielerisch eleganten Prosa führten.
Dieser Schlußband idealisiert nicht Franziska Reventlow. Mit schärferen Konturen wird das Bild ihrer Persönlichkeit vertieft, der Frau und Künstlerin, die mit unbestechlichem Blick und unbeirrbarer Wahrheitsliebe die eigenen

Unzulänglichkeiten erkannte, und die 47 lust- und schmerzvolle Jahre ihres Daseins buchstäblich dem Leben abgerungen hat.

München, Oktober 1979 Die Herausgeberin

Ellen Olestjerne

Roman

1903

Briefe an Hans Hinrich Busse

Sommer 1903

Ellen Olestjerne

Erster Teil

Schloß Nevershuus lag grau und schwerfällig unter hohen Bäumen mit seinen breiten Seitenflügeln und dem viereckigen Turm, der kaum das Dach überragte. Aber von seiner Plattform aus konnte man weit über Meer und Heide sehen und auf die kleine Küstenstadt hinunter, die sich zwischen Deichen und grünen Wiesen hinzog.

In früheren Zeiten sollte es einmal irgendeiner schlimmen Fürstin als Witwensitz gedient haben – von daher stammten wohl die altersschwarzen Ölbilder droben im Rittersaal und allerhand Spukgeschichten, die immer noch im Volksmund fortlebten, obgleich das Gut jetzt schon lange im Besitz der Familie Olestjerne war und die gemalten Damen mit ihren feierlichen Mienen auf die Schicksale und das Treiben einer anderen Zeit herabsahen.

Es konnte immer noch einen melancholisch unheimlichen Eindruck machen, das alte Schloß, wenn die Herbststürme durch alle Kamine heulten wie geängstigte arme Seelen, oder wenn der Nebel vom Meer heraufstieg und alles in seine wogenden grauen Schleier einhüllte. Aber es hatte auch seinen Frühling und seinen Sommer, wo die Sonne alles Düstere aus den weiten hohen Räumen herausleuchtete, wo der reiche grüne Garten um die grauen Mauern blühte und drüben in der Ferne das Meer blau und schimmernd dalag.

Für die Bewohner von Nevershuus ging die schöne Jah-

reszeit ebenso still und gleichförmig hin wie der Winter. Der Gutsherr Christian Olestjerne war meist draußen im Felde oder auf der Jagd, und seine Frau saß mit ihrer ältesten Tochter am Steintisch unter den Buchen, wenn sie nicht in Küche und Vorratskammer zu tun hatten. Die Freifrau Anna Juliane war eine schöne, stattliche Frau mit raschen, dunklen Augen und eiserner Tatkraft – von früh bis spät auf den Beinen, um überall nach dem Rechten zu sehen. Aber dabei hatte sie nichts Leichtes in ihrer Art, das Leben zu nehmen, es türmte sich alles vor ihr auf wie ein Berg, über den sie nie hinaussehen konnte – die Wirtschaft, der große Haushalt, die Kinder, tausend Dinge, die täglich zu tun und zu überlegen waren und ihr beständig im Kopf herumgingen. Seit ihre Älteste erwachsen war, hatte sie nun wenigstens jemand, mit dem sie das alles teilen und beraten konnte, während sie des Vormittags im Garten saßen, Wäsche ausbesserten oder Obst zum Einkochen schälten.
Wenn nur das Heu von den Strandwiesen hereinkäme, ehe es wieder Regen gab und alles zugrunde ging wie im vorigen Jahr – Gott weiß, der Vater hatte diesen Frühling schon genug Ärger gehabt; das durfte nicht noch dazu kommen. Wie lange würde sich Nevershuus überhaupt noch halten lassen, bei all den mißlichen Verhältnissen.
»Ach Mama«, sagte dann wohl Marianne in ihrer ruhigen Weise, »quäl' dich doch nicht darum, es hat ja noch Zeit bis zur Heuernte.«
Aber die Mutter war schon längst wieder bei anderen Gedanken – ob Marianne meinte, daß das neue Kindermädchen zuverlässig sei? Ellen und Detlev waren in letzter Zeit gar so unbändig, und sie hatte jetzt doch nur die beiden Kleinen zu hüten. Und wie würde es Erik nun wohl auf der Schule gehen – mit Kai wollte es ja immer noch nicht recht vorwärts, und vor allem war seine Ge-

sundheit eine rechte Sorge. Ja, Sorgen überall, und Sorgen mußten ja sein. Es war ein Wort, das die Freifrau häufig gebrauchte, und wenn sie dabei angekommen war, konnte sie so aus tiefster Seele heraus seufzen. Dann fiel ihr plötzlich wieder ein, daß sie versäumt hatte, irgend etwas anzuordnen, und sie ging mit ihrem raschen Schritt ins Haus hinein, um es nachzuholen.

Manchmal seufzte Marianne dann im stillen mit: die Mutter ließ sich und anderen wenig Ruhe, und ihre rastlose Lebhaftigkeit hatte beinahe etwas Aufreibendes – es war keine Kleinigkeit, ihr immer das Gleichgewicht zu halten, besonders, wenn sie sich in Taten umsetzte. Mochten nun die Dienstboten etwas versehen haben, die Jungen mit schlechten Zeugnissen heimkommen, oder die Kleinen irgendein Unheil anrichten – immer war es Marianne, bei der sie Zuflucht suchten, die alles ausgleichen und vermitteln sollte. So atmete sie meist erleichtert auf, wenn der stürmische Vormittag vorüber war und die Mutter sich nach Tisch mit einem Buch ins Wohnzimmer zurückzog. Für Marianne kamen dann die besten Stunden des Tages, wo sie dem Vater bei seinen Schreibereien half, oder ihn bei seinen Rundgängen auf dem Gut begleitete.

Auch die jüngeren Geschwister wußten diese häusliche Nachmittagsruhe nach Kräften zu genießen. Es war die Zeit, wo sie ungestört allen möglichen verbotenen Unternehmungen nachgehen konnten – den alten Gärtner drüben im Nebenhaus besuchen, wo sie Kaffee bekamen und an seinen langen Pfeifen rauchen durften, oder die Dorfkinder, die schon lange wartend am Gitter standen, hereinlassen und mit ihnen am Graben Brücken bauen und Schiffe schwimmen lassen. Das Kindermädchen hatte noch zu tun, und wenn Erik dabei war, ließ man die Kinder ruhig eine Zeitlang ohne Aufsicht. Ellen folgte dem älteren Bruder durch dick und dünn und zog den kleinen Detlev an der Hand hinter sich her. Mit vereinter Anstrengung bekamen sie ihn über alle Gitter und Schwierigkeiten weg, und wehe ihm, wenn er schrie oder sie verklagte.

In diesem Sommer war das Nachmittagsglück nicht mehr so ungetrübt wie früher, denn seit Erik zur Schule ging, wurde er hochmütig, fing an, Ellen, die sonst seine unzertrennliche Gefährtin war, zu verachten, um sich zu den Großen zu rechnen. Sie hatte jetzt manches auszustehen – zuweilen fiel es ihm ein, ihr Unterricht zu geben, sie sollte ihm Geschichten nacherzählen oder Buchstaben in den Sand schreiben, und lehnte sie sich im Gefühl ihrer Ohnmacht dagegen auf, so wurde sie einfach übergelegt und durchgeprügelt. Manchmal kam dann Lise, das Kindermädchen, ihr zu Hilfe:

»Laß doch Ellen in Ruh', was hat sie dir getan?«

»Da brauchst du dich gar nicht hineinzumischen«, sagte Erik überlegen. »Mama ist immer sehr strenge mit Ellen, und wenn sie nicht da ist, muß ich Ellen verhauen, damit sie sich nichts einbildet.«

Im ganzen war das Mädchen recht froh, ihn jetzt für einen Teil des Tages los zu sein; wenn er wieder zur Schule war, ging sie mit den beiden Kleinen auf die einsame Graskoppel hinter dem Garten, wo Owe Jensen, der lange blonde Knecht, arbeitete. Und die ganze Gesellschaft war dann sehr vergnügt, Owe ließ seine Arbeit liegen und wanderte mit Lise langsam die breiten, grasüberwucherten Wege entlang, während die Kinder Hand in Hand hinterdrein trottelten. Zuweilen brachte er auch seinen Freund mit; das war Lise zuerst nicht ganz recht gewesen, denn Klaus Sörens war eine Art Räuberberühmtheit in der Umgegend und erst vor kurzem aus dem Zuchthaus entlassen. Aber allmählich fand sie, daß es

auch seine Vorteile hatte, wenn er mitkam. Dann konnte sie ungestört mit Owe im Gras liegen und brauchte sich nicht um die Kleinen zu bekümmern. Detlev bekam einen schönen, weichen Platz, wo er schlief oder mit den Beinen im Sonnenschein strampelte, und der Zuchthäusler spielte mit Ellen. Sie liebte ihn leidenschaftlich und war selig, wenn er mit ihr herumjagte oder ihr Blumen und Erdbeeren pflückte. Man hatte ihr wohl eingeschärft, nichts davon zu erzählen, und das tat sie auch nie. Bei Lise und ihren Freunden fühlte sie sich viel wohler wie zu Hause, denn Mama und Prügel kriegen waren so ziemlich die ersten Begriffe, die ihr Bewußtsein zu fassen vermochte und die für sie in eins zusammenfielen.
Die kleine Ellen hatte schon frühzeitig ein dunkles Gefühl davon, daß sie mit dem linken Fuß auf die Welt gekommen sein mußte. Sie war ein etwas schwächliches, zurückgebliebenes und dabei scheues, trotziges Kind, an dem niemand besondere Freude hatte, und das zwischen den beiden Brüdern nicht recht zur Geltung kam. Eigentlich war sie überflüssig und wurde fortwährend hin und her geschoben. Wenn Erik ihre Gesellschaft wünschte, durfte sie mit zu Nachbarskindern oder Besuchen, wußte er nichts mehr mit ihr anzufangen, so wanderte sie wieder in die Kinderstube. Und er konnte sie nur brauchen, solange sie sein willenloses Werkzeug und Echo war, Löcher wühlte, wo er Bäume pflanzen wollte, ihm die Bälle aufsammelte oder auch nur dabeistand und seine Taten bewunderte. Aber mit der Zeit bekam sie ihren eignen Kopf, wurde eigensinnig und ungefällig und wandte sich immer mehr dem kleineren Bruder zu. Im Grunde fuhr sie dabei noch schlechter wie früher, denn war schon Erik verzogen und bewundert, so wurde Detlev, das goldhaarige Jüngste, vom ganzen Hause vergöttert und stellte sie völlig in den Schatten. Dazu kam noch,

daß sie jetzt die Ältere war und für alles, was sie zusammen verbrachen, die Verantwortung zu tragen hatte.

Ellen kam allmählich zu dem Schluß, es läge alles nur daran, daß sie ein Mädchen war; das bekam sie ja unzählige Male zu hören: Kleine Mädchen dürfen nicht so wild sein – kleine Mädchen klettern nicht auf Bäume – kleine Mädchen müssen ihre Kleider schonen – diese verwünschten rosa und weißen Kleider, die sie zu Tisch anbekam und die immer gleich zerrissen oder schmutzig waren. Manchmal klagte sie dann verzweifelt dem Mädchen ihr Leid: »Wenn ich doch nur ein Junge wäre!« Und Lise tröstete sie: »Warte nur, bis du sechs Jahre alt bist, dann wirst du einer.«

Der sechste Geburtstag kam und brachte ihr die erste, schwere Enttäuschung. Als sie aufwachte, wollte sie Kleider von Erik anziehen, denn jetzt war sie doch ein Junge und wollte auch verzogen und bewundert werden. Aber sie wurde nur entsetzlich ausgelacht, selbst der Vater lachte mit, und dann erfuhr sie, daß sie immer ein Mädchen bleiben müßte. An dem Tage konnte Ellen sich über nichts mehr freuen.

Dafür war sie nun sechs Jahre alt und sollte anfangen, lesen zu lernen, neben Mama auf der grünen Gartenbank stillsitzen mit den schrecklichen Buchstaben vor sich, die man nie behalten konnte.

Die Buchen waren eben erst grün geworden, die Luft voller Bienensummen und sommerlichem Gezwitscher. Das machte Ellen so zerstreut, daß es mit dem Lesen durchaus nicht gehen wollte. Drüben schaufelte Detlev in dem großen, weißen Sandhaufen, jeden Augenblick schielte sie sehnsüchtig zu ihm hinüber. Aber die Mutter ließ nicht aus, sie nähte und schalt, während Ellen wahre Fieberphantasien buchstabierte. Fast regelmäßig endete es mit Klapsen und Tränen, und dann kam das Aller-

schlimmste: der lange, graue Strumpf, an dem sie zur Strafe stricken mußte, – der Strumpf, der nie ein Ende nahm und auf den viele, viele Tränen hinunterliefen, während Detlev im Sand spielte und die Sonne schien.
War Ellen dann endlich entlassen, so ließ die Mutter einen Augenblick ihre Näherei sinken und seufzte: »Es ist doch wirklich ein Kreuz mit dem Kind!«

Gegen Ende des Sommers wurde der fünfzehnjährige Kai schwer krank. Die Mutter war Tag und Nacht bei ihm, und die anderen Kinder bekamen sie kaum mehr zu sehen. Marianne mußte für den Haushalt sorgen, und so gab es einmal wieder Freiheit, denn diese hatte alle Hände voll zu tun und konnte sich nicht viel um die Kleinen kümmern. Während dieser Zeit schlief auch Ellens Unterricht fast ganz ein, statt dessen entstand ein erbitterter Wettkampf zwischen Erik und ihr, wer die schönsten Teufel zeichnen könnte. Da kam eines Tages Mariannes Freundin Hedwig Janssen dazu, die eine Pastorentochter war, und sagte mit ihrer etwas heiseren Stimme: »Du solltest doch den Kindern verbieten, immerfort Teufel zu malen, ich finde es wirklich nicht recht.«
Marianne verbot es, und nun hatte das Zeichnen allen Reiz verloren.
Abends lag Ellen lange wach im Bett, drüben am Tisch saß das Kindermädchen und nähte.
»Du, Lise, wer ist eigentlich der Teufel?«
»Warum willst du das wissen?«
»Weil Hedwig gesagt hat, es wäre nicht recht, wenn wir ihn immer zeichneten.«
Lise versuchte ihr zu erklären: Ein böser Geist, von dem alles Schlimme herkam und der große Macht besaß.
Das Kind setzte sich im Bett auf und horchte gespannt.
Zuletzt erzählte Lise ihr die Geschichte von einem Mann,

der sich dem Teufel verschrieben hatte mit Leib und Seele. Dafür bekam er alles, was er wollte, aber zuletzt, als er sterben sollte, erschien der Böse, um ihn zu holen, und er mußte mit in die Hölle.

»So, aber jetzt sollst du schlafen, Ellen.«

Kais Krankheit dauerte sehr lange, und selbst die Kleinen fühlten die trübe, lastende Stimmung, die über dem ganzen Hause lag. Sie suchten sich alles mögliche auszudenken, was ihm Freude machte, denn sie hatten ihn alle sehr lieb.

Kai wollte Naturforscher werden, sein ganzes Zimmer war voll von Steinen, Schmetterlingen, ausgestopften Vögeln, und hinten im Garten stand ein verdorrter Baum, wo er tote Tiere für seine Skelettsammlung aufhängte. Was die Geschwister jetzt an verendeten Katzen, ertränkten jungen Hunden und anderem Getier fanden, kam an den Baum, und sie freuten sich heimlich auf die Überraschung, wenn er wieder aufstand.

Aber Kai stand nicht wieder auf – – die Großen wußten es schon lange, daß er sterben mußte. Mama war blaß, sie hatte tiefe Ringe um die Augen und schalt nicht mehr so viel, und der Vater sprach kaum ein Wort.

Eines Vormittags spielten die beiden Jüngsten im Garten. Seit dem Frühstück hatten sie niemand von den anderen gesehen, und unten im Schloß war alles still.

Gegen Mittag kam Erik aus dem Haus, er setzte sich auf die eiserne Treppe, und Ellen hörte, daß er laut weinte. Sie rannten zu ihm hin und quälten ihn mit Fragen, aber er schluchzte nur immer lauter.

»Kai ist tot!«

Tot – Ellen empfand nur einen furchtbaren Schrecken, ein Gefühl von kalter, beklemmender Angst, wie sie es noch nie am hellen Tage gehabt hatte. Sie klammerte sich fest an Erik und weinte entsetzt mit. Detlev wurde auch

bange, er wußte nicht, was das alles bedeuten sollte, und rief laut nach Mama. Statt dessen kam die alte Stina heraus, ihr Gesicht war ganz verstört und zusammengefallen – die Kinder hatten sie noch nie in Tränen gesehen.
»Ihr müßt ganz ruhig sein, ihr könnt jetzt nicht zu Mama.«
Dann ging sie mit ihnen durch den Garten. Sie saßen am Abhang dicht beim Schloßgraben, und Stina und Erik sprachen darüber, ob Kai wohl in den Himmel gekommen sei: ja, gewiß war er das – Kai war ja ein so guter Junge, hatte so viel gebetet, noch in den letzten Tagen – denn er wußte ja selbst, daß er nicht wieder gesund würde. Ellen hörte schweigend zu: wie konnten sie das so sicher wissen – und wie war es wohl im Himmel? Sie wußte sich nichts darunter vorzustellen, und dann kamen andere bange Gedanken: wenn sie selbst stürbe – sie käme gewiß nicht in den Himmel, weil sie so schlecht war.
Später kam Marianne und holte die Kinder ins Wohnzimmer. Dann gingen alle zusammen hinauf. – Alles war so still und unheimlich, Kai lag im Bett wie sonst, wie er die ganze Zeit dagelegen hatte, nur etwas blasser und mit gefalteten Händen. Ellen hatte ihren Vater an der Hand gefaßt; es war so sonderbar und so schrecklich, daß die Erwachsenen alle weinten und daß Kai wirklich tot war. Und wie konnte er im Himmel sein, wenn er doch hier tot auf dem Bett lag?
Die Mutter wußte den Tod ihres ältesten Jungen kaum zu verwinden. Lange Zeit hindurch war sie leidend und schwermütig und konnte es nicht ertragen, die Kinder viel um sich zu haben, die immer wieder von Kai sprachen und nach ihm fragten.
So wurde für die beiden Kleinen eine Gouvernante ins Haus genommen, und Ellen bekam nun regelmäßige

Stunden, Tag für Tag, unerbittlich. Sie mochte immer noch nicht lernen, und es wurde ihr bitterschwer stillzusitzen. Einförmig liefen die Tage hin unter vielen Tränen und ewigem Nachsitzen.
Als Detlev größer wurde, fing er an mitzulernen; er war auffallend begabt und hatte die Schwester bald eingeholt. Man wurde sich nun darüber klar, daß Ellen wirklich dumm sei, und sie tröstete sich selbst damit: ich kann nun einmal nicht lernen. Aber im ganzen war Fräulein Anna gutmütig und hatte viel Geduld. Sie kam bald dahinter, daß Ellen für freundliche Worte zugänglicher war wie für Schelte, und sie vertrugen sich ganz gut miteinander.
Das Kind fühlte sich wie geborgen, wenn es nur dem Bereich der Mutter entfliehen konnte – mit Mama war es beständig, als ob man auf Eiern tanzte, jeden Augenblick ging eins kaputt. Wenn sie sich alle Mühe gab, nicht ungezogen zu sein, tat sie unfehlbar irgend etwas, was verboten war oder sich für ein kleines Mädchen nicht schickte. Öfters waren es allerdings auch schwerere Verbrechen, wo Ellen sich schuldig fühlte; aber um Verzeihung bitten und Reue zeigen waren Dinge, die sie nicht über sich gewann, wenn Mama böse war.
So war sie eines schönen Tages mit Detlev verschwunden, und stundenlang wurde nach den beiden Kindern gesucht. Gleich nach Mittag waren sie in den Garten gelaufen und von da auf die Koppeln. Drüben auf der »Freiheit« war Schützenfest, die Musik und die vielen Leinwandzelte lockten unwiderstehlich. Über den Wall, der nach dieser Seite hin das Gut abgrenzte, durften sie nicht hinaus, es war streng verboten, aber Ellen hatte bei dem verlangenden Hinüberschauen alles vergessen. Sie kletterte hinüber und wagte sich mit Detlev an der Hand in das Gewühl. Vor einer Schießbude traf sie ihren alten Freund Klaus Sörens, und das Wiedersehen erfüllte sie

mit großer Seligkeit. Er kaufte ihnen Lebkuchenherzen, ließ sie Karussell fahren und zeigte ihnen alles, was zu sehen war. Besonders von den Seiltänzern waren sie nicht wieder wegzubringen, denn da waren fünf kleine Jungen, die sich in der Luft überschlugen und auf Kniestelzen tanzten. Neben dem Zelt stand ein grüner Wagen mit Blumenstöcken in den Fenstern – darin wohnten sie, sagte Klaus, und fuhren von einem Ort zum andern. In Ellen zuckte es förmlich – wie mußten die glücklich sein! Die ganze übrige Welt war für sie versunken und vergessen; es war nur gut, daß Klaus sie schließlich nach Hause schickte.

Und nun kam ein jäher Sturz aus allen Himmeln. Vor der Gartentür stand Mama: »Um Gottes willen, wo habt ihr die ganze Zeit gesteckt?«

Detlev war so begeistert, daß er sich gleich verschwätzte, und Ellen sah ein, daß lügen nichts half. Aber erzählen wollte sie auch nicht, es war nichts aus ihr herauszubringen, nicht einmal mit Schlägen. Wie immer, mußte sie selbst die Rute holen, die unter dem Klavier auf einem niedrigen Notenpult lag. Während sie in das Halbdunkel unter dem Instrument hineinkroch, tanzten immer noch die bunten Bilder von der »Freiheit« vor ihren Augen. Dann ließ sie die Strafe über sich ergehen und biß die Zähne zusammen, um nicht zu schreien. Den Triumph sollte Mama nicht haben, die jedesmal ganz außer sich geriet über diesen stummen Eigensinn. Für den Rest des Tages wurde Ellen in die Kinderstube geschickt. Das Mädchen war ausgegangen, sie saß ganz allein in einer Ecke und sann Rache. Sie war wütend auf Detlev, der nie den Mund halten konnte – und daß immer alles Schöne verboten war – und Mama – nicht einmal die Hunde bekamen so viel Prügel. – Mama hatte wohl die Hunde auch viel lieber.

Das war nicht mehr auszuhalten, ihr Gesicht glühte vor Zorn und Aufregung. Immer nur Schelte und Schläge – nein, sie wollte lieber fortlaufen, gleich morgen früh fortlaufen. Und dann malte sich Ellen aus, wie sie immer den Deich entlang gehen würde, der sich so endlos in die Ferne schlängelte. Denn da mußte es hinausgehen in die Welt. – In eine große Pappschachtel packte sie ihre liebsten Sachen zusammen, um sie auf der Flucht mitzunehmen. Dann dachte sie wieder an die Akrobaten, sie hatte Geschichten gelesen von Zigeunern, die Kinder raubten und zu Kunststücken abrichteten. Die würden sie gewiß mitnehmen, und was für ein wundervolles Leben mußte das sein, ohne Stunden und Eltern und Gouvernanten. Dazwischen fiel ihr plötzlich ein, was Lise vom Teufel erzählt hatte: wer sich ihm verschrieb, dem konnte er alles verschaffen, was er sich nur wünschte.
Es wurde Abend, die alten Marmorreliefs am Kamin schimmerten matt durch die Dämmerung, aber heute fürchtete Ellen sich nicht. Sie saß tief in Gedanken und rang mit einem großen Entschluß. Schließlich suchte sie sich einen von ihren schönsten bunten Briefbogen aus der Schublade, ging damit ans Fenster, wo es noch etwas hell war, und verschrieb sich dem Teufel mit Leib und Seele, wenn er ihr helfen wollte, zu den Zigeunern zu kommen. Ellen steckte den Brief in ein Kuvert und legte ihn oben auf das Kaminsims, dann ging sie verstockt zu Bett. Das Fortlaufen wollte sie nun einstweilen noch aufschieben.
Als sie ein paar Tage später nachsah, war der Brief verschwunden, der Teufel hatte ihn also wohl gefunden und mitgenommen. – Ellen erschrak furchtbar, ihr Trotz war inzwischen schon wieder etwas abgesunken, aber nun gab es keine Rückkehr mehr.
Die Mutter und Fräulein Anna waren in der folgenden Zeit manchmal der Verzweiflung nahe, denn mit Ellen

war nichts mehr anzufangen, sie wurde von Tag zu Tag ungezogener. Wozu sollte sie sich jetzt noch Mühe geben, wenn sie doch dem Teufel gehörte. Sie wartete nur darauf, daß er sich irgendwie betätigen würde, und fühlte sich einsam und verwegen, als ob die ganze Welt gegen sie stände. Inzwischen überfiel sie manchmal eine furchtbare Angst – wenn er nun kam und sie holte, wenn er jetzt auf einmal hinter der Tür herausschaute! Ellen wagte kaum mehr, durch ein dunkles Zimmer zu gehen. Wenn sie ihre Aufgaben lernte, sah sie nach der Uhr: bis dahin muß ich fertig sein, sonst kommt er. Sie zählte im Gehen Pflastersteine, Treppenstufen, Korridorfliesen und gelobte sich, nur auf jede vierte zu treten, dann sollte er keine Macht mehr über sie haben. Manchmal konnte sie es aber nicht lassen, absichtlich falsch zu treten, um ihn herauszufordern, und dann berauschte sie sich an ihrem schlechten Gewissen – wenn Mama und die andern wüßten, daß sie sich dem Teufel verschrieben hatte und er jeden Augenblick kommen konnte, sie zu holen.

Ein Jahr später kam Ellen am Weihnachtsabend zum erstenmal mit in die Kirche, und nun gab es eine große Umwälzung in ihrem Innern.
Der schmucklose weiße Raum mit dem blaugemalten Sternenhimmel und den zwei brennenden Christbäumen neben dem Altar kam ihr unsagbar schön vor. Auf der vergoldeten Kanzel stand der Propst mit seiner mächtigen, kahlen Stirn und der tiefen Friedensstimme: Siehe, ich verkündige euch große Freude, die allem Volke widerfahren wird, denn euch ist heute der Heiland geboren! Ellen war geblendet und überwältigt, es schien ihr, daß der liebe Gott selbst da oben stände und zu ihr redete, und als ob sie ihn vorher noch gar nicht gekannt hätte. Und jetzt mit einemmal glaubte sie an Gott, glaubte an

das Wunder: der Heiland war auch für sie geboren, um sie zu erlösen von der finstern Macht der Sünde.

Als der Propst von der Kanzel verschwand, war sie ganz unglücklich. Aber dann erschien er wieder vor dem Altar und sagte etwas, die Orgel setzte ein, und der Chor antwortete. Musik hatte Ellen fast noch nie gehört, und es kam ihr vor wie Engelsstimmen, die aus dem Himmel herabtönten.

Als sie hinter der Mutter aus der Kirche ging, sah sie sich noch einmal um; ihr war, als ob der liebe Gott da drinnen in all dem Lichterglanz zurückbliebe. Dann der Heimweg durch die schmalen Straßen und die lange Kastanienallee, die nach Nevershuus führte, – hinter den erleuchteten Gangfenstern sah man die Dienstboten eilig hin und her laufen. Die Eltern verschwanden gleich in den »grünen Saal«, um die Lichter anzuzünden. Oben in Mariannes Zimmer warteten die Geschwister im Dunkeln. Die Stühle wurden dicht an die Tür geschoben, damit man rasch hinunter könnte, wenn es klingelte. Leise sprachen sie von Kai, nun waren es schon vier Jahre, daß er unter ihnen fehlte, und sie dachten daran, wie lustig der große, blasse Bruder an solchen Tagen gewesen war.

Endlich wurde geschellt, und nun stürzten sie die Treppe hinunter, jeder wollte zuerst kommen. Im Eßzimmer standen die Leute in ihrem Sonntagszeug, die Mädchen mit weißen Schürzen und Hauben, die uralte bucklige Köchin, der Gärtner, all die langjährigen Getreuen, die eng zum Schloß und zur Familie gehörten.

Die Flügeltüren gingen auf, im Saal wogte es von Lichtern und Tannenduft, im ersten Augenblick waren alle wie geblendet.

Ellen stand vor ihrem Tisch, sie fand alles, was sie sich wünschte, und dazu noch ein Buch, das Kai gehört hatte. Mama kam und küßte sie.

»Freust du dich, mein Kind – das ist ein Andenken an Kai – ihr müßt ihn nie vergessen.«
Mama sah verweint aus. Es war selten, daß sie so gut mit Ellen sprach, und Ellen hätte sich für sie kreuzigen lassen in diesem Augenblick. Das Herz wurde ihr voll von Weihnachtsseligkeit, am liebsten hätte sie laut geweint.

Neujahr war sie wieder in der Kirche. Neben dem Altar brannten noch einmal die Christbäume, und der Propst redete, aber diesmal war es nicht der wundergläubige Festjubel, den er verkündete, sondern ernste, beinahe drohende Worte von Sterben und Vergehen, von der kurzen Gnadenfrist, die dem Menschen gegeben ist, um sich zu bessern.
Ellen faßte tausend gute Vorsätze, sie wollte von nun an jeden Tag beten und so vollkommen werden, daß niemand mehr über sie schelten konnte. Auf ihren früheren Bundesgenossen, den Teufel, blickte sie jetzt mit großer Verachtung herab – er hatte ihr ja nicht einmal geholfen; aber sie fürchtete sich auch nicht mehr vor ihm. Er konnte ihr nichts mehr anhaben, wenn sie betete: Gott war mächtiger.
Eine Zeitlang strengte sie sich nun wirklich an und betete mit großem Eifer, aber es war so schwer, man fiel doch immer wieder in Sünde.
Gegen Ostern ging Fräulein Anna fort, um eine Stellung im Ausland anzunehmen. Die beiden Kleinen hatten lange Ferien, während die Mutter eine neue Lehrerin suchte. Allmählich fingen sie an zu hoffen, es würde sich überhaupt keine finden, und sie hatten jetzt so viel andere Dinge im Kopf, daß sie ihre Freiheit sehr gut brauchen konnten.
Eine Jugendbekannte der Baronin Olestjerne hatte ihren Sohn drunten in der Stadt zur Schule gegeben, und dieser

schmächtige, schwarzäugige Junge, der Geerd hieß, war ein großes Ereignis im Leben der beiden Geschwister. Sie hatten jetzt einen Freund, den sie mit wetteifernder Leidenschaft liebten und in ihre Geheimnisse einweihten, in alles Verbotene und Verlockende: wie man das verrostete Türschloß zum Turm und zum alten Gefängnis aufbrachte, oder durch eine Luke vom Garten aus in die dunkeln, gewölbten Keller einstieg – in alle verstohlenen Winkel von Schloß und Garten, von denen sie Besitz ergriffen hatten und jeder seinen Namen und seine Geschichte besaß. Geerd war entzückt von alledem, die drei Kinder schlossen sich immer feuriger zusammen und kamen schließlich auf die Idee, ihre Freundschaft durch einen Blutbund zu besiegeln.

Ein Abend, wo die Eltern in Gesellschaft waren, wurde dazu ausersehen, denn diese heilige Handlung konnte nur ganz im geheimen, bei Nacht und Nebel vor sich gehen. Als der Wagen aus dem Hof rollte, stürmten sie rasch in die Kinderstube, wickelten sich in phantastische Gewänder aus weißen Bettüchern, zündeten die heimlich erbeuteten Wachskerzen an und wallfahrteten mit dumpfem Gemurmel, in dem immer wieder das Wort »Blut!« vorkam, durch den Rittersaal, durch die weiten, dunkeln Bodenräume, die sich über das ganze Schloß hinzogen, und dann die schmale Wendeltreppe hinab in die frühere Kapelle. Unwillkürlich hörten sie auf zu murmeln, auf dem glatten Fliesenboden hallte jeder Schritt laut wider, und die tiefen Nischen rings an der Wand waren unheimlich dunkel. An der Stelle, wo der Altar gestanden, war noch eine viereckig aufgemauerte Erhöhung, da stellten sie ihre Lichter hin. Keines von ihnen sprach ein Wort, während sie sich mit einem stumpfen Messer Arme und Beine ritzten und das Blut in einem Glase sammelten. Weil es nicht genug war, kam noch etwas Wasser dazu, dann tranken sie es aus, schwuren sich ewige Treue und furchtbare Rache dem, der zum Verräter würde. Als das geschehen war, wurde die Stimmung etwas leichter. Geerd, der über Taschengeld verfügte, hatte Kuchen und eine Flasche Wein beschafft, und sie lagerten sich zum Mahl um den Altar.

Verspätet und mit erhitzten Köpfen erschienen die drei an diesem Abend im Eßzimmer, und während sie bei Tisch saßen, gingen immer wieder geheimnisvolle Blicke und Anspielungen zwischen ihnen hin und her.

Wenn es irgend anging, feierten sie jetzt jeden Sonntagabend ein heimliches Bundesmahl in der Kapelle, im Keller oder auf dem Turmboden – aber dunkel mußte es sein, und niemand durfte darum wissen, sonst wäre alles entweiht gewesen.

Als aber der Winter zu Ende und es draußen wieder schön und trocken war, fanden sie, daß nun etwas Neues kommen müsse. Anfang April, an einem warmen, lichten Tage, durchstreiften sie den ganzen Garten, diese unerschöpfliche Märchenwelt von Abhängen, Gebüschen und halbverwachsenen Wegen, wo man immer wieder etwas entdeckte: Plätze, wo sie noch nie gewesen waren, Pflanzen, die sie nicht kannten, Ameisenhaufen, Vogelnester und so vieles andere. Besonders war es der breite Schloßgraben, der sie anzog, mit seinem geheimnisvollen, grünen Wasser, auf dem sonderbare große Spinnen wie auf Schlittschuhen hinglitten. An den Abhängen blühten schon die weißen Sternblumen und die Weidenzweige hingen tief herunter. Zuletzt kamen sie in die verwilderte Schlucht, die zwischen Garten und Koppel lag, mit einem schmalen Fußweg mitten durch und ein paar krummen Holunderbäumen.

Geerd ging wie immer zwischen den beiden andern, die sich so ähnlich sahen, daß man sie in gleichen Kleidern

fast für Zwillinge halten konnte. Trotz der zwei Jahre, die zwischen ihnen lagen, waren sie fast gleich groß, beide mit kurzem, blondem Haar und den scharfen Olestjerneschen Familienzügen. Ellen war im Lauf der Jahre kräftig und gesund geworden und stolz darauf, daß sie es mit jedem gleichaltrigen Jungen aufnehmen konnte.
Es war Bundestag heute, und sie ratschlagten gewaltige Pläne, gingen ernst prüfend umher und maßen die Schlucht mit den Augen. Dann wurde Geerd das Wort zuerteilt, und er schwang sich in einen Baum, um seiner Rede mehr Nachdruck zu verleihen:
»Bundesgenossen, hier wollen wir unser Reich gründen – unser Königtum –, von hier aus soll es wachsen, sich ausbreiten und die Nebenreiche verschlingen, wo jetzt noch unsere Feindin, die grimme Fürstin Anna Juliane, herrscht. Wir wollen sie entthronen und uns zinsbar machen.«
Die beiden andern stimmten ein furchtbares Kriegsgeheul an und schwangen ihre hölzernen Speere.
Von früh bis spät waren sie jetzt draußen an der Arbeit, rammten Pfähle in die Erde, schleppten Tannenzweige und Moos herbei und bauten Hütten. Mit vieler Mühe hatten sie sich die Erlaubnis errungen. Die Mutter wollte erst nichts davon wissen, aber Detlev hörte nicht auf, sie zu bestürmen, und schließlich erfuhr der Vater von der Sache und kam ihnen zu Hilfe. Er nahm sogar lebhaftes Interesse daran und ging selbst mit hinaus, um ihnen die Grenzen ihres Gebietes anzuweisen.
Das Königreich wuchs nun rasch empor, es wurden Straßen gelegt, Felder und Bauplätze abgemessen. Auf dem freien Platz in der Mitte erhob sich eine große Hütte aus Brettern und Backsteinen, das war der Tempel, denn sie hatten sich heimlich vom Christentum losgesagt und eine neue Religion erdacht. Im Tempel stand die Bundeslade,

in der geraubte Schätze verborgen wurden, und ein unförmlicher Götze aus Holz, den hatten sie selbst in vielen mühsamen Stunden geschnitzt und angemalt. Er hieß der Mohu und wurde mit Opfern, Gesängen und wilden Tänzen gefeiert.

Vier Wochen lang hatten sie unermüdlich geschafft, da kam plötzlich ein Blitz aus heiterem Himmel – Ellen und Detlev wurden eines Morgens zu Mama gerufen: im Wohnzimmer saß eine blasse Dame mit schwarzem, glat tem Haar. Die Geschwister sahen sich erschrocken an, das konnte nur die neue Gouvernante sein, an die sie schon längst nicht mehr geglaubt hatten. Sie mußten ihr guten Tag sagen und erfuhren, daß sie Cläre Huhn hieß; darüber wären sie beinah ins Lachen geraten und vermieden ängstlich, sich anzusehen. Fräulein Huhn war sehr freundlich und hatte feuchtkalte Hände.

»Nicht wahr, wir wollen jetzt recht fleißig zusammen sein? Ihr müßt mich aber auch etwas lieb haben und mich du nennen.«

Dann wurden sie wieder entlassen. Zum Draußenarbeiten hatten sie heute die Lust verloren, und als Geerd am Nachmittag kam, fand er die beiden melancholisch neben einer angefangenen Hütte sitzen. Ellen war verzweifelt: nun sollte das Jammerleben wieder anfangen – Stunden – Schelte – Nachsitzen, und hinter all diesen Schrecknissen stand Mama und die Ecke im Wohnzimmer, wo sie strikken mußte. Geerd versuchte sie mit Bonbons zu trösten, und allmählich wurde der Schmerz etwas milder. Dann schlug er einen Trauergottesdienst vor, – alle drei rauften sich die Haare und schlugen sich an die Brust, während sie den Mohu umtanzten und seinen Fluch auf Cläre Huhn herabriefen. Sie sollte ihm zu Ehren geschlachtet und verbrannt werden, wenn er seinen treuen Dienern zu

Hilfe kam. Danach lag jeder vor seiner Hütte, und sie pflogen Rat, was jetzt zu tun sei. Alle drei waren in kriegerischer Stimmung und verlangten danach, sie auszutoben. Detlev kroch vorsichtig den Abhang hinauf, um zu sehen, ob nicht etwa wieder die Dorfkinder zum Blumenpflücken in die Koppel eingebrochen wären. Und richtig, da war eine ganze Rotte, raufte Feldblumen und trat das Gras nieder. Nun erhoben sich auch die beiden andern, sie schlichen geduckt am Wall entlang und umzingelten den Feind. Bald war eine wütende Prügelei im Gang, die Bundesgenossen trugen trotz ihrer geringen Zahl den Sieg davon und machten ein paar Gefangene, die übrigen entflohen unter zornigen Drohreden. Nun hielten sie Gericht: den Mädchen banden sie mit Taschentüchern die Augen zu und stürzten sie vom Wall herab. Ein Junge, der sich heftig zur Wehr setzte, sollte mit in ihre Stadt geschleppt werden. Sie warfen ihn nieder, zogen ihn an Armen und Beinen über das Gras hin zu den Hütten, wo er dann noch ein paarmal hin- und hergeschwenkt und in einen großen Brennesselbusch geworfen wurde. Damit war ihr Blutdurst gestillt, und der Gerichtete durfte mit ziemlich zerrissenen Kleidern heimgehen, während das Geschwisterpaar mit seinem Freunde frohlockend den Mohu umtanzte.

Nach diesem stolzen Tage fing das Schulleben für Ellen und Detlev wieder an. Es war wenigstens ein Glück, daß die neue Lehrerin nicht im Hause wohnte und nur zu den Stunden kam. Die Kinder wußten bald, daß mit ihr nicht so leicht fertig zu werden war wie mit der früheren, die sie jetzt in der Erinnerung mit einem förmlichen Nimbus umgaben.

Die Mutter hatte eingehend mit ihr über Ellen gesprochen, und das Fräulein nahm sich vor, das unmögliche Kind mit gütiger Strenge zu zähmen. Dadurch hatte sie von vornherein verloren; Ellen wand sich geradezu vor diesen eindringlichen Blicken und feuchten, ermahnenden Händedrücken, die an ihre Seele heranwollten. – Draußen blühte der Sommer, der Rasen vor dem Fenster wuchs immer höher empor, so daß man gerade in das bunte Gewoge von Gras und Blumen hineinsah. Dahinter breiteten die Kastanienbäume ihre grünen Gewölbe mit den weißen Blütenkerzen bis auf den Boden nieder. – Ellen und Detlev saßen sich gelangweilt gegenüber, platzten manchmal zur Unzeit in Gelächter aus und widerstrebten aus tiefstem Herzen jedem Wort, das die schwarze, glattgescheitelte Lehrerin sagte. Kaum war die Stunde zu Ende, so rannten sie wie kopflos davon und mußten zehnmal zurückgerufen werden, um das Tintenfaß, ihre Bücher oder sonst etwas wegzuräumen. Dann stürzten sie zu den Hütten und warteten auf Geerd.

Jeder Tag brachte neue Gedanken, neue Pläne und Taten. Sie gruben Kanäle, legten Inseln drunten im Graben an und befuhren das schlammige, grüne Wasser in einem alten Backtrog oder auf Bretterflößen. Das war die stolze Flotte, die von fernen Gestaden unermeßliche Schätze brachte und mehr wie einmal strandete.

Jeden Monat wurden die Ämter und Würden neu verteilt, so waren sie abwechselnd Könige, Minister und hohe Kirchenfürsten in prunkvollen Gewändern aus farbigem Glanzkattun, mit Kronen und Bischofsmützen aus Goldpapier. Dann legten sie sich Namen und Wappen bei, und jeder erdachte sich eine verwickelte Sage über die Abstammung seines Geschlechtes, die mit gemalten Anfangsbuchstaben und absonderlichen Ungeheuern geschmückt, niedergeschrieben und in der Bundeslade aufbewahrt wurde, neben den langen Papierrollen mit Gesetzen.

Dann ging der Sommer herum, das Moos an den Hütten

vermoderte, und draußen mußte die Arbeit ruhen. Dafür gab es nun Reichstage, Kunstausstellungen von selbstgemalten Bildern, glänzende Mohufeste mit Prozessionen durch das ganze Schloß und Turniere im Rittersaal. Grüngestrichene, hölzerne Gartenstühle waren die stolzen Rosse, die sich hoch aufbäumten, während die Rekken sich mit höhnischen Reden zum Kampf herausforderten und mit eingelegter Lanze aus dem Sattel zu heben suchten.

An einem Sonntagabend im Winter saßen die drei Kinder allein im Eßzimmer.
Es war heute nichts Rechtes mehr anzufangen, Ellen mußte noch für morgen lernen, und Geerd sprach ein paarmal davon, jetzt nach Hause zu gehen. Aber jedesmal suchte Detlev wieder etwas Neues hervor, um ihn festzuhalten. Schließlich wühlte er den ganzen Bücherschrank durch und kam mit einem Stoß von alten Bilderbüchern wieder, die von irgendeiner Großmutter stammten. Sie blätterten darin herum und sahen gelangweilt auf all die ausländischen Tiere, Pflanzen und Völkertrachten.
»Jetzt kommen Eingeweide und Gerippe«, kündigte Geerd an. Ellen sah über ihre biblische Geschichte weg: »Was ist das für ein Buch, das haben wir noch nie gesehen, glaube ich?«
»Es lag auch ganz zuunterst«, sagte Detlev.
»Eure Mutter hat es wohl vor euch versteckt, da sind Sachen drin, die ihr noch nicht sehen dürft.«
Geerd wollte das Buch zumachen, aber nun fielen die beiden darüber her.
»Was dürfen wir nicht sehen? – Gib doch her. – Was ist denn das, ein Embryo? – Weißt du das, Geerd?«
»Ja, ich weiß schon – das ist ein Kind, ehe es geboren wird. Du bist auch mal einer gewesen.«

Die Geschwister sahen die Illustrationen an und versanken in staunendes Schweigen. Dann wollten sie sich totlachen.

»Gibt es denn schon Kinder, ehe sie geboren sind?«

»Seid doch nicht so albern«, sagte Geerd und fing an, ihnen mit wissenschaftlichem Ernst den Zusammenhang zu erklären. Die Kinder hörten auf zu lachen, es erwachte zum erstenmal die Ahnung in ihnen, daß das Leben auch drohende, dunkle Tiefen barg, und es schien ihnen seltsam und entsetzlich.

Von diesem Abend an drehten sich ihre Gedanken und Gespräche fast ausschließlich um das große Geheimnis, das sie zu begreifen suchten und doch nicht ganz begriffen. Sie nahmen es alle drei sehr ernst – die ganze Welt verwandelte sich ihnen in einen Abgrund von unausdenkbaren Greueln, sie schämten sich ihrer Mitmenschen und verachteten sie. »Wie waren die nur imstande – fast alle Erwachsenen«, sagte Geerd – »sich mit solchen sinnlosen Widerwärtigkeiten abzugeben? Die Verheirateten, um Kinder zu bekommen, das ging ja wohl nicht anders, aber die übrigen? Zum bloßen Vergnügen? – Aber wie konnte ihnen das Vergnügen machen? Und warum bekamen *die* keine Kinder?«

So drängte sich ihnen Rätsel auf Rätsel, und alle wußte Geerd auch nicht zu lösen.

»Woher weißt du eigentlich das alles?« fragten sie einmal.

»Von meiner Mutter – sie sagt mir alles, was ich wissen will.«

Ellen und Detlev waren sehr erstaunt und beneideten ihn um seine Mutter. Bei ihnen war das ganz anders, sie gingen beinah schuldbewußt herum, seit sie so viel erfahren hatten, und zitterten, daß die Eltern es merken könnten.

Das Königreich geriet darüber mehr und mehr in Vergessenheit, wenigstens waren sie nicht mehr mit demselben Eifer dabei wie früher, und als die schöne Zeit wiederkam, machten sie lieber weite Spaziergänge miteinander. Der Mutter war es ein Dorn im Auge, daß Ellen immer nur mit den Jungen zusammen sein wollte, aber Geerd und Detlev ließen nicht nach, bis sie mitdurfte.

»Meinetwegen diesen einen Sommer noch«, sagte sie schließlich, »aber dann hat es ein Ende. Dann muß sie wirklich einmal anfangen, ein vernünftiges Mädchen zu werden.«

Davon war bis jetzt noch wenig zu merken, immer war es gerade Ellen, die mit zerrissenen Kleidern, mit Schrammen und Beulen heimkam oder schlammbedeckt und bis an den Hals durchnäßt. Woher hatte das Kind nur diese unbändige Wildheit im Leibe? Kein Baum war ihr zu hoch, kein Graben zu breit, und wurde sie dafür gescholten, so brach sie jedesmal in schmerzliche Verwünschungen aus, daß sie kein Junge war.

Trotz all dieser Bitternisse war es noch ein wunderbar schöner Sommer, den die drei Freunde zusammen verlebten. Lange Nachmittage lagen sie draußen am Strand in dem kurzen, harten Deichgras, wenn die Luft so klar war, daß man die Inseln deutlich sehen konnte und weitum nichts hörte, wie den langgezogenen, sehnsüchtigen Schrei der Seevögel. Und der Rückweg durch den grünen Koog, wo es große Gefahren und Hindernisse mit Gräben und losgerissenen Bullen gab. Oder sie gingen weit in die Heide hinein zum »Galgenberg«. – Vor vierzig Jahren sollte dort die letzte Hinrichtung gewesen sein, jetzt stand nur noch ein einziger alter Pfosten da. Die Kinder saßen im roten Heidekraut und schauderten, wenn eine Krähe aufflog. Oft sprachen sie dann von ihrem späteren Leben – Geerd sollte zum Herbst auf eine andere Schule, und das war ein furchtbarer Schlag für sie alle. Wie sollten sie ohne einander fortleben, bis sie groß waren und tun konnten, was sie wollten. Denn dann wollten sie wieder zusammenkommen, das stand fest.

»Ja, und du wirst wohl auch später einmal heiraten müssen, Ellen, und Kinder kriegen«, sagte Geerd manchmal. Ellen sträubte sich wütend dagegen, es war ein schrecklicher Gedanke, daß sie eine Frau werden sollte, sie suchte sich dann durch doppelte Kraftleistungen hervorzutun und redete wilde Zukunftspläne. Sie dachte immer noch daran, einmal fortzulaufen zu den Zigeunern, hatte sich heimlich beim Tischler Kniestelzen machen lassen und übte sich in Purzelbäumen, um bereit zu sein, wenn der Augenblick kam. Ach, und dann im grünen Wagen von Jahrmarkt zu Jahrmarkt, konnte es wohl etwas Schöneres geben? Oder wenn das nicht ging, als Schiffsjunge verkleidet zur See gehen; kein Mensch hielt sie für ein Mädchen, wenn sie Detlevs Kleider anhatte.

»Ellens Vogelbauer«, sagte der Bruder überlegen, wenn sie so sprach, und dann lachten die beiden Jungen sie aus. Ellen arbeitete nun schon seit mindestens zwei Jahren daran, einen ungeheuren Käfig für ihre Kanarienvögel zu bauen, der immer wieder mißlang, und jedesmal versuchte sie es dann auf andere Weise. Einmal hatte sie schon einen zustande gebracht aus zerspaltenen Zigarrenkisten, aber es war so dunkel darin, daß die Vögel melancholisch wurden und nicht mehr sangen. Und nun hatte sie natürlich wieder einen neuen angefangen.

»Du hast gut reden«, sagte Ellen geärgert, denn Detlev wollte Philosoph werden und große Werke schreiben. Das war in ihren Augen kein Kunststück, und sie fand es sehr langweilig.

Die Herbsttage kamen, im Garten wurde es feucht, alles versank in welken Blättern, und der Sturm riß große Äste von den Bäumen. Die Kinder gingen nur noch engumschlungen und waren traurig – ihnen war zumut, als ob eines von ihnen sterben sollte. An Geerds letztem Tage rissen sie die Hütten und den Mohutempel nieder und versenkten ihren Götzen in den Graben – mit bittrer Wehmut – was sollte das alles jetzt noch? Und dabei kam es ihnen vor, als ob sie seit dem letzten Jahr unendlich viel älter geworden wären.

Gegen Abend gingen sie zusammen hinauf, um Geerds Sachen aus der Kinderstube zu holen. Während Detlev noch im Zimmer kramte, standen die beiden andern Hand in Hand auf der Diele neben der großen Stehuhr, die immer so unheimlich laut tickte und beim Schlagen wie ein Uhu heulte. Es war schon halbdunkel. Ellen sah nur Geerds weißen Strohhut und seine weiten, schwarzen Augen, sie sehnte sich heimlich danach, ihm um den Hals zu fallen und ihn viele Male zu küssen, fand aber nicht den Mut dazu. Dann kam Detlev, und sie begleiteten ihren Freund zum letztenmal durch den dunklen Rittersaal, die Treppe hinunter und über den Hof bis zur ersten Laterne.

Die Geschwister wohnten nebeneinander und die Tür zwischen ihren Zimmern stand immer offen. Wenn sie im Bett waren, kam die Mutter herauf und betete mit ihnen. An diesem Abend konnte Ellen kaum ein Wort herausbringen und war in Todesangst, daß Mama böse würde. Die sagte aber nur:

»Ich finde es auch schade, daß Geerd fort ist, aber nun muß das viele Herumtoben wirklich aufhören.«

Mama fand es auch schade – das rührte Ellen so, daß sie sich nur mit Mühe beherrschte. Als die Mutter wieder hinunterging, schlich sie sich leise zu Detlev hinein und setzte sich auf sein Bett. Sie umarmten sich immer wieder und weinten zusammen, dann sprachen sie noch lange von Geerd und wie nun alles verödet war ohne ihn.

Seit Geerd fortging, war für Ellens Kinderzeit die beste Freude verloschen, und sie suchte mit tiefem Verlangen nach etwas, das ihr Leben wieder so ausfüllen sollte.

Detlev kam nun auch aufs Gymnasium, er fand neue Freunde, die meistens rasch wechselten; die alte Kameradschaft zu dreien kam mit keinem mehr recht zustande. Die Mutter schränkte Ellens Freiheit auch immer mehr ein, sie fand jetzt mit einemmal, daß sie sich früher zu wenig um das Mädchen gekümmert hatte, und zwang sie, viele von den schönen freien Nachmittagen mit einer Näharbeit im Wohnzimmer zu sitzen. Und Ellen haßte diese Art von Beschäftigung mit verzweifelter Unlust, es war fast noch schlimmer wie Lernen. Ihr ganzer Tag bestand aus immer neuen Versuchen, diesen beiden Übeln zu entrinnen. Wo sie nur konnte, stahl sie sich fort auf die Koppel hinaus, wo der Wind durch die mächtigen Baumkronen strich. Da hörte sie nicht, wenn die Mutter sie rief, und fühlte sich eine kurze Weile sicher vor ihr. Und ihre Seele klammerte sich leidenschaftlich an diese ganze Heimatswelt, die in tausend vertrauten Tönen zu ihr sprach; sie dachte an all die langen Sommerstunden, wo sie hier gespielt hatten mit soviel Freude und Mut, weil jeder Tag und jede Jahreszeit immer wieder etwas brachte, daß Geerd kam, oder bald Ferien waren, oder das Obst reif wurde. So unendlich viel hatten sie immer vorgehabt und sich ausgemalt für die nächsten Jahre und für später, als ob überall große Schätze und Reichtümer lägen, die man nur zu heben brauchte.

Aber auch durch all diese frohen Zeiten ging doch immer ein bittrer Grundton – Mama! Seit sie denken konnte, fühlte Ellen sich wie verfolgt von ihr und warum? Warum bekamen Mamas Augen immer diesen sonderbaren, bösen Blick und ihre Stimme den zornigen, fast pfeifenden Ton, wenn Ellen nur zur Tür hereinkam? War sie allein mit der Mutter im Zimmer, so wehte es sie eisig an, als ob jeden Augenblick etwas Furchtbares geschehen könnte, und nachts träumte sie manchmal, daß die Mutter mit der großen Schere hinter ihr herlief und sie umbringen wollte. Sie hatte sich ja beinahe daran gewöhnt, wie an ein Gebrechen, mit dem man geboren wird und weiß, daß es auf Lebzeiten nicht wieder abzuschütteln ist. Aber woher die Kraft nehmen, es zu tragen? Ellen fing an, wieder fromm zu werden – der liebe Gott war der Einzige, der ihr helfen konnte, aber er war so weit weg. Sie versuchte es förmlich mit Sturm, ihm wieder nah zu kommen. Es war ihr nicht mehr genug, jeden Sonntag zur Kirche zu gehen, sie betete beim Aufstehen und beim Schlafengehen alles, was sie auswendig wußte, lange Gesänge, Katechismusstücke, und immer auf den Knien. Das bloße Dasitzen mit gefalteten Händen, wie bei der Hausandacht, war ihr nicht feierlich genug. Oft stand sie auch nachts wieder auf, zog den Vorhang in die Höhe, um die Sterne zu sehen, und hielt ihren einsamen Gottesdienst. Oder bei Tage, wenn sie sich ungestört wußte, errichtete sie eine Art Altar, um davor zu beten, stellte ihren liebsten Kanarienvogel mit seinem Käfig auf einen Stuhl und Blumen ringsherum. Nach solchen Stunden fühlte sie einen fanatischen Mut, alles zu ertragen, und es konnte ihr dann beinah Freude machen, wenn sie ungerecht gescholten wurde.

Als Ellen vierzehn Jahre alt war, kam wieder etwas Abwechslung in ihr Dasein: sie sollte Tanzstunde bekommen. Das gehörte ebenso unabänderlich in das Erziehungsprogramm wie längere Kleider und reine Hände, die jetzt von ihr verlangt wurden.

Es war ihr ganz neu und zuerst etwas beängstigend, mit so vielen Kindern zusammenzukommen. Aber wenn der

langbeinige, immer etwas angetrunkene Tanzmeister mit seiner Geige mitten im Saal stand und die ganze Schar um ihn herumwirbelte, kam es wie ein Rausch über sie, und sie vergaß, daß das Leben sonst so schwer war. Den andern Mädchen gegenüber fühlte sie sich etwas zurückgeblieben, vor allem war es unangenehm, als Schloßfräulein so schlecht angezogen zu sein. Dafür hatte ihre Mutter gar keinen Sinn – jahraus, jahrein dieselben alten Kleider, die immer wieder ausgebessert, verlängert oder gewendet wurden und niemals nach der Mode. Ellen hatte sich bisher nicht viel darum gekümmert, aber jetzt konnte sie stundenlang vor dem Spiegel stehen und über ihr Äußeres nachdenken. Wenn Mama sie dabei ertappte, gab es wieder ein Donnerwetter: »Gib dir nur Mühe ordentlich auszusehen und nicht alles zu zerreißen. Das andere ist Nebensache.«
Aber das war nicht der einzige Punkt, in dem die Stadtkinder ihr überlegen waren: sie hatten Liebesgeschichten, Rendezvous, gingen mit den Schülern spazieren und zum Konditor. Alle diese lustigen Dinge, von denen Ellen jetzt immer erzählen hörte, schienen ihr so verlockend und begehrenswert, daß sie Detlev verleitete, mitzumachen. Sie erfanden immer neue Vorwände, um in die Stadt zu kommen, und gingen dann mit den andern bummeln. So wundervoll sündig kam man sich vor bei diesen heimlichen Streifzügen unter Lärm und Gelächter, oder in dem dunklen Hinterzimmer der kleinen Konditorei, bei all den Neckereien und Anspielungen, die da hin und her flogen, – bei all dem Herzklopfen vor Entdeckung und den hinterlistigen Verabredungen während der Tanzstunde unter Mamas Augen.
Es bekam alles eine andere Perspektive. Ellen hatte bis dahin nur in sich selbst hineingelebt in dem engen Kreise, den man um sie zog. Jetzt fing die Welt an, sich zu

weiten, sie sah: es gab noch ein Leben, das jenseits der Mauer lag, das rascher pulsierte und reich an lockenden Erregungen war.

Am Ende dieses bewegten Sommers verreisten die Eltern auf längere Zeit. Ellen genoß die Septembertage im Gefühl eines großen Triumphs, denn Cläre Huhn war krank geworden, und das empfand sie als ihr Werk. Vier Jahre hindurch hatten sie sich Tag für Tag an dem großen runden Schultisch gegenübergesessen, und vier Jahre hindurch hatte Ellen das arme, bleichsüchtige Geschöpf buchstäblich gemartert mit allen Schikanen, die der rücksichtslose Haß eines Kindes ersinnen kann. Sie ließ sich kein Lächeln, keinen Fleiß, kein Eingehen auf irgend etwas abgewinnen, begegnete aller Freundlichkeit und aller Strenge mit derselben steinernen, ablehnenden Hartnäckigkeit und betete allabendlich, daß Gott Cläre Huhn mit seinem Zorn treffen möge.

Als die Nachricht kam, daß sie erkrankt war, lag Ellen in ihrem Zimmer auf den Knien und dankte Gott. Am Fenster sangen ihre Kanarienvögel, die Sonne lachte, und sie brauchte nicht in die Stunde. Das Werkzeug ihrer Qual war verstummt und unterlegen.

Nun kam eine Reihe von Festtagen. Marianne regierte mit Milde und fand, daß die Kinder sich dann auch viel besser lenken ließen. Sie war sich immer gleich geblieben als die sanfte, ruhige Älteste, zu der alle mit ihren Anliegen kamen. Und sie hatte nicht immer einen leichten Stand dabei – die Mutter war hitzig und parteiisch, Papa konnte keinen Ärger vertragen, und die junge Meute stürmte fortwährend dagegen an, mit allen ihren Forderungen, Wünschen und Unbotmäßigkeiten.

Jetzt ging jeder seinen Weg und dabei war Frieden. Ellen und Detlev saßen halbe Tage in den Obstbäumen oder lagen im Gras und lasen verbotene Bücher. Sie deklamier-

ten sich gegenseitig die Räuber vor und stritten darum, wer den Faust besser verstände. Hier und da mußten sie auch alle der Schwester bei Gartenarbeiten helfen, und manche Vorübergehende blieben am Gitter stehen und sahen hinein, denn war das heranwachsende Geschlecht der Olestjernes vollzählig beisammen, so konnte man jederzeit ein stürmisches, weithinschallendes Gelächter hören, besonders wenn die »jungen Leute«, wie sie in liebevoller Respektlosigkeit ihre Eltern nannten, nicht dabei waren.
In dieser Zeit gab es für Ellen viel Gelegenheit, unbemerkt zu entkommen, und das Herumtreiben hatte jetzt noch einen besonderen Hintergrund. Denn Ellen liebte, und alle ihre Gedanken gingen darauf hin, einem rothaarigen Primaner zu begegnen – an den nebelverschleierten Herbsttagen, wenn die junge Welt in den dämmerigen Gassen oder im Stadtpark auf- und abging. Ellen wußte, daß ihre Liebe unglücklich und hoffnungslos war, denn er stand auf der fernen, unerreichbaren Höhe des Erwachsenseins. Aber es war schon lähmende Seligkeit, ihn nur zu sehen, von ihm gegrüßt zu werden und dann abends an ihn zu denken, wenn sie im Bett lag.

In der kleinen Stadt blieb nichts verborgen. Bald nachdem die Freifrau zurückgekehrt war, wurde sie von wohlmeinenden Bekannten darauf aufmerksam gemacht, daß ihre beiden Jüngsten sich eines schlimmen Rufes erfreuten. Nicht einmal Ladenklingeln und Fensterscheiben waren sicher vor ihnen, und was das Ärgste war, Ellen trieb sich mit Jungen in der Stadt herum. Nun wurde Ellen plötzlich aus allen Himmeln geschleudert; aber diesmal fand sie den Mut zu offener Auflehnung, und es gab eine heiße Szene zwischen ihr und der Mutter. »Zieht mir doch lieber gleich eine Zwangsjacke an«,

schrie sie. Ellen hatte gar keine Ahnung, was das eigentlich für ein Ding wäre, aber sie bekam ihre Zwangsjacke. Man ließ sie nicht mehr aus den Augen, und mit dem heimlichen Ausreißen war es ein- für allemal vorbei.
Dies Jahr durfte sie nicht einmal mit den Brüdern zum Schlittschuhlaufen. Wehmütig sah sie an Winternachmittagen in den beschneiten Garten hinaus und dachte an ihre unglückliche Liebe – jetzt war er wohl auf dem Eis, und ihr war jede Möglichkeit abgeschnitten, ihn auch nur zu sehen. Die Sehnsucht wurde immer brennender, sie zitterte und wurde rot, wenn Erik zufällig seinen Namen nannte. Die gährende Unruhe, die sie in sich fühlte, machte sich manchmal in überlauter Lustigkeit Luft und häufiger noch in wilden Wutausbrüchen.
Ellen fand auch, daß man sie namenlos reizte. Von früh bis spät fuhr die Mutter sie an, jeder Blick sagte: Wozu bist du überhaupt auf der Welt?
Und an Heftigkeit gab Ellen ihr nichts nach. Eine Zeitlang hörte sie schweigend zu, biß die Zähne zusammen, daß sie knirschten, dann stürzte sie hinaus und schlug die Tür zu. Mama war hinter ihr her, ehe sie sich's versah. Plötzlich hatte sie die zornig flammenden Augen dicht vor sich, fühlte einen brennenden Schlag im Gesicht: »Geh mir aus den Augen, ich hab's satt, mich mit dir zu quälen.«
War sie dann allein im Zimmer, so wußte sie nicht, wo hinaus mit der Wut, die in ihr tobte, wußte nicht mehr, was sie tat. Dann rannte sie mit dem Kopf gegen die Wände, bis ihr die Funken vor den Augen sprühten und der Schmerz sie wieder zur Besinnung brachte.
An solchen Tagen mußte sie oben bleiben und durfte sich nicht mehr vor der Mutter blicken lassen. Da lag sie dann auf dem Bett und spann endlose Pläne. Wieder und wieder malte sie sich aus, wenn sie nur erst erwachsen wäre

und von zu Hause fort könnte. Die Zirkusgedanken hatte sie jetzt allmählich aufgegeben, es war doch wohl zu spät geworden. Aber das stand ihr immer noch fest, irgendwann einmal mußte sie sich freimachen von diesem unerträglichen Leben und in die Welt hinaus, in die unbekannte verheißungsvolle Welt.

An einem Sonntagmorgen, als Ellen zum Frühstück hinunterkam, las Mama gerade einen Brief.
»Nun ist alles in Ordnung«, sagte sie und legte ihn neben ihren Teller. »Du kommst Ostern in die Pension nach A . . ., Ellen.«
Ellen nahm diese Nachricht mit dumpfer Gleichgültigkeit hin. Von der Pension war schon oft die Rede gewesen, aber sie hatte bisher nie recht daran geglaubt.
Es waren nur noch wenige Wochen bis Ostern. Sie machte ihrer Umgebung die letzte Zeit noch so schwer wie möglich. Nur mit Detlev allein war es anders, da taute ihr ganzer Schmerz auf, daß sie fort sollte, von ihm und von der Heimat. Die beiden waren noch nie einen Tag getrennt gewesen, hatten jedes Erlebnis, jede Empfindung geteilt, seit sie denken konnten. Sie wußten es nicht zu fassen, daß sie jetzt voneinander gerissen wurden, daß wirklich einmal der letzte Tag käme. Aber er kam, und er ging vorüber – am Abend sollte Ellen mit ihrer Mutter abreisen.
Nach Tisch schlichen sich die beiden Jüngsten hinauf in die alte Kinderstube. Beim Essen hatten sie Wein bekommen, ihre Köpfe brannten, – so hielten sie sich lange umschlungen und weinten ihre bittersten Tränen. – Zwei Jahre – zwei endlose Jahre voneinander getrennt sein und lernen müssen, gequält werden, – sie fühlten beide, daß etwas Unwiderbringliches vorüber war und nie wiederkommen würde. Als man sie rief, kamen sie mit roten,

verschwollenen Augen. Dann gingen alle zusammen an die Bahn. Vor den anderen weinten sie nicht mehr und küßten sich nicht.
Detlev stand mit zusammengebissenen Zähnen abseits von den Geschwistern auf dem Perron und ließ keinen Blick mehr von Ellen, bis der Zug mit ihr und der Mutter in die weite Marschebene hineinfuhr.

»Ellen Olestjerne soll hereinkommen.«
Sie kam, machte die drei vorschriftsmäßigen Knickse – einen an der Tür, dann in der Mitte des Zimmers, wo die großen Blumen im Teppich waren, und den letzten, als sie vor der alten Dame stand.
Die Pröpstin des freiadligen Stiftes zu A . . . saß an ihrem Schreibtisch. Sie war schon über sechzig Jahre alt und kannte keine Ruhestunden. Ihr strenges, wie in Stein gehauenes Gesicht mit der hohen, blanken Stirn hatte einen Zug von eiserner Energie – sie hielt sich sehr gerade, nur in der weißen schmalen Hand, die auf der geschnitzten Stuhllehne lag, war etwas von der Müdigkeit des Alters.
»Was sind das für Sachen, Ellen? Du hast Hedwig Vogt ins Gesicht geschlagen?«
»Ja, weil sie mich geärgert hat, das lasse ich mir nicht gefallen.«
Die Pröpstin faßte Ellen ums Handgelenk und führte sie ans Fenster, wo es etwas heller war.
»Vor allem, mein Kind, mäßige dich in deiner Art zu reden.«
Ellen wollte etwas sagen, aber sie kam nicht zu Wort, die gestrenge Stimme sprach immer weiter mit ihrem harten, scharfklingenden S.
»Es schickt sich überhaupt nicht, so aufzubrausen. Mit solchem Benehmen kommst du mir hier nicht durch,

Ellen. Wenn du meinst, daß dir unrecht geschieht, kannst du zu mir kommen und dich beschweren. Ihr seid keine Gassenjungen.«

»Ich wollte, ich wäre einer«, fuhr Ellen endlich dazwischen. Sie war empört, daß sie sich nicht selbst ihrer Haut wehren sollte.

»Was sagst du da?« die Stimme wurde immer strenger und das S immer schärfer. »Nimm dich in acht, Ellen, ich weiß, wes Geistes Kind du bist. Deine Mutter hat mit mir gesprochen, und wenn ich sehe, daß in Milde mit dir nicht auszukommen ist, so gibt es noch andere Mittel.«

Mein liebes Kind – die Frau Pröpstin hat uns wieder geschrieben, daß Du sehr eigensinnig bist und Dich mit den anderen Mädchen schlecht verträgst. Wirst Du denn nie aufhören uns immer neuen Kummer zu machen? Ich habe die Frau Pröpstin gebeten, Dich in strenge Zucht zu nehmen, und wir verlangen von Dir, daß Du Dir jetzt endlich Mühe gibst, anders zu werden. Mehr will ich heute nicht sagen, ich bete täglich zu Gott, daß er Deinen Sinn ändern möge.

Die Geschwister lassen grüßen.

Deine Mutter.

Geliebtes, vielen Dank für Deinen Brief. Es ist schrecklich öde ohne Dich. In der Schule ziehe ich mich immer mehr zurück und gehe viel allein spazieren. Nachmittags dichte ich gewöhnlich.

Dein schwarz und gelber Vogel ist gestorben, aber sei nicht traurig, ich will Dir mein anderes Männchen schenken. Ich habe zwei Photographien von Geerd gekriegt, aber Mama erlaubt nicht, daß ich Dir eine schicke. Jetzt weiß ich nichts mehr. Eure Briefe werden ja auch immer gelesen und da kann man nichts Ordentliches schreiben.

Dein Detlev.

A . . ., Juni 1885

– – – morgen darf ich mit den D.'s und ihrer Mutter in die Stadt, da kann ich heimlich einen Brief einstecken und schicke ihn an Jens Ketelsen, der ihn Dir in der Schule geben soll. – Gott, Detlev, Du machst Dir gar keinen Begriff davon, wie schrecklich es hier ist. Man ist eingesperrt wie im Zuchthaus und kommt gar nicht heraus, außer bei dem langweiligen Spaziergang, wo man in Reih und Glied geht und vor jedem Hofwagen knicksen muß. Sonst immer nur lernen, den ganzen Tag, die Fleißigen lernen sogar auch bei der Promenade und im Bett. Ich bin schon sehr oft hereingefallen, gleich in der ersten Zeit, weil ich eine andre geohrfeigt hatte und die Treppe herunterrutschte. Dann waren wir neulich im Garten und haben Stachelbeeren gerappst. Nun dürfen wir in der Freistunde nicht mehr hinunter und kriegen ins Zeugnis, daß wir gestohlen haben. Und so weiter – – Übrigens hab' ich jetzt eine Flamme, sie heißt Editha und ist bei weitem die Hübscheste. Ich schwärme sehr für sie und habe schon viele Gedichte auf sie gemacht. – Hoffentlich komme ich Michaelis in die erste Klasse, dann sind wir immer zusammen. Leider geht sie nächste Ostern schon ab. Ach Du, ich weiß nicht, wie ich es hier noch so lange aushalten soll und dann noch ein ganzes Jahr. Die Pröpstin kann mich nicht ausstehen, gerade wie Mama, und sie können alle nicht begreifen, daß man toben muß, wenn man vergnügt ist. Wir dürfen uns hier nur ›sittsam und anständig bewegen‹.

Ich schicke Dir eine Karikatur von unsrer Mademoiselle, die andern finden sie sehr ähnlich. Ich zeichne überhaupt in allen Freistunden. Aber laß um Gottes willen nichts herumliegen.

Deine Ellen.

Nevershuus, Oktober 1885

Liebe Ellen, Deine Versetzung in die erste Klasse hat uns sehr gefreut und überrascht. Es ist mir sehr lieb zu hören, daß Du Deine frühere Trägheit abgelegt hast und gut weiterkommst. Nun sorge aber auch das nächste Mal für ein gutes Zeugnis im Betragen. Ich weiß, wie schwer es Dir wird, Deine Lebhaftigkeit zu zügeln, aber bedenke, daß Du jetzt am Konfirmationsunterricht teilnehmen und anfangen sollst, eine junge Dame zu werden. Wir müssen uns alle mehr oder minder in das Leben schicken. Sei herzlichst gegrüßt von Deinem Vater.

A . . ., November 1885

Liebster Detlev, eben hab' ich den Diener auf der Treppe erwischt, und er will mir den Brief besorgen. – Es hat eine große Mordsgeschichte gegeben, und wäre nicht die ganze Klasse dabei gewesen, so hätte man mich und Editha sofort geschwenkt. Die Alte will an all unsre Eltern sofort schreiben, und wir haben schon einen Preis ausgesetzt, wer den ärgsten Brief von zu Hause kriegt. Ich hab' aber doch verfluchte Angst vor den jungen Leuten. Denk' nur, wenn sie mich hier wirklich herausgeworfen hätten, es war nicht mehr weit davon. – Also es war so: Unsre Erste war letzten Sonntag nicht da, Editha als Zweite sollte sie vertreten, und wir überredeten sie, den Abend volle Freiheit zu geben. Als das Mädchen fort war, standen wir wieder auf. Maria Besserer blies die Mundharmonika, und wir sangen und tanzten. Nun ist hinten am Saal eine Tür, die auf den Speicher geht, und da bekamen wir Lust, eine Entdeckungsreise zu machen. Editha ging mit der Nachtlampe voran. Du glaubst nicht, wie schön sie war mit ihren langen, schwarzen Haaren. – Erst hielt sie noch eine Rede über die Mysterien des Stiftes: wir sollten uns gefaßt machen, auf eingetrocknete

Blutflecken und Leichen von früheren Stiftskindern zu stoßen. Einige wurden so bange, daß sie wieder in ihre Betten krochen.
Dann kamen wir in lauter alte Bodenräume, voll Gerümpel und Spinneweben, und überall schien der Mond herein. Editha und ich stiegen auf die Leitern in den Turm hinauf, durch die Luke hinaus und rutschten das ganze Kapellendach entlang. Das haben die dummen Gänse nachher, als sie ausgefragt wurden, alles erzählt.
Nachher stellten wir die Lampe auf den Boden und tanzten einen Indianertanz drum herum. Dabei haben wir so gehopst, daß wir den andern Tag ganz lahm waren.
Zuletzt liefen wir noch auf den Korridor hinaus und brachten dem vierten Schlafsaal ein Ständchen und warfen ihnen Stiefel ins Bett.
Die haben uns dann angezeigt – ist das nicht eine Gemeinheit? Die Alte kam selbst in die Klasse, alle sagten, so wütend hätte man sie noch nie gesehen. »Die Sünde ist unter euch wie ein fressender Eiter«, sagte sie einmal – dabei platzte ich heraus, und nun fuhr sie auf mich los: ich wäre die Anstifterin, das wüßte sie ganz genau. Ich hätte die andern verleitet, im Nachthemd auf den Korridor zu gehen, und das wäre unsittlich usw.
Es ist immer noch große Aufregung im Stift, denn fortwährend kommen neue Schandtaten heraus, auch von dem vierten Schlafsaal, der uns angezeigt hat. Aber es ist nicht recht dahinterzukommen, was die eigentlich gemacht haben, denn das wird alles bei der Pröpstin im Zimmer verhandelt. Sie hat nur die Erste abgesetzt und alle in andre Schlafsäle verteilt.
Na, Gott sei Dank, Weihnachten sehen wir uns wieder, dann hab' ich Dir noch viel zu erzählen. Aber ich werde dann wohl sehr in Ungnade sein.

Deine Ellen.

Ist Fritz H. noch auf der Schule? Seit ich Editha habe, bin ich lange nicht mehr so verliebt in ihn. Hier ist überhaupt niemand in Jungens verliebt, wer keine Flamme hat, schwärmt für den Pfarrer. Aber nun leb wohl.

Deine Ellen.

Am Neujahrstage saß Ellen in ihrer Heimatskirche und legte wie in Kinderzeiten glühende Besserungsgelübde zu Gottes Füßen nieder. Ein furchtbares Unwetter von elterlichem Zorn war über sie hingebraust, und der Vater hatte lange und ernst mit ihr gesprochen. »Was soll denn aus dir werden, wenn sie dich nun fortschicken und es immer so weiter geht?«

Ihr war selbst bange geworden, was aus ihr werden sollte, aber es war ja noch nicht zu spät, sie wollte sich wirklich ändern, sich mehr im Zaume halten.

Aber sie fühlte sich doch nicht ganz sicher, und dies Gefühl wurde noch stärker, als sie wieder in der Pension war. Die ersten Wochen ging es ganz gut. Unter den jungen Mädchen war jetzt viel von der Konfirmation die Rede. Der Pfarrer hatte damit angefangen, ihnen die Grundlagen und das Wesen des Christentums zu erzählen, dann kamen die einzelnen Gebote und ihre Beziehung auf das Leben – der ganze schwerwiegende Ernst, der in all den Drohungen und Verheißungen lag – Gottes Zorn und Gottes Gnade. Als die Sünde wider den heiligen Geist besprochen wurde – die Sünde des Gläubigen, der mit vollem Bewußtsein die Gnade verscherzt, die furchtbarste, äußerste Sünde, für die keine Vergebung ist, folgten sie angstvoll jedem seiner Worte und zitterten bis in die tiefste Seele hinein unter demselben Gedanken: und wenn nun ich sie begangen hätte?

Sie sollten nun bald zum erstenmal an den Altar Gottes treten und davor stand das Wort: Wer aber unwürdig isset und trinket, der isset und trinket sich selber das Gericht. Wie ein Schauer lief es durch die Reihe der zwölf jungen Mädchen, die andächtig auf ihrer Schulbank saßen, und zugleich lag ein mächtiger Reiz darin, schuldvoll und niedergeschlagen vor diesem Mann dazustehen, der ihnen bis ins tiefste Innere schauen konnte und wußte, was Sünde war.

Für Ellen war der Pfarrer von allen Vorgesetzten der einzige, zu dem sie Vertrauen hatte. Er bekam alles zu wissen, was man tat, und wie oft hatte sie ihm schon nach der Stunde in den großen Saal folgen müssen, um eine Vermahnung zu bekommen, aber er schalt nicht, suchte sie nicht zu beschämen oder zu demütigen wie die Pröpstin, er fand jedesmal ein gutes Wort und ein verstehendes Lächeln. Dafür war Ellen auch in seinen Stunden die Aufmerksamkeit selbst und lernte die längsten Psalmen auswendig, um ihm Freude zu machen.

Mit Editha war sie immer noch viel zusammen und schwärmte sie in namenloser Hingebung an. Sie hatte das Herz voller Anbetung und den Kopf voller Verse, bei Tisch, in den Stunden und abends im Bett, immer fand sie wieder neue Reime zusammen, um die Freundin zu besingen. Editha war die Schönste, die Beste, die Unvergleichliche. Wenn sie abends im Schlafsaal das Haar aufmachte, hing es wie ein dichter Mantel um sie her, die Brauen lagen gleich zwei breiten, schwarzen Strichen über den dunklen, schweren Augen. Und ihre Hände und Füße, die so klein und zierlich waren – man konnte kaum begreifen, daß Editha sie wie andere Menschen gebrauchen konnte.

Für die alte Vorsteherin gab es viele schwere Stunden. Seit die beiden so eng befreundet waren, schien eine ganze Horde von Teufeln in dem ehrwürdigen alten Gebäude zu spuken. Die ganze erste Klasse war außer Rand und Band, trotz Konfirmationsstunden und quälender Gewissensfragen. Es kam vor, daß den Lehrerinnen Salz ins Bett gestreut wurde, so daß sie die ganze Nacht nicht schlafen konnten, oder dem Kandidaten wurden alle Knöpfe vom Mantel geschnitten und der Hut von oben bis unten mit Kreide bemalt, was dann niemand getan haben wollte. Oder Ellen und Editha wetteten, ob man Tinte trinken und vom höchsten Schrank herunterspringen könnte. Und sie tranken wirklich Tinte und sprangen von den Schränken herunter auf die Fliesen, daß die andern leichenblaß wurden vor Schreck.

Anfang Februar war Edithas Geburtstag. Ellen träumte eine Zeitlang davon, der Freundin ihre gesammelten Gedichte zu schenken, mit Druckschrift und schön gebunden. Sie schienen ihr aber schließlich doch nicht gut genug, und so wollte sie denn lieber ein Gedichtbuch kaufen. Wer sie gemacht hatte, war ja einerlei, wenn nur recht viel von Liebe drin stand. Es war nicht so einfach, eins zu bekommen, denn das Taschengeld wurde ihr regelmäßig für Strafen abgezogen, und alle Einkäufe gingen durch die Hand der Vorsteherin.

Ellen zerbrach sich nicht lange den Kopf darüber, sie borgte die kleine Summe zusammen, obgleich Geldleihen streng verboten war, und überredete eine von den letzten Neuen, das Buch auf ihren Namen kommen zu lassen. Es war eine Sammlung von 450 Gedichten.

Dann lag es eine Nacht unter ihrem Kopfkissen, und sie dachte in fieberhafter Seligkeit daran, wie Editha es morgen an ihrem Platz finden würde.

Als Ellen vor der ersten Stunde ihre Bücher zusammensuchte, legten sich plötzlich zwei Hände um sie und es ging wie ein Feuerstrom durch ihr Herz; Editha küßte sie auf den Mund. »Das war lieb von dir, kleine Ellen, ich hab' mich so gefreut.«

In der Arbeitsstunde um Mittag fehlten die beiden Unzertrennlichen. Zufällig kam die Klassenlehrerin herein und fragte nach ihnen, aber niemand hatte sie gesehen. Mademoiselle geriet in Aufregung, suchte und fragte durchs ganze Haus. Um Gottes willen, wo konnten die beiden sein, es war ihnen ja alles zuzutrauen. Die ganze Klasse mußte mitsuchen und es entstand ein förmlicher Tumult. Endlich entdeckte man sie oben im Schlafsaal der Kleinen, auf zwei der entlegensten Betten lagen sie und lasen sich Gedichte vor. Sie machten nicht einmal Miene aufzustehen und wollten sich halb totlachen, als die Mademoiselle wutbleich vor ihnen auftauchte. Dann wurden sie in die Klasse hinuntergeschickt. Das Buch, in dem sie gelesen hatten, nahm die Lehrerin an sich und ging damit zur Pröpstin. Die alte Dame unterzog es einer genauen Prüfung, während sie sich den ganzen Vorfall berichten ließ. Auf dem ersten Blatt stand eine lange Widmung in Versen von Ellens Hand. Wie kam Ellen zu dem Buch, das gestern erst eine andre bestellt hatte? Nun folgte ein Verhör auf das andre, nur Ellen wurde nicht vorgerufen.
Statt dessen erschien die Vorsteherin nach Tisch selbst in der Klasse, um sie vor allen andern niederzuschmettern. Sie war in großer Toilette, weil sie nachmittags an Hof gehen wollte, die lange Seidenschleppe knisterte wie eine zornige, schwarze Schlange hinter ihr her.
Ellen stand da, beide Hände in den Schürzenlatz gesteckt und sah ihr gerade in die Augen. Sie wollte zeigen, daß sie sich nicht fürchtete, während die alte Dame mit harten, zischenden Worten auf sie einsprach:
»Mit dir, Ellen Olestjerne, werde ich von jetzt an nicht mehr unter vier Augen reden, denn du verdienst diese Rücksicht nicht mehr. Du hast meine Geduld nun bald ein Jahr lang auf eine harte Probe gestellt; ich will jetzt

nicht davon reden, daß du dich von Anfang an gegen jede Zucht und Ordnung aufgelehnt, dich auch heute noch wieder mit Editha, die ja leider ganz unter deinem Einfluß steht, lachend über alle Regeln hinweggesetzt hast, nur das eine will ich dir sagen: für ehrlich wenigstens habe ich dich bis jetzt gehalten, bis zu dem Augenblick, wo ich erfuhr, auf was für Schleichwegen du dir dieses Buch verschafft hast. Jetzt weiß ich, daß du selbst vor einem gemeinen Betrug nicht zurückschreckst – du, ein Mädchen aus guter, hochgeachteter Familie – eine Konfirmandin. – Und ich sage dir noch einmal, zum letztenmal: halt ein auf der abschüssigen Bahn, die du wandelst. Geh in dich, ehe es zu spät ist, sonst wirst du dermaleinst mit bittrer Reue an meine Worte zurückdenken.«
Dann wandte sie sich zu den anderen: »Ellen Olestjerne hat sich eines gemeinen Betruges schuldig gemacht – sie hat den Namen einer Mitschülerin mißbraucht, um sich ein Buch zu verschaffen, das sie nicht bezahlen konnte, und noch zwei andre veranlaßt, ihr Geld zu borgen, um ihre Schuld wenigstens für den Augenblick zu decken. Ihr habt sie von jetzt an als ehrlos zu betrachten und ich warne jede, die noch mit ihr verkehrt.«
Damit verließ sie das Zimmer und die schwarze Seidenschlange raschelte ihr nach.
Ellen wanderte auf drei Tage in Arrest. Da saß sie in der dämmerigen Turmstube, machte lange Gedichte auf Editha und wartete, wie ihr Schicksal sich entscheiden würde. Als sie am nächsten Sonntag der Reihe nach zur Pröpstin hineinkamen, um ihre Zeugnisse vorzulegen, sagte die verhaßte Stimme:
»Ellen Olestjerne, deine Eltern sind von dem Vorgefallenen benachrichtigt. Du kannst noch bis Ostern hierbleiben, weil ich ihnen nicht die Schande antun will, dich vor der Einsegnung fortzuschicken.«

Es war doch ein arger Schrecken, als die kalte, unerbittliche Tatsache plötzlich vor ihr stand: fortgejagt – und die Eltern. – Wie in einem bösen Traum ging Ellen hinaus, an den andern vorbei, ohne irgend etwas zu sehen, die Treppe hinauf, oben am letzten Gangfenster blieb sie stehen und legte das Gesicht an die Scheiben. Sie hatte Todesangst vor zu Hause – heute wußten sie es vielleicht schon. Es war nicht auszudenken, wie eine erdrückende Last wälzte es sich von allen Seiten über sie her. Dazwischen glänzte wohl auch etwas Helles, Freudiges auf: heimkommen – fort aus diesen dumpfen Schulstuben, aus der moderigen Kerkerluft. Heimatsvisionen kamen, das Schloß, die sonnigen großen Zimmer, wo abends die Spatzen vor den Fenstern in den Ulmen schwätzten, der sommerliche Garten mit seinem starken Fliederduft – Detlev, die Geschwister alle – und nun schluchzte sie vor Heimweh. Ja sie wollte nach Hause, nur nach Hause, wie schlimm es auch werden mochte.
Am Montagmorgen kam Ellen noch halb verschlafen hinunter. Vor ihrem Schrank stand Fräulein Blumener, die Wirtschaftsdame, mit der turbanartigen, punktierten Haube und räumte die Sachen auf.
»Was soll das?«
»Fragen Sie nicht so unverschämt – Sie bekommen Ihren Schrank jetzt da oben auf der Treppe, damit die andern nicht mehr wie nötig mit Ihnen in Berührung kommen. Wer so lügt und trügt wie Sie, muß sich auch darauf gefaßt machen, daß man ihn danach behandelt.«
Ellen lachte, um ihre Wut zu verbergen, und machte ihr hochmütiges Gesicht. Nachher schrieb sie mit Riesenbuchstaben auf die Innenseite der Schranktür:

Ich habe nie das Knie gebogen – den stolzen
Nacken nie gebeugt. 17. Februar 1885.

Das brachte ihr wieder einen Tag Arrest ein. Und so ging es nun mit allem; sie war in Acht und Bann getan, jede von den andern, die sich noch mit ihr sehen ließ, fiel in Ungnade. Aber sie nahm den Fehdehandschuh auf, beging bei jedem Anlaß die größtmöglichen Ungezogenheiten, nahm die Strafe lachend hin und überbot sie durch noch ärgeres Benehmen. Im Schlafsaal gab es fast jeden Tag Skandal. Wenn Ellen sich Wasser holte, balancierte sie die blecherne Waschschüssel auf dem Kopf und behauptete, sie könnte kein Blech anfassen. Beim Mundspülen gurgelte sie nur in Melodien und sagte, es käme ganz von selber, sie könnte es nicht lassen. Und wenn alle im Bett lagen, fing sie an zu heulen wie ein wildes Tier in langgezogenen Tönen die halbe Nacht hindurch, so daß niemand schlafen konnte.

»Ellen, sei ruhig«, schrie die Erste, die Aufsicht führen mußte.

»Mein Gott, ich bin so traurig, du kannst mir doch nicht verbieten, zu weinen«, und sie heulte weiter. Die andern kamen um vor Lachen, und die Erste war machtlos dagegen. Sie konnte nur anzeigen, immer wieder anzeigen, und das war Ellen jetzt ganz gleichgültig, sie lebte in einem förmlichen Rausch von Auflehnung. Ein paarmal ging sie zur Pröpstin, um sich selbst anzuzeigen, wenn sie fand, daß man zu nachsichtig gegen sie war.

»Miß Collins hat wohl vergessen zu melden, daß ich gestern in der Stunde gelacht habe.«

Die Pröpstin geriet außer sich vor Zorn und verbot ihr schließlich, das Zimmer überhaupt noch zu betreten.

Aber manchmal fühlte Ellen sich auch todunglücklich – sie stand jetzt wirklich ganz allein, selbst Editha wollte nichts mehr von ihr wissen, hatte sich immer mehr von ihr zurückgezogen und ging nur noch mit einer früheren Freundin, die Ellen nicht leiden konnte. Sie ballte heim-

lich die Hände, wenn sie die beiden zusammen sah, und ihre Dichtungen wurden immer verzweifelter: draußen heulte der Sturm, Eulen schrien in finstrer Nacht – alle schliefen, nur sie allein wachte mit ihrem zerrissenen Herzen, in dem die Leidenschaft wütete und die verratene Liebe. Manchmal wurden es auch Rebellengesänge: »Wie lange soll ich diese Schmach noch dulden – wie lange diese Ketten tragen noch!« oder: »Es kreist mein Blut in wildem schnellem Lauf – und alle Pulse hämmern laut. – Mein Stolz, mein Selbstgefühl bäumt, ach, sich auf. – Zuviel, zuviel habt ihr mir zugetraut.«
Kurz vor Ostern kam noch die letzte Zeugnisverteilung. Das war immer ein feierlicher, öffentlicher Akt, dem viele Ehrenpersonen aus der Stadt beiwohnten und wo die Pröpstin eine Rede hielt. Diesmal ging es wie ein Gewitter über die fünfzig Kinder hin, von denen manche kaum mehr aufzusehen wagten.
Während ihrer zweiunddreißigjährigen Amtsführung habe sie noch kein Jahr erlebt wie das letzte, – ein Geist des Aufruhrs ist in unsre Anstalt eingedrungen, – unlautre Elemente, die wir leider erst zu spät erkannt haben und die durch Leichtsinn und Gewissenlosigkeit ein schlimmes Beispiel gaben, – und dann erhob sich ihre Stimme immer lauter und strafender. – Derartige Elemente müssen schonungslos ausgemerzt werden – es sind Krebsschäden, die nur durch einen raschen Eingriff beseitigt werden können. – –
Ellen sah wohl, wie viele Blicke sich auf sie richteten, wenn auch nicht ihr Name genannt wurde. Sie wollte die Augen nicht niederschlagen und empfand es beinah wie einen Triumph: »Ja, mit mir seid ihr doch nicht fertig geworden.«
An demselben Abend wurde sie zum Pfarrer gerufen, er sah sie lange ernst an und sagte dann: »Nein, Ellen, vor

mir brauchen Sie sich nicht zu fürchten, ich glaube zu wissen, wie es in Ihrem Innern aussieht und daß Sie die Absicht haben, es von nun an anders werden zu lassen. Denken Sie an das Wort: es wird Freude sein im Himmel über einen Sünder, der Buße tut, vor neunundneunzig Gerechten. Vor allem lassen Sie den schlimmen Widerspruchsgeist und allen kindischen Trotz fahren, damit kommt man nicht durch die Welt, Ellen. – Ich habe trotz alledem gutes Zutrauen zu Ihnen, denn ich weiß, daß Sie im Grunde nicht schlecht sind. Sie machen es nur sich selbst und andern schwer. Aber Sie waren eine von meinen besten Schülerinnen und ich möchte auch, daß Sie einer von meinen besten Menschen werden. Ich will auch selbst mit Ihrer Mutter sprechen, die wohl einigen Grund hat, ungehalten über Sie zu sein.« – Damit gab er ihr die Hand, und ihr liefen große Tränen übers Gesicht.

Als am nächsten Tage die Mutter kam, war Ellen weich wie Wachs. Und es ging viel besser ab, als sie gedacht hatte. Mama schien doch nicht ganz mit der Pröpstin einverstanden, sie sprach viel mit dem Pfarrer und war merkwürdig milde.

Vor der Beichte versöhnten sich die Konfirmandinnen untereinander und suchten auch die Lehrerinnen auf, um in vollem Frieden mit aller Welt das Abendmahl zu nehmen. – Ellen schloß sich von diesem Brauch aus: was haben die mir zu verzeihen, wenn ich mit mir selbst und dem lieben Gott im reinen bin? Dann mußten sie alle einzeln zur Pröpstin hereinkommen, man murmelte auch dort ein paar Worte von Verzeihen und bekam einen Kuß auf die Stirn: – du bist mir eine liebe Schülerin gewesen, gehe hin in Frieden.

Als Ellen kam, standen sie sich einen Augenblick gegenüber, beide in tödlichem Widerwillen, die alte Dame und das fünfzehnjährige Kind.

»Hast du mir nichts zu sagen, Ellen Olestjerne?«
»Nein.«
Auf die einzelnen Worte, die nun folgten, konnte Ellen sich nachher nicht mehr recht besinnen. Die Pröpstin sprach eine Art Fluch über sie aus und wies dann gebieterisch mit ihrem aristokratischen, wohlgepflegten Zeigefinger nach der Tür.
Später gingen die jungen Mädchen auf dem Gang hin und her, meist in ernsten Gesprächen, einige hatten auch große Sorge wegen der Kleider für morgen und wie sie das Haar tragen sollten. Trotz der Pröpstin war Ellen weich und froh gestimmt, das Wiedersehen mit der Mutter war überstanden und sie hatte Editha wieder, nach einer langen Unterredung.
»Siehst du, ich mußte die letzte Zeit etwas Rücksicht nehmen. Du weißt, ich bin von Kind an hier, die Alte hat sozusagen Mutterstelle an mir vertreten und ist immer sehr nachsichtig gewesen. Sie verlangte einfach von mir, daß ich den Verkehr mit dir abbrechen sollte. Leicht ist es mir nicht geworden, aber du tatest ja immer, als ob es dir ganz gleich wäre.«
»O Gott, nein, das war es nicht.« Sie umarmten sich, und Ellen war überselig.
»Weißt du, wir wollen uns oft schreiben. Laß mich wissen, wie es dir zu Hause ergeht.«
»Ja, und ich hab' noch eine Bitte –, schenk mir doch eine Locke von dir.«
Ellen durfte sich selbst eine abschneiden, sie hatte schon eine ganze Edithasammlung bis zu weggeworfenen Stahlfedern, heimlich abgeschnittenen Plaidfransen und alten Schreibheften, aber die Locke kam in ein Medaillon, das sie immer unter dem Kleid tragen wollte.
Die Osterglocken läuteten, und in weißen Kleidern mit langen Schleppen stiegen die Konfirmandinnen die hohen

Steinstufen hinab, durch den dunklen, feuchtkalten Hausflur in die Kapelle.

Als Ellen vor dem Pfarrer kniete, war ihr, als ob seine Stimme für sie einen ganz besonderen Klang hätte, der ihr allein galt, wie eine feierliche Heimlichkeit zwischen ihnen. – Ihre Seele war voller Ernst und wogte in einem frohen, morgenfrischen Gefühl. Mit diesem Tage wollte sie ja ein neues Leben anfangen, es kam ihr jetzt so leicht und hell vor, – wie wenn man nach einem mißglückten, zerfetzten Tag aufwacht und nun alles zurechtbringen will, was gestern nicht gelang.

Andern Tags reiste sie mit ihrer Mutter ab. An der Treppe stand die Pröpstin und streckte ihr kalt die Hand zum Kuß hin. – Ah – zum letztenmal diese Treppe, zum letztenmal dies harte, blanke Gesicht mit den tiefgemeißelten Augenhöhlen, zum letztenmal dieser Sklavenhandkuß!

Und dann das wehmütige Glück, in den Frühlingsabend heimzufahren, heimwärts, nach Nevershuus, zu den Geschwistern – und mit dem Versprechen, daß Editha sie nicht vergessen wollte.

Marianne Olestjerne war bei ihrem Vater im Zimmer und staubte den mächtigen alten Schreibtisch ab. Mit bedächtigen, liebevollen Bewegungen stellte sie die verblaßten Familienphotographien in dunkelbraunen oder violetten Samtrahmen wieder hin und legte vorsichtig die Papiere beiseite. Dann die lange Schale mit Federhaltern und Bleistiften, jeder kam wieder an seinen Platz. Es war wohl zu sehen, sie tat das alles mit Liebe und langjähriger Gewohnheit, als ob jedes Stück Bedeutung und Leben hätte.

Der Freiherr saß am runden Mitteltisch vor dem Sofa und trank seinen Morgenkaffee aus der großen Kopenhagener

Tasse. Diese ganze Frühstunde ging vor sich wie eine heilige Handlung, die nicht unterbrochen und gestört werden durfte. Marianne sah zu ihm hinüber, während er die Zeitung durchsah und wieder hinlegte. Der Vater war für sie der Beste und Geliebteste von allen, das, worum sich ihr Tag und ihre Arbeit drehte.

»Papa«, sagte sie etwas leise.

»Was willst du, mein Kind?«

»Papa, heute ist Ellens Geburtstag – willst du nicht wenigstens einen Augenblick hinübergehen, wenn sie ihre Geschenke bekommt?«

Ein unwilliger Zug ging um seinen Mund, er schob den Sessel weg und ging durchs Zimmer. »Ich warte nur darauf, daß sie zu mir kommt.«

»Das wagt sie nicht«, sagte die Schwester.

»Unsinn, ich habe noch nie bemerkt, daß Ellen etwas nicht wagt.«

»Du hast es ihr auch nicht leicht gemacht, Papa, seit sie wieder hier ist, hast du kein Wort mit ihr gesprochen. Das schüchtert sie ein und Mama – –«

»Ich dachte, das ginge jetzt besser? – Ich habe wahrhaftig die Lust verloren, mich drum zu kümmern.«

»Nein, es geht nicht besser, lieber Vater, ich weiß ja selbst, wie schwer es mit Mama ist. Und Ellen ist noch so jung und hat nicht die Überlegung. – Wir andern haben dich gehabt, und Ellen braucht vielleicht mehr wie alle eine feste Hand, aber auch Liebe.«

Er ging immer rascher, und Marianne fühlte seine Verstimmung aus jedem Schritt.

»Ich weiß nicht, was sie will und was sie braucht, ich kann dies Kind nicht begreifen. Wie ist sie denn wiedergekommen – strahlend, daß sie nicht mehr so viel zu lernen braucht und ihre dummen Jungenstreiche mit Detlev fortsetzen kann. Keine Ahnung, daß sie sich

schämt, kein Wort, daß es ihr auch nur leid tut, uns das alles angerichtet zu haben. Sie ist doch damals nur fortgekommen, weil ich sah, daß es mit ihr und Mama nicht gehen wollte – um ihr zu helfen. Aber sie hält alles, was man für sie tut, für Feindseligkeit und Bosheit und widerstrebt blind und unvernünftig. – Sag du ihr das, sprich einmal mit ihr. Wenn sie dann von selbst kommt, soll es gut sein.«
Aber Ellen kam nicht. »Es nützt ja doch nichts«, war die Antwort auf alle Vorstellungen der älteren Schwester. – So wurde es ein melancholischer Geburtstag. Als die andern nach Tisch vor der Gartentür saßen, lief Ellen auf die Koppel hinaus. Was sollte sie da droben? Sie fühlte sich überflüssig, im Wege, ausgeschlossen. So warf sie sich ins Gras und weinte – ja, die Heimat, die hatte sie nun wieder, aber sonst war alles wie früher, täglicher Kampf und tägliche Quälerei, nur noch rettungsloser und verfahrener durch die unglückselige Pensionsgeschichte.
Später kam Marianne mit Detlev, sie fand, daß doch etwas Festliches für Ellen geschehen müßte und wollte mit den beiden ihren Lieblingsweg nach Olrup gehen – es war ein kleines Dorf draußen am Meer.
Ellen bewunderte ihre Schwester sehr – die hatte ihre ganze Jugend zu Hause verlebt und war nie unzufrieden, immer gleichmäßig in ihrer stillen Heiterkeit. Sie kamen darauf zu sprechen, auf die Eltern und alles.
»Du mußt dir doch auch ziemlich viel gefallen lassen und darfst alles mögliche nicht«, meinte Ellen.
»Aber es liegt mir auch meistens nicht so viel daran. Wenn Papa mir zum Beispiel verbietet, irgendein Buch zu lesen, so weiß ich, daß er seinen Grund dafür hat. Und es bleibt immer noch so viel Schönes, woran man sich freuen kann, daß das gar nicht in Betracht kommt.«
»Ja, aber hast du jemals gesehen, daß Mama mir etwas aus

einem vernünftigen Grund nicht erlaubt? Sie verbietet nur, um zu verbieten, oder weil sie alles überflüssig findet, was mir Freude macht. Sie sagt, ich wäre faul und wollte nichts tun, aber warum läßt sie mich nicht malen? Es ist das einzige, was ich mir wünsche und was mir Freude macht. Dann würde ich mit Vergnügen den ganzen Tag arbeiten. Aber sowie sie mich mit einem Skizzenbuch sieht, heißt es: laß doch das alte Geschmier, es kommt ja doch nichts dabei heraus.«
Marianne zuckte die Achseln. »Mama ist nun einmal dafür, daß man nur nützliche Sachen tut, sie hat es auch nicht gern, wenn ich viel lese. Ich sage dir deshalb auch immer wieder, du solltest dich an Papa halten, der kann dir noch am ehesten helfen. Mir scheint immer, daß ihr Jüngeren ihn eigentlich gar nicht kennt.«
»Er kümmert sich nicht viel um uns.«
»Das würde er schon tun, wenn ihr nur wolltet. Ich habe dir doch gesagt, er wartet nur darauf, daß du kommst.«
»Das kann ich nicht – ich kann einfach nicht. Wofür soll ich ihn denn um Verzeihung bitten? Daß dies infame Tier von Pröpstin mich nicht leiden konnte? Ich möchte ihr heute noch den Hals umdrehen.«
»Ich auch«, fuhr Detlev ingrimmig dazwischen; die Pröpstin haßte er mit.
Vor ihnen lag das Dorf mit seinen Strohdächern und dem niedrigen, stumpfen Kirchturm. Über den Heidehügel gingen sie zum Meer hinunter, und Marianne pflückte Blumen für Papas Schreibtisch. Dann saßen sie am Strand auf den großen Steinen, während die Sonne langsam ins Meer hineinrollte wie eine große brennende Kugel. Der Himmel loderte weithin auf, das Meer wurde rot, und die Heidehügel glühten. Allmählich losch alles wieder aus und nun wurde es rasch dunkel, die einzelnen Gestalten auf dem Deich sahen aus wie schwarze Silhouetten.

»Wenn man das malen könnte,« sagte Ellen, »überhaupt malen können, alles, was es gibt.«

Detlev lachte: »Immer noch Vogelbauer, Ellen! Du bist doch noch geradeso wie früher.«

»Ja, aber ich werde meine jetzigen Vogelbauer doch noch einmal zusammenkriegen, darauf könnt ihr euch verlassen.«

Sie gingen jetzt rasch den Deich entlang und sprachen von der großen Sturmflut vor acht Jahren. Es war die lange gerade Strecke, wo damals der Deich beinah gebrochen und nur einen Meter breit stehengeblieben war. Wie da die haushohen Wellen herüberschlugen und die Menschen, die sich hinauswagten, wie Papierfetzen herumflogen. – Dann kam das rote Deichwärterhaus mit dem kleinen, sonnenverbrannten Garten, der Bootschuppen, das Dock, wo alte Schiffe zum Ausbessern lagen. Dicht beim Hafen begegneten sie vielen Spaziergängern, immer die gleichen, die jeden Abend hier herausgingen, all die bekannten Gesichter aus der kleinen Stadt. Das Grüßen nahm kein Ende, hier und da mußten sie auch stehenbleiben und ein paar Worte sprechen, bis sie endlich in die schmalen Hafenstraßen einbogen, über den Markt unter dem Rathausbogen durch und schließlich die dunkle Kastanienallee zum Schloß gingen.

Ein paar Tage später, als Ellen zur Stadt war, ging die Mutter in ihr Zimmer hinauf: »Ich muß doch einmal sehen, was sie da immer treibt, wenn sie allein ist«, dachte sie. – Ellen hatte vergessen wegzuräumen, da standen drei Bilder von Editha mit Blumen davor, auf dem Tisch lag ein langer, angefangener Brief an die Freundin, der bittren Weltschmerz atmete und endlose Klagen über Ellens elendes Los. Und daneben ein dickes, ledernes Buch mit selbstgeschriebenen Gedichten, das die Mutter noch nie

gesehen hatte. Sie nahm es mit ins Wohnzimmer, setzte ihre Brille auf und las den ganzen Nachmittag. Als Ellen nach Hause kam, warf Mama ihr das Buch vor die Füße.
»Du hättest es verdient, daß ich es dir um die Ohren schlage. Was ist das für ein unerhörtes Zeug? Schämst du dich denn nicht, so was zusammenzuschmieren? Das hört jetzt auf, verstanden? – Und was du da an deine Editha schreibst – du meinst wohl, daß dir arges Unrecht geschieht, wenn du nicht all deinen verrückten Einbildungen folgen sollst. Von jetzt an lese ich all deine Briefe, verlaß dich darauf.«
Ellen stand zuerst wie versteinert. Wie konnte Mama sich das herausnehmen, in ihren tiefsten, innersten Geheimnissen herumwühlen – ja, jetzt schämte sie sich allerdings – ihr war, als ob man ihr alle Hüllen von der Seele gerissen hätte und dann kam eine sinnlose Wut über sie. – Sie schrie der Mutter alles ins Gesicht, was an Groll in ihr aufgespeichert war.
»Ich wollte, ich wäre Gott weiß wo, nur nicht mehr bei euch, in dieser Hölle. Aber ich laß es mir nicht mehr gefallen. Lieber lauf ich fort oder bring mich um.«
Einen Augenblick war es ganz still im Zimmer – Ellen hatte den Arm erhoben in drohender Abwehr: »Rühr mich nicht an, Mama!« Denn die Mutter hatte sie schlagen wollen.
Ellen kam wieder fort von zu Hause. Der Vater hatte sie zu sich rufen lassen und lange mit ihr darüber gesprochen. Ihr ganzer Trotz zerfloß in Tränen – sie hatte nie geglaubt, daß Papa so gut wäre, so vieles verstehen konnte und ihr helfen wollte.
So wurde sie denn auf längere Zeit zu ihrer Tante Helmine Olestjerne geschickt. Es war eine jüngere Schwester des Freiherrn, die für sich allein in ihrem eignen Haus und Garten lebte und eine besondere Vorliebe dafür

hatte, sich bedrängter Jugend anzunehmen. Bei ihr konnte Ellen frei heraus mit allen ihren Beschwerden und unruhigen Wünschen. Schon am ersten Abend, als sie bei Tante Helmine in dem gemütlichen Wohnzimmer mit altväterischen Möbeln und Familienbildern saß, erzählte sie all ihre Erlebnisse zu Hause und in der Pension.
Die Tante hörte aufmerksam zu: »Ja, mit deiner Mama ist es sehr schwierig – ich habe sie auch manchmal nicht verstehen können. Du bist ja jetzt groß genug, daß man mit dir darüber reden kann. Aber bei mir sollst du dich nun einmal wirklich wohl fühlen und soviel Freiheit haben, wie ich dir mit gutem Gewissen geben kann. Es ist eine Malerin hier, bei der du Stunden nehmen kannst, wenn du so große Lust dazu hast.«
Ob sie Lust hatte! Ellen riß beinahe das Tischtuch mit Lampe und allem herunter und fiel der Tante um den Hals.
»Und wenn die sagt, daß du Talent hast, lassen sie dich vielleicht auch zu Hause dabei. Dann hast du wenigstens eine Arbeit, die dir Freude macht.«
Ellen bekam ein Zimmer als Atelier eingerichtet und warf sich gleich vom ersten Tage an mit Heißhunger auf die Arbeit, mit ihrer vollen, gesunden Jugendkraft, die sie bisher fast wie etwas Überflüssiges gedrückt hatte und jetzt mit einemmal in ihr aufjauchzte, weil sie ein Ziel bekam und das Ziel, das ihr glühendster Wunsch war. Am liebsten stand sie die ganzen, langen Sommertage vor der Staffelei oder streifte mit dem Skizzenbuch draußen herum, statt mit der Tante auf Besuche zu fahren oder Vergnügungen mitzumachen. Ihre Lehrerin betete sie etwas scheu und aus der Ferne an – eine Künstlerin, die in Paris und München gewesen war, ein Wesen aus einer ganz andern Welt, von der Ellen nichts geahnt hatte und alles mit staunender Glut verschlang, was sie jetzt erfuhr.

Sie schämte sich ihrer bodenlosen Unwissenheit – hatte noch nie ein richtiges Bild gesehen, nicht einmal gewußt, daß man nach lebenden Modellen malte, und tat so dumme Fragen, daß Fräulein Hunius oft lächelte. Und wie die da herumging zwischen all den beschränkten, engherzigen Leuten – nur ihrer Kunst lebte. Nur der Kunst leben. Ellen fing an zu ahnen, was das sein müßte. Wenn die Lehrerin zur Stunde kam, stand sie bebend hinter ihr und folgte jedem Strich. Und nur dann, wenn sie ihr Gesicht nicht sehen konnte, wagte sie von sich selbst zu sprechen – wie sie sich auch so ganz in die Kunst hineinstürzen möchte, nur dafür dasein und arbeiten bis aufs Blut, trotz aller Hindernisse. Und was für Hindernisse standen ihr entgegen – das meinte Fräulein Hunius auch, die Ellens ganze Verwandtschaft kannte. Sie sprach ihr auch von den Enttäuschungen, daß Ellen noch so jung sei und sich wie alle Anfangenden große Illusionen mache, die wohl meist nach und nach zerschellten. Aber das bedrückte sie nicht weiter, und sie glaubte nicht daran. Es war eine Zeit, wo sich ihr alles in einen Traum von immerwährender Glückseligkeit verwandelte, der ganze Tag war ein ernstes Spiel mit frohen Kräften, und selbst in den warmen Sommernächten wollte keine rechte Müdigkeit kommen. Manchmal stand Ellen heimlich wieder auf, stieg aus dem niedrigen Fenster und lief über den Rasenplatz zum Fluß hinunter, der am Garten vorbeifloß. Da schaukelte sie sich in Tante Helminens kleinem Boot oder tauchte in das dunkle, raschfließende Wasser hinein, mit stiller Angst, daß die Tante sie gehört haben könnte.

Anfang Dezember schrieb die Mutter, Ellen müsse nun endlich einmal wiederkommen. Die Tante ließ sie ungern gehen, denn sie hatte große Freude an Ellens Fleiß und konnte ihre rastlose Lebendigkeit gut ertragen. Aber im nächsten Jahr sollte sie wiederkommen und weiterlernen. Ellen fuhr nach Hause mit zwei großen Zeichenmappen und voll von Plänen und Zukunftsträumen. Jetzt strahlte ihr die Welt. Sie wollte gut gegen Mama sein, ihr nachgeben, soweit es ging, und im Stillen weiterarbeiten, bis sie alle überzeugt hatte, daß sie Malerin werden müßte.

Am Weihnachtsabend saßen sie alle noch spät beim Punsch im Eßsaal auf Nevershuus. Der Freiherr ging, wie er es liebte, während des Gespräches mit großen Schritten auf und ab.
»Das waren eure letzten Weihnachten hier«, sagte er plötzlich und blieb am Tisch stehen.
Die vier Geschwister saßen wie versteinert und sahen ihn an.
»Ja, Papa hat Nevershuus verkauft«, sagte nun die Mutter mit Tränen in den Augen. »Zum Frühjahr müssen wir fort.«
Sie schwiegen alle, der Vater stand vor ihnen und reckte sich in die Höhe: »Seid doch froh, wenn wir endlich einmal aus dem Nest herauskommen – von euch Jungens wird ja doch keiner Landwirt, und wir sind jetzt zu alt, um uns damit zu plagen, für nichts und wieder nichts.«
Marianne war die einzige, die schon darum gewußt hatte, die andern konnten sich immer noch nicht von der jähen Überraschung erholen: daran hatten sie nie gedacht, sich nie vorgestellt, daß es einmal so kommen könnte – Nevershuus ihnen nicht mehr gehören. Und die Eltern waren in ihren Augen die »jungen Leute«, denen keine Zeit etwas anhaben konnte – Papa sich zur Ruhe setzen, das war wie eine Erklärung, daß sie nun alt würden. Sie mühten sich alle, ihre Bewegung zu unterdrücken, denn Gefühlsäußerungen, besonders im größeren Kreise, waren bei den Olestjernes niemals Brauch gewesen. Es gab

nur hier und da einen etwas unsicheren Ton in den Stimmen, während sie über das große Ereignis sprachen.
»Wo wollt ihr denn hinziehen?« fragte Erik mit seiner gewohnten überlegenen Ruhe – für ihn kam es auch nicht so sehr in Betracht, da er demnächst auf die Universität sollte.
»Das wissen wir noch nicht, aber jedenfalls in eine größere Stadt.«
»Für uns ist es überall gut, wo wir zusammen sind und euch haben«, meinte Marianne; »– aber es war doch unser Nevershuus.«
»Ach, ihr solltet euch doch freuen, einmal in andre Umgebung zu kommen,« sagte der Vater wieder. »Hier versimpelt ihr auf die Länge, seht nichts von der Welt, wißt nichts von der Welt. Euer Nevershuus werdet ihr schon mit der Zeit vergessen.«
»Wie kannst du das sagen, Christian!« Der Freifrau ging es wie den Kindern, sie hing mit allen Fasern an dem alten Schloß – vierundzwanzig Jahre – ihre ganze Ehe – die Kinder, die hier geboren und aufgewachsen – ihr Ältester, der hier gestorben war! Sie begriff doch nicht recht, daß ihr Mann sich so leicht loslöste, es wie eine Befreiung empfand, wie einen neuen Lebensanfang, von hier fortzukommen.
Marianne saß mit ineinandergelegten Händen und sah nur ihren Vater an – er war grauer geworden in den letzten Jahren, die Stirn noch höher und gefurchter, aber heute schien er ihr so verjüngt. Sie wußte am besten, wie er sich von jeher hinausgesehnt aus diesem engumschlossenen Leben, in das die Verhältnisse ihn gegen seine Neigung hineingezwungen hatten.
Durch die offne Tür sah man in den Weihnachtssaal, die Lichter waren längst heruntergebrannt, das Silber auf den Tannen schimmerte matt im Dunkeln.

»Ihr lacht ja heute gar nicht«, sagte der Freiherr auf einmal, »was ist denn in euch gefahren?« Sonst mochte es ihm manchmal zu viel werden, wenn seine junge Schar bei jedem vernünftigen Gespräch, bei jeder ernsten Lektüre unweigerlich im Chor losplatzte, besonders an Festtagen, wenn die Bowle auf dem Tisch stand. Aber er vermißte doch etwas, wenn sie so unnatürlich ernst waren.

Aber sie saßen alle und dachten, daß diese Weihnachten nun die letzten in der alten Heimat wären, da wollte kein Gelächter in Gang kommen.

Zweiter Teil

L . . ., 3. März 1888

Vor allem will ich Sie beruhigen, daß weder meine Mutter noch Detlev etwas von unsren Gesprächen gehört haben – sie schalt nur, daß ich zu viel mit Ihnen getanzt hätte. – Herrgott, wenn sie wüßte, daß ich jetzt an Sie schreibe – es ist bald fünf Uhr, unten auf der Straße rasseln schon Milchwagen, ich liebe nichts mehr, als so eine Nacht durch aufzubleiben, und heute wäre es mir unmöglich gewesen zu schlafen.

Es kommt mir wie ein Wunder vor, daß ich nun wirklich einen Menschen gefunden habe, dem ich alles sagen kann und der mein Freund sein will. Sie machen sich ja keinen Begriff davon, wie allein ich war und wie todunglücklich ich mich von jeher zu Hause gefühlt habe, besonders in diesem letzten Jahr, wo auch Detlev mir immer fremder wurde. Sie wollten mir das nicht recht glauben, aber es ist wirklich so: meine Mutter sieht es nicht gerne, wenn ich viel mit ihm zusammen bin. Sie hat ihm das Versprechen abgenommen, mich keine modernen Bücher lesen zu lassen und mich mit seinem Verkehr nicht in Berührung zu bringen. Nur unter der Bedingung darf ich mit ihm ausgehen, die Eltern sind ja schon außer sich, daß er so in all diese Sachen hineingekommen ist und mit freidenkenden Menschen verkehrt. Aber Sie können sich vorstellen, wie mir dabei zumut war, wenn er mir von Ihnen und den andern erzählte, wie von einer Welt, die mir immer verschlossen bleiben sollte. Dann fand ich eines Tages auf seinem Schreibtisch »Brand« und »Peer Gynt« und nahm es mir herüber. Ganze Tage habe ich darüber zugebracht

und konnte weder essen noch schlafen, nur immer wieder lesen, sowie ich allein war. Es kam mir vor, als ob jedes Wort für mich geschrieben wäre, ich wußte mit einemmal, daß es keine unmöglichen Hirngespinste waren, mit denen ich kämpfte, – wenn sich alles in mir sträubte gegen das Leben, das man mir aufzwingen will. Früher empfand ich es immer als eine Art Unrecht gegen meine Eltern, mich so dagegen aufzulehnen und heimliche Sachen zu tun, aber nun ging es mir plötzlich auf, daß jeder ein unveräußerliches Recht an sein Ich und sein eigenes Leben hat. Wissen Sie die Stelle: das Eine darfst du nie verschenken, – dein Selbst, dein Ich, den heilgen Dom – du darfst's nicht binden – nicht es lenken – nicht hemmen seines Lebens Strom – Er rauscht dahin und strömt und schwillt: – bis er im Meer die Sehnsucht stillt.
Wenn Sie erst mein ganzes, bisheriges Leben kennen, werden Sie begreifen, was für einen überwältigenden Eindruck das auf mich machte, als ob plötzlich etwas Erlösendes durchbräche, wo früher eine dumpfe, undurchdringliche Masse war. Und dabei muß ich immer wieder an den großen Krummen im »Peer Gynt« denken, wie er im Nebel auf ihn losschlägt und nicht durchkann, und der Krumme antwortet: »Geh herum.« Aber wo er hinkommt, ist wieder dasselbe da und ruft: »Geh herum!«
Zuerst hab' ich das alles ganz allein durchlebt, aber es hätte mich einfach erstickt, ich mußte mit Detlev davon sprechen. Und da kamen wir uns wieder so viel näher, er hat mir dann auch die andern Bücher gegeben, und was waren das für Stunden, wenn wir zusammen darüber sprachen. Er arbeitet abends immer in meinem Zimmer, und da reden wir oft die ganze Zeit von alledem. Dann erzählte er mir auch von Ihnen, und ich versuchte, ihm das Verantwortungsgefühl auszureden, weil ich Sie so gerne kennenlernen wollte. Als ich Sie ein paarmal gese-

hen hatte, wußte ich ja gleich, daß wir uns verstehen würden. Und wie Detlev es dann durchsetzte, daß ich zu dem Tanzabend mitdurfte – sehen Sie, da hatte ich das Gefühl, als ob etwas Entscheidendes kommen müßte, jetzt oder nie. Sonst wäre es wieder an mir vorbeigegangen, und ich hätte in dem alten Elend weiterleben müssen. – Und nun ist es wirklich geschehen – als ich hinter Mama und Detlev nach Hause ging mit Ihrem Brief in der Tasche, dachte ich immer nur: jetzt kann kommen, was will, das können sie mir doch nicht mehr nehmen.
Daß wir uns öfter sehen, wird allerdings schwierig sein, ich weiß schon gar nicht, wie ich immer zur Post kommen soll, um Ihre Briefe abzuholen – also wenn möglich, Mittwoch im Dom, die Tür beim Turm ist ja immer offen.
Und nun leben Sie wohl – es kommt mir vor, als ob ich Ihnen so viel zu sagen hätte, daß es nie ein Ende nimmt.

8. März, nachmittags

Eben komme ich von unsrer so schmählich zerrissenen Zusammenkunft im Dom zurück. Der Schrecken sitzt mir noch in allen Gliedern. Gott im Himmel, wenn mein Vater uns gesehen hätte – ich hätte mir auch denken können, daß er unserm Besuch die Kirchen zeigen würde. Und was der Kirchendiener wohl gedacht hat, als wir auf allen vieren zwischen den Bänken durchliefen. Es war eine gute Idee von Ihnen, denn sonst hätten sie uns sicher gesehen.
Aber es war doch schön, daß wir uns wenigstens so lange in Ruhe unterhalten konnten.
Glauben Sie nur nicht, daß ich Ihnen unsre häuslichen Verhältnisse übertrieben habe. – Seit wir hier sind, habe ich mit Mühe erreicht, daß ich den ganzen Tag in meinem Zimmer sein kann und nicht mehr nähen muß. Da habe

ich mir mit einer spanischen Wand eine Art Atelier eingerichtet, wo ich male und modelliere. Aber es ist unmöglich, allein weiterzukommen – ich darf weder Modelle nehmen, noch mir Gipsabgüsse ausleihen. Meine Mutter findet, ich soll dann wenigstens »hübsche, brauchbare« Sachen – Geschenke, Porzellanteller usw. machen. Das fällt mir natürlich nicht ein, und so bleibt mir nichts übrig, wie meine alten Stiefel und ähnliches zu malen. Davon hab' ich schon eine ganze Galerie. – Ich weiß ganz gut, daß meine Mutter mich auf diese Weise zwingen will, nachzulassen. Aber ich lasse nicht nach.
Es ist überhaupt ein fortwährender Krieg. »Jedermanns Hand wider jedermann.«
Mit meinem Vater kann ich auch zu keinem Verständnis mehr kommen, er hat sich in letzter Zeit mehr um mich gekümmert, aber es ist doch zu spät. Ich kann mich nicht freundlich mit ihnen stellen, wenn ich sie zugleich fortwährend hintergehen muß. Und das wieder muß ich, um zu meinem Lebensrecht zu gelangen. Ein ehrlicher, offener Kampf würde mir gar nichts nützen, sie sperren mich dann höchstens noch mehr ein.
Und was das Leben so schön macht, kann nicht schlecht sein. Wo bliebe dann die Wahrheit? In all dieser verschrobenen Sittlichkeit und Moral ist ja doch kein Funke davon.
Ich lese jetzt gerade »Die Frau« von Bebel und Lassalles »Leben«. Was ist das für ein Kerl, ich bin ganz weg, in den hätte ich mich wahnsinnig verliebt. Seine Flugschriften will ich jetzt auch lesen, Detlev hat sie ja.
P. S. Die Mutter hat Detlev gestern gefragt, ob er etwa mit zu diesem abscheulichen Ibsenklub gehörte, wo die Mädchen mit jungen Männern über unmoralische Sachen sprächen und zusammen Ibsen läsen. – Sie hat in einer Gesellschaft davon gehört. Natürlich waren Sven Olaf-

son und die Schwestern Seebald damit gemeint, aber wer mag den Namen Ibsenklub aufgebracht haben?
Vielleicht haben wir Detlev jetzt bald so weit, daß ich die alle einmal kennen lerne. Übrigens hat Mama bei dieser Gelegenheit auch noch gesagt: »Friedrich Merold ist doch der einzige Nette von deinen Freunden.«
– Sie scheinen also doch guten Eindruck gemacht zu haben.

20. März

Es ist morgens um fünf Uhr – beim Aufwachen fiel mein erster Blick auf die Blumen von Ihnen, die noch immer blühen. – Ich stehe jetzt immer so früh auf, um mehr Zeit für mich zu haben, und diese stillen Morgenstunden sind das schönste am ganzen Tag. Früher in Nevershuus lief ich oft so in der Frühe auf die Wiesen hinaus und manchmal heimlich durch die Stadt zum Strand. Es war so schön, ganz allein am Meer zu sein, ich habe oft noch Heimweh danach. Aber was hätte ich für ein Leben geführt, wenn wir dort geblieben wären – jetzt scheint doch wenigstens hier und da ein Lichtstrahl durch die Türspalte. Und das tut auch wirklich not. Gott, was ist das für ein Familienleben, mir schaudert, wenn ich gleich zum Frühstück hinunter muß. Den ganzen Tag gibt es Auseinandersetzungen und Szenen, wo nur zwei in einem Zimmer beisammen sind. Sagt einer: das ist weiß, so schreit gleich der andere: nein, was fällt dir ein – schwarz ist es. Und alles hat Nerven, selbst die Hunde sind nervös bei uns und fangen an zu quieken, wenn zu laut gesprochen wird.
Aber es ist Zeit, ich muß hinunter, leben Sie wohl, bis wir uns wiedersehen.

Ellen.

28. März

Wenn wir uns doch bald wiedersehen könnten, ich habe

Ihnen so viel zu erzählen. Vorgestern nahm Detlev mich nun wirklich mit zu Seebalds, und Olafson war zuerst auch da. Es wurde über die »Frau vom Meer« gesprochen, über Murgers »Zigeunerleben« und über freie Liebe. Und dann erzählte Olafson von Paris. Wie kann er wundervoll reden – wenn er sprach, schwiegen alle still, aber ich glaube, uns war allen zumut, als ob man laut schreien müßte vor Begeisterung oder weinen oder irgend etwas ganz Verrücktes tun. Was sind das alles für Menschen, endlich einmal wirkliche Menschen, ohne Schablone und voll Künstlertum und Freiheit. Es ist einem, als ob man sein Leben lang taub, blind und stumm in einer Höhle gesessen hätte und nun zum erstenmal sieht, zum erstenmal menschliche Stimmen hört, die ins Leben rufen.

Nachher zeigte Lisa uns ihre Skizzen. Gott, wenn ich denke, daß man auch einmal so hinauskönnte. Sie fanden es alle entsetzlich, daß ich so eingesperrt bin, besonders Marga, die ja auch Ihre besondere Freundin ist. Ich bin sehr angetan von ihr – man sieht, daß sie ihren Lebenskampf mit Stärke und Entschlossenheit kämpft.

Später gingen wir mit der ganzen Gesellschaft zu Allersens. – Sie haben ganz recht: das düstere, alte Haus paßt wunderbar zu diesen Menschen. Die zwei Schwestern saßen in großen Lehnstühlen und sahen aus wie seltsame schwarze Blumen. Anita spielte mit einer kleinen Katze – von der anderen weiß ich nicht, wie sie heißt, und der Bruder mit dem Christuskopf stand am Fenster. Sie sagten alle sehr wenig, aber man fühlt, daß sie es auch nicht nötig haben, so viele Worte zu machen wie wir anderen.

– – das war ein ereignisreicher Tag für mich, ich finde, das Leben wird jetzt mit jedem Tag schöner und reicher. Und ich bin mitten drin, nun lasse ich es nicht wieder fahren.

14. April

Kaum eine Stunde ist es her, daß wir uns trennten – nur die Rose, die im Glas vor mir steht, sagt mir, daß ich nicht geträumt habe – daß wir jetzt für immer zusammengehören. Friedl, ich hätte Dir noch so unendlich viel zu sagen, aber ich kann nicht. Es ist, als ob die ganze Wirklichkeit um mich versunken wäre – ich weiß nur noch unsre Liebe, und daß uns nichts mehr trennen kann.

Abends

Und dieser Tag ist verschont geblieben von all den Dissonanzen, die mich sonst quälen und zerreißen. Ich war ganz alleine mit den Eltern, und es fiel ausnahmsweise kein böses Wort zwischen uns. Mein Gott, und wenn sie einmal mit mir so sind, fühle ich auch wieder, wie ich sie im Grunde doch liebe. Ich war in einer so weichen Stimmung, daß ich ihnen am liebsten um den Hals gefallen wäre.

Gute Nacht, Geliebter, meine ganze Seele ist bei Dir und gehört Dir. Mein Fenster steht weit offen, die Luft ist voller Frühling, und in mein Leben ist zum erstenmal Sonne gekommen.

21. April

Hab Dank für Deinen Brief – wenn Du wüßtest, wie mich Deine Worte glücklich machen und auch wieder traurig. Ach, Friedl, daß wir jetzt an eine lange Trennung denken müssen, wo wir uns eben erst gefunden haben – das ist sehr schwer. – Aber es war schon lange festgesetzt, daß ich für diesen Sommer zu meinen Verwandten sollte. Länger wie ein halbes Jahr können sie mich hier zu Hause ja nicht ertragen. Aber sieh, wir können ja auch aus der Ferne alles miteinander teilen – wir müssen um unsrer Liebe willen alles ertragen, und ist es nicht geradeso schön, daß niemand darum weiß? – Und ich weiß doch nicht, wie ich nur einen Tag ohne Dich leben soll, und nun erst Wochen und Monate.

– – Ich muß Dir heute abend noch ein Wort schreiben und Dir immer wieder sagen, wie glücklich ich bin. Endlich – endlich ist es Frühling geworden, und ich komme mir wirklich vor wie ein Baum, der Knospen treibt. Ich sehe nun endlich das Leben vor mir liegen – in Schönheit und Freiheit, nur die letzten Schranken gilt es noch einzurennen, und sie sollen und müssen fallen. Herrgott, wir sind ja noch so jung – die paar Jahre, bis ich mündig bin, werde ich wohl noch aushalten, und dann soll keine Macht der Welt mich zwingen, noch zu bleiben. Sollte ich etwa mit gebundenen Händen immer weiter zusehen, wie man mir mein Leben zertritt, bis die Jugend vorbei ist und alles zu spät?

Nein, siehst Du, Friedl, ich muß hinaus aus alledem, sonst gehe ich innerlich zugrunde. – Und denke Dir nur, wie göttlich es werden kann, wenn wir beide in München wären – Du studierst und ich male, und wir lieben uns, wie noch nie zwei Menschen sich geliebt haben. – Ich sitze oft stundenlang da und stelle mir das alles vor, und es wird immer leuchtender in mir. Aber es macht vor allem Deine Liebe, und daß ich jetzt endlich einmal fühle, was Glück ist – da blüht dann auch alles andre auf. Sag mir immer wieder, jeden Tag, daß Du mich lieb hast –

Ich küsse Dich tausendmal – –

24. April

Warum kamst Du gestern nicht? Du fehltest mir so unter den anderen. Gerade dann, wenn es lustig und laut ist, kommt mir auf einmal eine solche Sehnsucht nach Dir. – Wir trafen uns vorm Tor, der ganze Ibsenklub, und zogen in irgendein Wirtshaus weit draußen an der Landstraße, wo wir zur Feier des Karfreitags Grog tranken und sehr viel Lärm machten. Auf dem Rückweg kamen wir an der kleinen Kirche vorbei und hüpften im Gänsemarsch oben auf der Mauer entlang, als plötzlich die Türen aufgingen und die andächtige Gemeinde herausströmte. Wir machten, daß wir herunterkamen, und tanzten alle angefaßt um Lisa herum, die nicht mitgewollt hatte. Die Kirchenbesucher und Vorübergehenden schienen einigen Anstoß daran zu nehmen, und wir wurden verschiedentlich ermahnt weiterzugehen. Es war zu schade, daß Du nicht da warst. – Detlev und ich kamen noch etwas angesäuselt zu Tisch und wurden mit einem Donnerwetter über unser langes Ausbleiben empfangen. – Sie sind auch außer sich, weil wir uns weigerten, morgen mit zur Kommunion zu gehen, den ganzen Abend wurde kein Wort gesprochen – aber wäre es nicht Feigheit, es um des Friedens willen doch zu tun?

2. Mai

Das ist nun unwiderruflich der letzte Abend – für Monate. Eben bin ich noch mit unsrem alten Nero im Mondschein durch den Garten gegangen – und mir war ganz wehmütig dabei. Dies Tier ist das einzige Wesen, das hier zu Hause wirklich an mir hängt und mich vielleicht etwas entbehren wird.

Nein, es ist nur gut, daß ich fortkomme, dieser Zustand reibt mich auf. Immer liegt es wie ein dunkler Schatten über meinem Leben, das sonst so froh und licht sein könnte. Friedl, denke daran, daß ich keine Mutter habe, nie gewußt, was Mutterliebe ist – das alles mußt Du mir ersetzen, und Du tust es ja schon. So leb wohl, Du einzig Geliebter, wann werden wir uns nun wiedersehen? Wann wird wieder eine Blume von Dir vor meinem Bette ste-

hen, wenn ich einschlafe? Du wirst wohl oft zu meinem leeren Fenster hinaufsehen – es ist mir ein Trost, daß Du oft mit Detlev zusammen bist, den werde ich auch schwer vermissen.
Leb wohl, ich schreibe Dir so bald wie möglich.

Balsdorf, 4. Mai

Nun sind wir so weit auseinander, und das Herz tut mir so weh. Ich denke den ganzen Tag an Dich, an alle die einzelnen Stunden, die wir zusammen waren und an jene allerschönste auf dem Kirchhof, wo Du mir Deine Liebe sagtest. Immer wieder zog das alles an mir vorbei. Wie hab' ich mich heute auf diesen Augenblick gefreut – ich bin allein in meinem Zimmer und Dein Bild steht vor mir – ich seh' in Deine Augen – draußen über den dunklen Tannen der Mond, und im Garten schlagen die Nachtigallen. – Friedl, was sollte wohl aus mir werden, wenn ich Dich nicht hätte.
Ich habe noch viele bittre Worte gesagt und gehört in den letzten Tagen zu Hause, es gab noch einen argen Zusammenstoß mit meiner Mutter, und wir haben uns kaum Adieu gesagt. Papa sprach den letzten Morgen mit mir über meine namenlose Starrköpfigkeit und versicherte mir, daß es mir doch alles nichts helfen würde. Das einzige Gute bei diesem Abschied war mit Detlev, wir haben uns eine ganze Stunde geküßt und uns geschworen, fest zusammenzuhalten. Beinahe hätte ich ihm jetzt schon unser Geheimnis verraten.
Vorhin war ich mit den anderen im Wald. Ich lag im Gras und träumte, während sie sich unterhielten, machte die Augen zu und dachte an unser letztes Beisammensein: wir standen wieder im Dom bei der großen Orgel – und dann sah ich Dich rasch fortgehen. Da wurde mir zumut, als ob ich weit fortstürzen möchte in die Einsamkeit mit

allem Sehnen und Denken. Ich möchte Dich noch einmal sehen und dann mein verfehltes, zertretenes Leben von mir werfen. Ja, Friedl, ich fühle mich manchmal so entsetzlich zerrissen und heimatlos, daß mich alle Kraft verlassen will. Nirgends bin ich zu Hause, nirgends – am wenigsten da, wo ich es sein sollte. Kaum ein halbes Jahr kann ich mit ihnen leben, dann muß ich wieder hinaus unter fremde Menschen, wo ich auch nicht hingehöre.
Wenn sie auch gut gegen mich sind, gerade das tut mir manchmal am meisten weh und es sind doch überall dieselben Schranken, an denen ich mich wundstoße.
Und ich fühle doch auch, daß niemand so zur Lebensfreude geschaffen ist wie ich – manchmal erschrecke ich selbst darüber, was für Wildheit in mir steckt und sich ausrasen möchte.
Du bist ja der einzige, zu dem ich so sprechen kann. Hab Geduld mit mir, Du allein, die andern haben sie ja alle nicht, weil ich nicht so sein kann, wie sie mich haben wollen. Vielleicht, wenn Du mich ganz kenntest, würdest Du ebenso denken wie sie. Das ist ein fürchterlicher Gedanke; nein, sag mir, daß Du immer an mich glauben willst – immer. Hilf mir, ich will auch alles auf mich nehmen, wenn Du mich nur lieb hast.

10. Mai

Die ruhigen Tage hier haben mich wieder mehr ins Gleichgewicht gebracht – sowie ich nur die wahnsinnige Überreizung von zu Hause überwunden habe, bin ich wieder ein andrer Mensch. Und Dein geliebter Brief macht mich so froh.
Ich werde hier förmlich verzogen und habe ziemlich viel Freiheit, kann den ganzen Tag draußen zeichnen oder rudern.
Dein Herbstgedicht ist sehr schön – ich mußte an die

Herbsttage daheim in Nevershuus denken, wenn ich mit den Hunden auf der Koppel war und im Gehen den Ossian las. Kennst Du den? Oder in den Sturm hinaussang – ich kann eigentlich gar nicht singen, nur wenn ich allein bin. Aber ich sehne mich so oft nach Musik, und sie fehlt mir so. Aber bei uns ist das nun einmal so: was nicht zum täglichen Brot gehört, ist überflüssig und verwerflich. Und was könnte man alles aus sich machen, wenn einem nur ein bißchen geholfen würde. Ich möchte alles können und alles wissen und muß fortwährend meine ganze Kraft aufbieten, um nur das wenige zu retten, was ich habe – damit mir nicht auch das zerdrückt wird.
Jetzt lese ich Tristan und Isolde in der alten Sprache, es ist so wunderbar schön. Meist steige ich damit in einen Baum und schaukle mich in den Zweigen und denke an Dich.

18. Mai

Kennst Du das Gedicht von Ibsen: »Sie saß schon frühe – im Lebensmai – in der Galerie – vor ihrer Staffelei? –« Und den Schluß, wie sie immer noch da sitzt und von »leuchtenden Schönheitstagen« träumt, als der Lebensmai längst vorüber ist?
Vielleicht wird mein Schicksal ähnlich fallen. Und wenn Du nach vielen Jahren heimkommst und Dir Dein Leben aufgebaut hast, groß und schön, findest Du mich immer noch an meinem Fenster – aber zerstört – vernichtet und fürs Leben verloren.
Und das mit dem Jäger – ich las heute gerade die beiden wieder – erinnerst Du Dich – wie er den andern mit magischer Gewalt auf einen Berg hinaufzieht und dort festhält. Und von droben sieht er alles vergehen, woran er hing: sein Haus brennt auf, während der Jäger von der schönen Beleuchtung spricht. Seine Braut zieht mit einem

fremden Mann zur Kirche – aber er bleibt auf dem Berg, und wie alles vorbei ist und tot da drunten, ist er stark geworden und gefeit: Mein Leben im Tale auf ewig tot – Hier oben Gott und ein Morgenrot – dort unten tappen die andern –.
Vielleicht fällt es auch so – –

1. Juni

Morgens halb vier – eben sind wir vom Ball gekommen durch den schimmernden, tauigen Sommermorgen. Uns liefen Rehe über den Weg. Wie kann man da zu Bett gehen? Ich habe unsinnig getanzt und dachte so viel an Dich, wie wir damals zusammen tanzten. Ich schicke Dir die Blumen, die ich im Haar hatte. – –

Sechs Uhr

Mir wurde vorhin doch etwas müde, da bin ich hinaus und zwei Stunden lang durch die Wiesen und Felder gerannt, ganz ohne Besinnen ins Blaue hinein mit meinen Tanzschuhen durchs nasse Gras und über Gräben. Es war wie ein Rausch, ich fühlte mich so frei, als ob es keine Fesseln mehr gäbe. Ach, wenn Du hier wärest, ich alles mit Dir genießen könnte, mit Dir zusammen in der freien Natur und die Seele ausruhen lassen. Da müßten wir beide froh werden. – Vorhin war mir noch ganz wirblig vom Tanzen, aber jetzt ist es vorbei. – Siehst Du, so etwas ist eigentlich nicht gut für mich, es steigt mir immer so zu Kopf. Ich bin so entsetzlich wild, Friedl, ich könnte tanzen, bis ich tot umfalle.

12. Juni

Friedl, ich habe einen großen Schritt getan – meinem Vater geschrieben, er sollte mich das Lehrerinnenexamen machen lassen. Ich habe es mir in dieser Zeit eingehend

überlegt. – So lassen sie mich doch nicht fort, und dann kann ich mich wenigstens auf eigne Füße stellen, wenn es zum Klappen kommt. Und mir das Geld zum Malen selbst verdienen. Ich habe mir schon alles ausgerechnet, wenn ich erst mal für ein Jahr genug habe, gehe ich nach München, und das Weitere findet sich.
Es ist nur ein greulicher Gedanke, alles andre liegen zu lassen und sich wieder hinter die Schulbücher zu setzen. – Übrigens habe ich Papa gesagt, wenn er mir dies nicht erlaubte, würde ich mich weigern, überhaupt wieder nach Hause zu kommen.
Du, Schatz, durch Detlev habe ich erfahren, daß man mich möglichst viel auf Bälle und solche Sachen schickt, weil Mama hofft, es würde sich doch mal jemand zum Heiraten finden. Momentan ist hier das ganze Haus voll von Offizieren zur Jagd. Ich halte ihnen Reden über Ibsen und moderne Ideen. Wenn sie morgens in den Garten kommen, sitze ich im Kirschbaum, und sie müssen bitten, daß ich ihnen Kirschen hinunterwerfe. Die werden sich schwer hüten, mich zu heiraten. Überhaupt macht es mir furchtbaren Spaß, die Leute vor den Kopf zu stoßen, besonders diese aristokratische Bande.
Ich bin aus meinem Zimmer ausquartiert und wohne in einer Bodenkammer, droben ist ein plattes Dach, auf dem ich gestern nacht geschlafen habe, das war herrlich.
In acht Tagen fahre ich nach D . . . zu Tante Helmine und treffe Detlev dort. Leb wohl –

D . . ., 25. Juni, vier Uhr morgens

Liebster Friedl – Detlev weiß alles – gestern abend habe ich es ihm gesagt, bis jetzt haben wir zusammen auf seinem Bett gesessen und gesprochen. Er war so furchtbar lieb, freut sich so an unserm Glück – und will uns helfen, so viel er kann. Jetzt hab ich ihn ganz wieder, wie in unsrer Kindheit. Dann hat er mir auch vieles von sich selbst erzählt, was ich noch nicht wußte – ich kann dir nicht sagen, wie es mich erschüttert hat und auch tief bewegt. Detlev fühlt sich ja so unglücklich und denkt nur an Maria N., ob sie ihn wohl doch noch lieben wird. Nicht wahr, wir wollen tun, was wir können, um ihn froher zu machen – Du bist ihm ja ein solcher Halt.

3. Juli

Morgen fährt Detlev nun fort zu Euch – ich mag ihn gar nicht hergeben, was haben wir hier für Abende gehabt, wenn die Tante zu Bett ist und wir noch stundenlang zusammen redeten, von Dir, von ihm und von allem. Auch über die Kreutzersonate haben wir viel gesprochen, hab Dank, daß Du sie schicktest. Ja, ich kann begreifen, wie sie Dich erschüttert hat, uns ist es ebenso gegangen, gerade durch all die furchtbaren Wahrheiten. – Mein Gott, so verbinden sie einem die Augen bei dieser idiotischen Erziehung, und wenn man sie aufmacht, sieht man in einen Abgrund. Hab auch Dank für alles, was Du mir gesagt hast, ja, wir wenigstens wollen in unsrer Liebe nach Reinheit und Wahrheit streben.
– Gott, Friedl, wenn ich Dich nicht hätte und den ganzen Reichtum unsrer Liebe –

Abends –

Heute nachmittag ist mein Vater gekommen, und es gab eine große Unterredung. Also: ich trete diesen Herbst ins Seminar ein und muß dann zweiundeinhalb Jahre drinbleiben – zu Hause. Mir graut doch davor – denk Dir, die ganze Zeit nicht malen können. Vielleicht geht es auch in anderthalb Jahren, wenn ich mich sehr anstrenge, dann wäre ich gerade zwanzig – Gott, und dann – –
Übrigens hat er mich auch arg verdonnert – es wäre ein

letzter Versuch, ich würde ja auch dort wahrscheinlich wieder hinausgeworfen werden, wenn ich mich nicht mehr zusammennähme. – Er wüßte auch, daß ich Detlev aufhetzte und daß wir beide eine Verschwörung im Hause bildeten mit unsern sogenannten freien Ansichten. Fortlassen würde er mich nie, wenn ich mich nicht änderte. Ach Du, mir fehlt doch im Grunde die »moralische Kraft«, um das alles auszuhalten – ich glaube, davon hab ich überhaupt nicht viel. Wenn mein Ziel nicht wäre.
Vorläufig bleibe ich noch hier – es ist auch ganz nett, nur diesen Sommer etwas unruhig; fortwährend muß man ausfahren, Theater spielen und so weiter. Früher ließ meine Tante mich den ganzen Tag arbeiten, jetzt findet sie, ein junges Mädchen muß sich vor allem amüsieren. Gott ja, ich amüsiere mich auch, aber es bekommt mir innerlich nicht, ich gerate zu leicht in das hinein, was Detlev meine Tobsucht nennt. Und das ist natürlich auch wieder nicht recht: ein junges Mädchen muß immer die Grenzen innehalten! – Aber wenn ich einmal anfange, kann ich das nicht. Ich möchte dann nur losrasen und alles vergessen, bis ich zusammenklappe, und dann wieder von vorne an und so durch alle Tiefen und Höhen des Lebens durch, bis es aus ist. Weißt Du, was man so inneren Halt nennt, ich glaube, das fehlt mir gänzlich. Das mußt Du mir geben, Du hast so viel davon – und in Deiner Liebe werde ich es finden.

Allenberg, 15. August

Nun bin ich schon wieder anderswo, Du siehst, ich suche noch die sämtlichen Güter heim, ehe ich mich ins Seminar begrabe. – Hier bin ich alle Tage schon bei Sonnenaufgang an der See und bade ganz alleine. Es ist wundervoll, so allein in das kühle, goldene Wasser hineinzuschwimmen, während der ganze Himmel rot ist.

Sonst beschäftigen wir uns damit, ein paar störrische Esel zuzureiten ohne Sattel und Zügel, und abends wird fast immer getanzt. Es ist hier überhaupt ein ideales, verwöhntes Landleben – so ganz leicht wird es mir doch nicht, von alledem Abschied zu nehmen.
Aber ich denke daran, daß wir uns dann wiedersehen – endlich, nach all den Monaten. – Und Ostern schon geht ihr beiden von der Schule – und ich bleibe ganz allein. Deshalb habe ich jetzt auch Eile, zurückzukommen, damit wir wenigstens dies halbe Jahr voll genießen können. Und es soll so schön werden.

L . . .

Deinen Brief, daß Du für die Ferien verreistest, bekam ich erst heute morgen und fuhr mit sehr gemischten Gefühlen hierher. Detlev ist ja auch noch nicht da, und ich mit den Eltern allein.
Vorhin habe ich meine Malsachen eingepackt – mir war dabei, als ob ich jemand Geliebten in den Sarg legte, aber ich glaube an eine Auferstehung. – Dann den Schreibtisch ans Fenster gerückt, damit ich Dich immer sehen kann, wenn Du zu Detlev kommst. – Als ich gerade dabei war, kam meine Mutter und sprach mit mir über das Seminar. Ich sollte nur recht fleißig sein, und wir wollten jetzt in Frieden leben. Das schnitt mir durchs Herz, Friedl, früher hat sie nie so mit mir gesprochen. Ich glaube, sie hat jetzt Angst, daß sie uns doch einmal ganz verlieren könnte. Mama ist überhaupt ganz anders geworden, sie hat etwas Milderes, das ich sonst an ihr nicht kenne, und wenn sie nur gut mit mir ist, habe ich sie doch wieder so lieb. – Aber es ist zu spät – gerade in dem Augenblick fühlte ich auch, wie sehr ich schon losgelöst bin. – Sieh, Friedl, von Natur ist mir alle Unwahrheit verhaßt, aber sie haben mich selbst da hineingetrieben. Du hast ja recht, daß gerade wir als Kämpfer für unsre Ideen alle Lüge

verschmähen und unantastbar dastehen sollen. Aber jetzt noch würde es dasselbe bedeuten, wie die Waffen aus der Hand geben und verzichten. Selbst der Weg zur Wahrheit steht uns noch nicht offen. Ach, Friedl, wir werden noch viel bluten müssen um unsre Freiheit; sagt nicht Lassalle irgendwo, daß wir alle Gladiatoren der neuen Zeit wären?
Von jetzt an wird mein ganzes Zuhauseleben nur noch Schein und Verstellung sein, jedes Wort, das ich sage – mein wahres Leben liegt anderswo – mit Euch. Aber wenn ich so allein bin, ist mir oft, als ob ich diesem Widerspruch erliegen müßte – jeden Schritt zu mir selbst mit Lügen erkaufen. Aber es muß sein und ich werde die Kraft auch finden. – Und wie lange wird es dauern, bis einmal alles herauskommt – mir ist, als ob ich auf einer Pulvertonne lebte, die jeden Augenblick in die Luft fliegen kann.
Wenn Du nur erst hier wärest – – –

Ellen stand am Fenster und hörte durch Herbstwind und Regen vom nahen Bahnhof herüber die Züge pfeifen. Heute abend sollte Friedl ankommen.
Es wurde dunkel, sie zündete die Lampe an und wollte den Vorhang herunterlassen. – Da stand plötzlich jemand drüben unter der Laterne und sah herüber. Sie riß das Fenster auf, Sturm und Regen schlugen ihr ins Gesicht. – Ja, das war er, in seinem weiten Mantel – – keiner versuchte ein Wort oder ein Zeichen, sie mühten sich, mit den Blicken durchs Dunkel zu fühlen, als ob nur ihre tiefe Sehnsucht die Arme ausbreitete. – So standen sie sich lange stumm von ferne gegenüber.
Als dann der Bruder ins Zimmer kam, schloß sie gerade das Fenster, die Haare hingen ihr naß in die Stirn.
»War Friedl da?« fragte er, dann fielen sie sich in die

Arme und konnten beide eine Zeitlang nicht sprechen. Detlev war der getreue Helfer, unermüdlich trug er die täglichen Briefe hin und her, Blumen, Bücher – holte Ellen von der Schule ab und brachte sie zu ihren Liebesstunden. Die beiden wollten sich jeden Tag sehen, bei gutem Wetter wartete Friedl draußen vor der Stadt am Mühlwasser. Da saßen sie in einem morschen alten Boot unter den kahlen Weidenzweigen und hielten sich umschlungen, als ob der lange Tag zwischen dem letzten Wiedersehen und dem nächsten in diese kurze Stunde zerfließen müßte. Als es Winter wurde, lagen sie oft alle drei auf der weiten, gefrorenen Wasserfläche oder auf dem Felde im Schnee und sahen in den schimmernden, weißen Himmel hinauf. Und war die Zeit zu kurz und das Wetter arg, so blieben die Kirchen ihre Zuflucht. Detlev nahm ein Buch mit und las, während Friedl und Ellen auf einer alten schwarzen Sargbahre oder im Kirchengestühl saßen und sich küßten und die hohen feierlichen Gewölbe schweigend auf all den Frevel herabsahen. Wenn es vier Uhr war, kam der Kirchendiener mit seinem großen, rostigen Schlüsselbund entlang: »Meine Herrschaften, die Kirche wird jetzt geschlossen.«
Dann mußten sie sich trennen. Die Geschwister gingen langsam heim; bis zum späten Mittagessen saßen sie in der Küche beim heimlichen Kaffee, den die Köchin ihnen immer bereithielt, und abends in Ellens Zimmer mit ihren Schularbeiten. Sie waren unzertrennlich wie in alten Zeiten und sahen die übrige Familie fast nur bei den Mahlzeiten. Alles, was sie in sich aufnahmen, lasen, dachten, was in ihnen wuchs und was jeder erlebte, wurde erst voll und ganz, wenn sie es miteinander teilten. Und was hatten sie nicht alles in sich aufzunehmen in dieser Zeit!
Eines Abends kam Detlev mit einem Buch nach Hause. Die Eltern waren aus, und dann machten die beiden

Jüngsten es sich in des Vaters Zimmer bequem. Sie holten sich ihren Tee herüber, vor dem Ofen schliefen die Hunde, Ellen lag auf dem Sofa, Detlev saß neben ihren Füßen und las vor – es war Nietzsches »Zarathustra«.
Sie bebten beide – der Himmel tat sich über ihnen auf in lichter blauer Ferne – jedes Wort löste einen Aufschrei aus tiefster Seele, band eine dumpfe, schwere Kette los, sagte etwas, was kein Mensch sagen konnte oder je gesagt hatte, wonach man im Dunkeln herumgetappt hatte und geglaubt, es nie zu finden. Das war nicht mehr Verstehen und Begreifen – es war Offenbarung, letzte äußerste Erkenntnis, die mit Posaunen schmetterte – brausend, berauschend, überwältigend. Und alles andere, der Alltag, das Alltagsleben und -empfinden schrumpfte in eine öde, farblose Masse zusammen, verlor sein Dasein – nur das wahre, heilige, große Leben leuchtete, lachte und tanzte.
Sie konnten sich nicht mehr zurückfinden – noch spät in der Nacht saß der Bruder an Ellens Bett und las immer weiter – wie aus einer andern Welt hörten sie Eltern und Schwester heimkommen, die Haustür zufallen und alles wieder ruhig werden.
Und von nun an lasen sie jeden Abend, der »Zarathustra« wurde ihre Bibel, die geweihte Quelle, aus der sie immer wieder tranken und die sie wie ein Heiligtum verehrten.
Auch wenn sie mit ihren Freunden zusammen waren, – da gab es Gespräche, bei denen sie alle fieberten: die alte morsche Welt mit ihrer Gesellschaft und ihrem Christentum fiel in Trümmer, und die neue Welt, das waren sie selbst mit ihrer Jugend, ihrer Kraft, mit allem, was sie schaffen und ausrichten wollten. Es war wie ein gärender Frühlingssturm in ihnen, jeder träumte von einem ungeheuren Lebenswerk, und sie alle hätten sich jeden Tag für ihr Lebensrecht und ihre Überzeugung hinschlachten lassen, wenn es nötig gewesen wäre.

Aber noch im Laufe dieses Winters schmolz der Ibsenklub immer mehr zusammen, und das war ein großer Schmerz. Olafson, der Apostel aus dem Norden, der die neuen Lehren zuerst in die würdige alte Patrizierstadt gebracht hatte, war wieder nach Paris. Nach Weihnachten ging auch Marga Seebald ins Ausland, von der Detlev sagte: Marga ist wie das Meer. Sie war älter wie die übrigen und die Seele der ganzen Gesellschaft mit ihrer größeren Reife und Erfahrung. Die anderen Schwestern verließen auch bald nacheinander die Stadt, und die Zurückgebliebenen mochten kaum mehr an dem Hause vorübergehen, das jetzt so leer und fremd dastand.

Das Frühjahr rückte heran. Detlev und Friedrich Merold steckten im Examen, dann war es bestanden, und sie sollten zusammen nach Berlin, um zu studieren. Die waren nun frei und hatten das Leben vor sich – alle, alle gingen sie hinaus, nur Ellen mußte zurückbleiben, einsam und zähneknirschend ihre Ketten schleppen.

Sie machten noch einen letzten Abendgang zusammen, sie und Friedl, während die Eltern wieder einmal ausgegangen waren. Detlev blieb diesmal zu Hause.

In einer Seitenstraße trafen sie sich und gingen durch die Vorstadt hinaus, verirrten sich in unbekannte Gegenden, stiegen über Planken und Gitter, quer über Höfe und Lagerplätze. Endlich waren sie draußen auf freiem Feld, weit fort von allen Menschen. Friedl saß am Grabenrand. Ellen lag mit dem Kopf in seinem Schoß und sah in sein Gesicht und in den Mond hinauf.

Beide waren still und traurig, ihnen war so schwer ums Herz, und die tiefe, stille Einsamkeit erfüllte sie mit Bangen.

»Warum sind wir uns doch so fern bei aller Liebe,« kam es plötzlich über Ellen, »so ganz anders sollten wir zusammengehören, und wenn auch mein Leben zerbräche, was liegt daran. Sich einmal ganz gehören, und dann sterben und vergehen.«

Es ging ein Zittern durch ihre Seele und durch ihren Körper, und sie glaubte es auch in ihm zu fühlen. Vielleicht ahnte er, was sie dachte, denn er sagte plötzlich: »Ellen, laß uns gehen«, und beugte sich dann zu ihr nieder. Sie umarmten sich lange, lange. – Es war wohl das letztemal vor seiner Abreise. Schweigend trennten sie sich vor ihrem Haus. Drinnen saß Detlev bei der Lampe.

»Gott sei Dank, daß du da bist, es ist gleich Mitternacht. Ihr seid doch wahnsinnig unvorsichtig.«

Ellen antwortete nicht, sie warf sich aufs Bett und weinte: »Wie soll ich es aushalten, wenn ihr fort seid.«

3. April

Bis zum letzten Augenblick hoffte ich noch, Dich am Bahnhof zu sehen, aber Papa schickte mich auf halbem Weg zurück, ich wollte nicht erst bitten und ging bei dem tollen Schneegestöber langsam nach Hause, mir war bei jedem Schritt, als ob ich es nicht mehr ertragen konnte, ich hatte nur den einen wilden Wunsch, hinzustürzen und Dich noch einmal zu sehen. Dann war ich in Detlevs Zimmer, und da fühlte ich erst ganz, was ich verloren habe, wie ich auf Schritt und Tritt nach ihm rufen werde. – Die Hälfte von mir selbst ist fort, er war ja immer neben mir. Hüte ihn mir gut, Friedl, es ist mein Bestes, was Du mitnimmst. Ich kann mir selbst unsre Liebe ohne ihn nicht denken.

Aber Du sollst kein Wort der Klage von mir hören – all die gewesenen glücklichen Stunden kann uns niemand mehr nehmen. Und jetzt bleibt uns die Arbeit an uns selbst und für das spätere Leben. Wenn auch jeder seine Schule alleine durchmachen muß – es ist doch immer im Gedanken an den anderen.

Leb denn wohl, Geliebtester, ich will Dich und mich nicht weich machen – den Kopf oben behalten, sonst schlägt es über mir zusammen. Leb wohl.

12. Mai

Du schreibst jetzt so selten – es fehlt Dir doch nichts, oder bummelt ihr viel? – Wenn ich einmal mittun könnte. Nun seid ihr schon so lange fort, und ich vergrabe mich ganz in Arbeit. Ich will das Examen doch schon übers Jahr machen, die Lehrer haben mir selbst dazu geraten, und seitdem ist mir etwas leichter ums Herz. Ein Jahr – nicht mehr ganz ein Jahr, mein Gott, Friedl, was ist das für ein Gedanke. Wenn sie mich nur nicht vorher noch aus dem Seminar hinauswerfen; es ist meinen Eltern neulich erzählt worden, daß ich schlechte Bücher und Ansichten verbreitete.
Übrigens schwänze ich oft die Stunden und rudere statt dessen auf dem Wasser hinter der Bendstraße. Einmal bin ich auch heimlich zu Lisa Seebald gefahren, es sind ja nur zwei Stunden. Sie hat eine entzückende Wohnung und sagte, wenn der Krach mit zu Hause einmal käme, könnte ich bei ihr wohnen, so lange ich wollte.
Meine Sünden sind überhaupt Legion – ich bin tief gesunken, seit Du und Detlev mich nicht mehr bewachen. Soll ich Dir auch noch beichten, daß ich neulich mit Elfriede Liemann auf einem Sonntagstanz gewesen bin, wo wir mit Soldaten und Arbeitern tanzten? Wir standen an der Fähre und bekamen solche Lust, als wir die Musik hörten. Elfriede und ich sind übereingekommen, wenn alle Stränge reißen, als Kellnerinnen nach Berlin zu gehen, um mit euch zusammenzusein.
Schüttelst Du nun auch den Kopf und sagst wie mein Vater: »Was soll aus dir werden, wenn du dich nicht zügeln lernst?«

Ja, was soll aus mir werden, das denke ich auch manchmal.

Übrigens bin ich viel mit Ernst Allersen zusammen, wir gehen fast jeden Morgen vor meinen Stunden am Hafen herum. Der Verkehr mit ihm ist mir sehr viel, und ich brauche jemand, mit dem ich reden kann. Weißt Du noch, wie Detlev ihn immer den zweiten Zarathustra nannte, ich muß oft daran denken. Wir gehen meist schweigend nebeneinander, oder ich erzähle ihm von meinem Leben, und er rollt nur die Augen und sagt: »Ja, ja.«

– – Wieder ist mein Brief liegen geblieben, aber heute muß ich mich zu Dir flüchten, um wieder zur Besinnung zu kommen. Vorgestern hat sich der junge Rehmer erschossen, Du hast ihn doch bei uns gesehen – er war erst sechzehn Jahre alt. – Ich hab' ihn gesehen, da ich gerade mit einer Bestellung hingeschickt wurde, und den ganzen Tag konnte ich diesen Anblick nicht mehr los werden – das blasse Gesicht mit dem Tuch um die Stirn.

Statt zur Schule zu gehen, nahm ich mir ein Boot und war den ganzen Nachmittag auf dem Wasser – der Himmel war so trübe und bleigrau, und ich konnte immer nur an den Tod denken und – wenn dieses Kind den Mut hatte, warum kann ich ihn dann nicht auch finden? Es wäre ja das beste, die Erlösung von allem. Jetzt bin ich am Fenster bei dem schwülen Maiabend und möchte vergehen vor Weh. Du schriebst mir das letztemal, ich sollte mir vor allem Lebensmut und Freude bewahren. – Glaubst Du denn, ich habe noch eines von den beiden? Nein, es ist nur noch eine verzweifelte Zähigkeit, das Letzte durchzuhalten. Und warum muß das Leben gerade mich so drücken, gerade mir alles nehmen, alles versagen? Es gibt doch viele, die das nicht so fühlen und ganz zufrieden wären an meiner Stelle.

Vorhin kam mein Vater zu mir herein und sagte ganz leise: »Ellen, bedenke, daß Tatsachen unwiderruflich sind.« Wir sahen uns lange an, dann ging er wieder. Er muß wohl etwas geahnt haben, was heute in mir vorging, und ahnt auch, daß er mich doch einmal verlieren wird, so oder so – rettungslos.
Ach, hilf mir, Friedl, mir ist, als ob ich versinken müßte.

20. August

Seit zwei Monaten haben wir nun nichts voneinander gehört. Warum schreibst Du nicht mehr? – Und ich – was sollte ich Dir schreiben, immer das gleiche: Tag für Tag dieselbe Tretmühle, dasselbe Elend zu Hause.
Und wenn Du nicht antwortest, denke ich, daß meine Briefe Dich ermüden und langweilen.
Könnten wir doch noch einmal das vorige Jahr zusammen durchleben, es kommt mir jetzt vor wie ein Traum voller Frieden, und als ob es schon so lange her wäre. Es stimmt mich auch so traurig, daß Du und Detlev immer mehr auseinanderkommt.
In den Ferien war ich fort, jetzt wieder mitten in der Arbeit und mache Morgenspaziergänge mit Allersen.
Wann kommt ihr denn? – Leb wohl und auf Wiedersehen.

Deine Ellen.

Kurz vor Friedls Rückkehr, an einem Septembermorgen, ging Ellen mit ihrem Freunde Allersen im Dom auf und ab. Die Kirche war ganz leer, die Sonne leuchtete durch die Bogenfenster, und droben spielte jemand auf der Orgel. – Sie blieben auf demselben Platze stehen, wo sie so oft mit Friedl gestanden hatte – der Mann neben ihr legte den Arm um sie, sie wollte sich wehren, losmachen, aber dann sahen sie sich an, und wieder schlug das heiße

Verlangen in ihnen empor – sie fühlte seine Küsse brennen – dazwischen rauschten langgezogene Orgeltöne durch den Raum.
Ellen ging nach Hause – in die Schule, wie alle Tage, aber sie sah nichts von dem, was um sie herum vorging, glaubte nur immer wieder zu fühlen, wie er sie küßte, und hörte die Orgel wieder brausen. Ihr war, als ob eine Lawine auf sie zukäme, die sie mitreißen wollte, und sie wußte, es gab keinen Widerstand. Der Gedanke an Friedl drückte sie wie ein schwerer Stein – gleich war sie erlegen, das erstemal, wo eine Versuchung an sie herantrat – ein paar Tage, ehe er zurückkehren sollte – sie, die jahrelang freudig hatte warten wollen.
Friedl kam – draußen beim Mühlwasser wartete sie auf ihn. Er war in Uniform, spielte mit seinen weißen Handschuhen, war verändert, fremd. Schon die Uniform kam ihr fast wie ein Verrat an ihren einstigen Idealen vor. Sie machte einen gezwungenen Scherz darüber, keiner wußte recht, was er reden sollte.
»Wir haben uns wohl beide verändert«, sagte Ellen schließlich.
»Fühlst du das auch, Ellen?« Es klang fast bewegt, und sie wußte mit einemmal, daß sie nicht lügen und schweigen konnte.
»Friedl, ich muß dir etwas sagen – du hast dich in mir getäuscht – –«
»Ellen«, sagte er sehr ernst, »wir haben uns wohl beide getäuscht. Es ist mir eine Erleichterung, daß du das auch empfindest. Wir waren töricht, uns aneinander zu binden, ehe wir das Leben kannten und uns selbst. Eine schöne, wunderbare Zeit ist es gewesen, wie wir beide sie vielleicht nie wieder erleben werden – aber sinnlos, sie festhalten zu wollen, wenn wir beide fühlen, daß sie vorbei ist.«

Die Fremdheit schwand, sie konnte ihm jetzt alles sagen.
»Ja, siehst du, halb und halb hab' ich mir auch das gedacht. Und dann ist ja auch alles gut, nicht wahr, und wir können ohne alle Bitterkeit scheiden. Ich hatte so viel Sorge um dich, – aber er wird dir ein besserer Halt sein wie ich.«
Sie küßten sich noch einmal an der Stelle ihrer einstigen Liebesstunden. Dann ging Ellen allein hinunter an den Hafen, da klammerte sie sich mit beiden Armen an einen von den Kaipfosten, sah auf das schimmernde Wasser hinaus, und die Tränen liefen ihr übers Gesicht. Jetzt hatte sie zum erstenmal erfahren, daß etwas vergehen kann, woran man einst mit ganzer Seele hing. Sie sah ihr erstes Frühlings-Kinderglück zerbrochen, die Blüten verweht und die Morgenfrische hin.
Und was nun folgte, war kein Frühling mehr. Schwüle Sommerwinde strichen über sie hin und rüttelten wach, was noch in ihrer Seele geschlafen hatte. – Begehren, Verlangen, alles, was sie bisher nicht verstanden hatte.
Als der andre erfuhr, daß sie jetzt losgelöst war, riß er sie an sich, als wollte er sie zermalmen.
»Jetzt bist du mein.«
Es war eine fortwährende zehrende Unruhe, bis sie sich wiedersahen, und waren sie zusammen, so schüttelte er sie durch, in verwirrenden, heißen Liebkosungen, die Ellen noch neu waren – brennend süß und beängstigend. Friedl und sie hatten sich nur geküßt wie zwei Kinder.
Aber im letzten Grunde war immer eine leise Enttäuschung, etwas wie Ernüchterung mitten im Taumel. – Dieser Mensch, mit seiner hohen Stirn und den unergründlichen Augen war ihr als etwas Überirdisches erschienen – er sollte nur in Wolken wandeln – der zweite Zarathustra sein – sollte schweigen, als ob er keine gewöhnlichen Worte reden könnte. So hatte sie ihn früher

gesehen – sie konnte nichts Menschliches an ihm ertragen. Als sie ihn das erstemal essen sah, war es wie eine zerstörte Illusion, das hatte sie sich nie vorstellen können, daß er aß, trank, zu Bett ging, wie alle andren Menschen. Und dann, daß er es seiner Mutter sagte, damit sie sich ungestört sehen konnten. Als Frau Allersen von Verlobung sprach und Ellen als Tochter umarmte, wäre sie am liebsten davongelaufen. Das schien ihr alles so sinnlos, so gut bürgerlich und gänzlich unmodern – war nicht das, was sie wollte.

Der erste Schnee fiel. Ellen stand am Fenster und sah die Flocken wirbeln. Von jeher war ihr das eine so ganz besondere Stimmung gewesen, etwas von Heimatsehnen und Weihnachten.
Sie wollte eigentlich an Allersen schreiben, und der Brief lag angefangen. Aber immer wieder kamen andere Gedanken – in der kurzen Zeit, seit er fort war, schien ihr alles verändert und am meisten sie selbst. – Er hatte sie die ersten Schritte gelehrt und sie dann alleine gelassen, – sie sollte auf ihn warten, und schon fing es an, sie wie eine unerträgliche Fessel zu drücken, daß sie an diesen einen Mann gebunden war. Sie meinte zu ahnen, daß sie sich doch niemals so ganz binden könnte; wie sollte man es wissen, ob nicht immer und immer wieder ein andrer kam? Denn kaum war er fort gewesen, so hatte sie schon wieder an einen andern gedacht und dachte jetzt unaufhörlich an ihn. Ellen hatte keine Ahnung, wer er war – sie begegneten sich eine Zeitlang fast täglich, und dann sprach er sie eines Abends an. Es war ihr auch ganz gleichgültig zu wissen, wie er hieß, für sie war er gar kein Mensch mit irgendeinem Namen – er war die Versuchung selbst – der Versucher in irgendeiner Menschengestalt, der plötzlich vor ihr auftauchte, wenn sie abends zur

Stunde oder ins Theater ging – er sprach auch nicht laut wie andere – er raunte nur, wich nicht von ihrer Seite und raunte ihr geheimnisvolle Lockungen zu:
»Komm mit mir, bei mir ist der Rausch, nach dem du verlangst – komm mit mir, ich will dich alle Geheimnisse und Wunder lehren, die du noch nicht kennst.«
Und dies diabolische Lachen, mit dem er dann wieder im Straßengewühl untertauchte, wenn sie alle ihre Kraft zusammennahm und nein sagte. Tagelang bebte es in ihr nach, als ob wirbelnde Wogen um sie her brandeten; und wie es lockte und reizte, da hineinzustürzen, Hals über Kopf, alles vergessen, über sich hinbrausen lassen.
Ihr ganzes Wesen schlug um, sie arbeitete nicht mehr, dachte nicht mehr mit tiefem Ernst über alle möglichen Dinge nach – sie träumte nur noch von einem Rausch ohne Grenzen und Ende. Und diese Träume ließen sie Tag und Nacht nicht los.
Immer wieder sah sie sich in einem rotdurchleuchteten Zimmer, die Wände, die Teppiche, alles brannte in Rot – rote Ampeln, rote Gläser, in denen der Wein rote Schaumperlen warf. Alles mußte funkeln und leuchten – und ein Ruhebett war da, mit seidenen Kissen und durchscheinenden Vorhängen. Und er war da – der Versucher – und sie tranken Wein – immer näher zog er sie an sich – jauchzend hintaumeln in namenlose Lust, das versengende Feuer löschen in berauschter Raserei, sich selbst vernichten, sterben, vergehen in Wollust.
Da half keine Arbeit, und wenn sie sich noch so hartnäkkig auf die Bücher warf – immer wieder tauchte sein Gesicht zwischen den Zeilen vor ihr auf, und das rote Glühen fing wieder an. Der Kopf sank auf die Bücher nieder, die Augen zu und träumen, träumen, bis sie verstört auffuhr und wieder versuchte zu arbeiten und alles von vorne anfing.

Hatte er, der Versucher, nicht recht, daß er sie auslachte mit ihrer gewollten Treue und mit ihren Wahrheitsprinzipien? »Eine Stunde nur«, so redete er zu ihr, »und nachher vergessen, was geschehen war – was niemand weiß, ist so gut wie ungeschehen.« – Nein, nein, dann würde alles aus sein und sie den einzigen Menschen verlieren, der ihr gehörte. Sie mußte an ihm festhalten, sonst ging es hinab in unabsehbare Tiefen. So schrieb sie an Allersen, erzählte ihm alles, jedes Wort, jedes Zusammentreffen. Darüber kam es zu blutigen Auseinandersetzungen, die sie reizten und verstimmten. Dann kehrte Ellen den Spieß um und überzeugte ihn, daß er ihr unrecht täte. Der Versuchung ins Auge sehen und sie überwinden, sei bessere Treue, als ihr aus dem Wege gehen, und sie wollte sich und ihm nur beweisen, wie stark sie sei. So endigte es damit, daß er sie beinahe um Verzeihung bat, sie fühlte ihre Macht über ihn und daneben eine leise Spur von Geringschätzung.

Dann traf sie den andern wieder, diesmal bei hellem Tag. Sie gingen zusammen durch stille Seitenstraßen, und an einer Ecke blieb er stehen.

»Eine Stunde nur, du süßes Weib – nur eine Stunde –«

»Gott, ich kann ja nicht – –«

»Ihre Augen haben längst ja gesagt, und wenn Sie schweigen, sagt Ihr Mund auch ja. – Aber, comme vous voulez – Samstag bin ich den ganzen Nachmittag zu Hause und erwarte Sie.«

Nachher saß sie an ihrem Schreibtisch vor der Arbeit – ihre Gedanken drehten sich wie im Wirbel. Sie schrieb einen raschen, abgerissenen Brief an Allersen – »Es hilft doch alles nichts – ich will nicht mehr. Du mußt mich lassen, mir meine Freiheit geben.«

Seine Antwort kam und sprach von Rechten – Verpflichtungen: »Ich verlange von Dir –« Als Ellen den Brief

gelesen hatte, warf sie ihn in die Schieblade und ging hinunter. – Schweigend wie immer saß sie mit ihren Eltern am Tisch – die litten auch alle unter ihr. Das Familienleben war im letzten Jahr immer trostloser und verbitterter geworden – nur noch ein schweigender Kampf aufs Messer. Nachher suchte Ellen einen Vorwand, um auszugehen, und dann geradenwegs zu ihm, der sie erwarten wollte. Sie wußte jetzt seinen Namen und seine Wohnung.
Da stand sie auf dem hellgetünchten Vorplatz und sah auf das weiße Porzellanschild.
Aber er war nicht da – verreist – Freitag käme er wieder. Langsam ging sie die Straße hinunter – es losch etwas in ihr aus – der große Augenblick war vorbei – verfehlt.
Statt dessen kam Ernst Allersen selbst am nächsten Tag, es hatte ihm keine Ruhe gelassen. – Er wohnte im Hotel, um seiner Familie und allen Bekannten auszuweichen.
Ellen stand erst kalt und feindselig in der Tür, aber er stürzte auf sie zu, riß sie an sich mit so viel Angst und Liebe, daß sie ganz erschüttert war, machte ihr keine Vorwürfe: sie sollte nur sein bleiben, nicht mit ihm spielen. Und sie wurde weich gestimmt, wie immer, wenn sie Liebe fühlte – es kam etwas von dem alten Gefühl für ihn wieder. Sie sagte zu allem ja – er sollte ihr nur nicht wieder mit Rechten und Verpflichtungen kommen, das reizte sie dann gerade, das Gegenteil zu tun. Und schließlich war sie wieder im Recht und er hatte sie gekränkt.
Allersen blieb noch einen Tag, und sie kam frühmorgens ins Hotel, statt zur Schule zu gehen. Er schlief noch, und Ellen setzte sich zu ihm auf das Bett – sie waren wieder ganz versöhnt. Langsam zog er sie immer dichter an sich, löste ihr die Haare auf – Schritt für Schritt kamen sie dem Geheimnis näher, das ihnen beiden noch fremd war. Aber dann schraken sie doch wieder zurück. – Sie hätte

lieber alles vergessen wollen, aber wenn sie darüber nachdachte, kamen ihr wieder all die bangen Bedenken – all die unsichere Angst. – – Ein Kind – dann wäre alles für sie vorbeigewesen, alle Pläne, ihre Kunst, die Freiheit, die nun immer näher kam. – Im letzten Grunde war es ja auch nur das, was sie dem anderen gegenüber zurückhielt – sie wußte etwas und wußte doch nichts und konnte sich nicht entschließen, zu fragen – da lag immer noch ein Rätsel und niemand löste es ihr.

Die Examenangst trieb eine Zeitlang alles andere in den Hintergrund. Ellen saß ganze Nächte lang und lernte. Dies Letzte mußte nun noch durchgehalten werden, und dahinter stand die Freiheit, endlich die Freiheit. Den Sommer über wollte sie wie gewöhnlich eine Verwandtenreise machen und dann mit Sturm die Entscheidung herbeiführen. Ließ man sie nicht freiwillig gehen, so würde sie es erzwingen, Lehrerin werden und Geld verdienen.

Der häusliche Himmel hatte sich wieder etwas aufgehellt, die Eltern waren aufgeregt über den Ausgang der bevorstehenden Prüfung und aus Sorge um Ellen, weil sie blaß und überarbeitet aussah.

Dann war es vorbei, und Ellen konnte zuerst kaum begreifen, daß sie wirklich gut durchgekommen war. Aus dem grauen Schulhaus stürzte sie in den Frühlingsabend hinaus und schleuderte ihre Bücher auf die Erde, daß die Blätter flogen. – Zu Hause wurde sie förmlich gefeiert, die Mutter war stolz, daß Ellen eine gute Note hatte, und Papa legte ihr die Hand auf den Kopf und sagte:

»Jetzt hast du mir eine wirkliche Freude gemacht.«

Die Brüder waren zu den Osterferien gekommen – so war es einer von den seltenen ungetrübten Abenden, wo sie alle um Papas Tisch saßen mit Wein und Gelächter. Ellen konnte heute mitstimmen, ohne einen bösen Blick

von der Mutter zu bekommen, es schien, als ob man sie jetzt zum erstenmal anerkannte, zum erstenmal mit ihr zufrieden war.
Ihr selbst war nicht ganz wohl dabei – die dachten jetzt nicht daran, daß es doch nur ein kurzer Waffenstillstand sein konnte. Wenn sie wüßten, wie es in Wirklichkeit um Ellen stand, daß sie innerlich schon lange draußen auf hoher See trieb und wohl nie mehr den Weg zurückfinden würde –.
Der Frieden dauerte denn auch nicht lange, in den kurzen Wochen, die sie noch zu Hause blieb, fing es immer von neuem an zu gewittern. Die Eltern lebten in beständigem Mißtrauen: wo steckt Ellen nur wieder?, was treibt sie? – wenn sie den halben Tag verschwunden war, um mit einer Freundin, die am entgegengesetzten Ende der Stadt wohnte, zu modellieren, oder mit einer anderen Französisch zu treiben. Konnte man denn auf Schritt und Tritt hinter ihr stehen und ihr das bißchen Verkehr mit jungen Mädchen verbieten?
Und Ellen nahm jetzt alles auf die leichte Achsel und baute nur auf den Zufall, der sie nun schon jahrelang vor Entdeckung beschützt hatte. Was lag auch jetzt noch daran, wenn das Pulverfaß explodierte? So führte sie ein förmliches Abenteuerleben; solange Allersen noch Ferien hatte, schlich sie sich frühmorgens aus dem Hause, um ihn zu treffen, lange, ehe die andern aufstanden, und manchmal auch abends, wenn man sie im Bett glaubte. Und drunten am Hafen hatten sie eine stille Bierstube entdeckt, wo sich die Reste des Ibsenklubs und allerhand neu hinzugekommene Bekannte versammelten, während am andern Tisch die Schiffskapitäne Karten spielten.
Dann war Allersen fort – auf Ellens Sommerfahrt wollten sie sich wiedertreffen.
Am letzten Tage, als ihre Koffer schon gepackt standen,

begegnete sie dem Versucher, den sie jetzt auch wieder öfters sah. Es war allmählich eine Art frivoler Kameradschaft zwischen ihnen geworden, sie gingen zusammen ins Café, lachten, spielten eine Zeitlang mit dem Feuer und trennten sich dann wieder. Ellen ließ sich auch heute wieder mitziehen in das Bahnhofsrestaurant, wo nachmittags die bekanntesten Lebemänner der Stadt saßen und durch die Glasscheiben des runden Erkers die Vorübergehenden kritisierten.
»Das ist nun das letztemal«, sagte Ellen.
»Schade, schade, und wie steht's mit der Moral?«
»Immer das gleiche.«
Er kam eben vom Reiten, war in hohen Stiefeln und ließ die Reitpeitsche auf dem Tisch tanzen.
»Nein, es ist wirklich schade um den schönen Leichtsinn, denn den haben Sie doch in sich. Und dann mit dem Trottel da verlobt sein –. Soll ich Ihnen einmal weissagen – darauf verstehe ich mich einigermaßen?«
»Ja, bitte.«
»Also Sie – Ellen, Freiin von Olestjerne, mit Ihrer guten Erziehung und Ihrem unglaublichen Lachen –, Sie werden noch eine von den Allerschlimmsten werden, wenn Ihre Zeit erst einmal gekommen ist.«
»Das ist sehr möglich«, meinte sie.
»Nun also, warum denn noch dieser Tugendpanzer? Glauben Sie nur nicht, daß er Ihnen gut steht, dazu sitzt er viel zu lose. – Ich möchte doch übrigens wissen, wer Sie die ersten Flötentöne gelehrt hat?«
»Sie!«
»Ach, das ist ja nicht wahr, das sagen alle Frauen. Da wäre man immer der erste. Und was haben Sie denn von mir gelernt? Sie sind ja immer noch ebenso verlobt.«
Ellen lachte – dann nahmen sie Abschied. Ellen fühlte etwas wie Reue um schöne, nichtbegangene Sünde. –

Wenn er doch einmal ihre Gedanken erraten hätte, ihr das Rätsel gelöst, von dem alles abhing. Aber das Unglück lag darin, daß er sie für viel raffinierter hielt, wie sie war.

Aber trotz allem wogte eine selige Stimmung in ihr, als sie die Allee zum elterlichen Hause hinaufging – zum letztenmal! Jetzt war sie keine Gefangene mehr, alles lag so wundervoll weit und unsicher vor ihr.

Die Mutter stand schon an der Gartentür und sah nach Ellen aus.

»Wo bleibst du wieder so lange? Gott sei Dank, das hat nun ein Ende; wenn du wiederkommst, werden wir eine andere Ordnung einführen.«

Nach Tisch rief der Vater sie herüber.

»Wir lassen dich jetzt zum erstenmal ohne Begleitung reisen, Ellen. Ich erwarte von dir, daß du dich auch danach benimmst – vor allem bitte ich dich, deine sogenannten Ansichten nicht überall auszuposaunen. – Im Herbst wollen wir dann einmal weitersehen – vielleicht findet sich bei unseren Bekannten irgendeine Gelegenheit, deine Ausbildung als Lehrerin zu verwerten.«

»Papa, ist es ganz ausgeschlossen, daß Ihr mich Malerin werden laßt?«

»Hast du den Blödsinn immer noch im Kopf? – Dann schlag es dir jetzt ein für allemal aus dem Sinn – all diese Emanzipationsgeschichten. Glaubst du, ich werde dich mit deinem törichten Hang zur Ungebundenheit allein in die Welt hinausschicken? Aber das sind Sachen, die du nicht verstehst – –« Dann nahm er einen Brief vom Tisch und warf ihn wieder hin: »Hast du etwas davon gewußt, daß Detlev Schulden hat?«

»Nein«, aber Ellen fühlte, wie sie rot wurde.

»Und auch nicht von der Duellgeschichte?«

»Nein!«

»Ellen, ich will die Wahrheit wissen.«
»Ich hab' ihm versprochen, nichts davon zu sagen.«
Und nun brach sein Zorn hervor: »Immer steckt ihr unter einer Decke, ihr beiden – gegen uns, gegen alles. – Was wollt ihr damit? – Was setzt ihr euch in den Kopf? zu fügen habt ihr euch, und ihr werdet euch fügen, solange wir leben.«
Ellen stand hinter ihrem Stuhl und wiegte ihn langsam hin und her, sie fühlte, wie jedes Wort kalt an ihr herunterlief, und die ganze jahrelange Erbitterung regte sich in ihr gegen diese zermalmende Strenge. Und der Vater wurde immer heftiger, ging rasch hin und her und blieb dann vor ihr stehen.
»Ihr habt nichts getan, ihr beiden, wie uns das Leben verbittert, seit Jahren –«
Sie zitterte innerlich vor seinem Zorn und wollte nichts sagen, aber plötzlich fuhr es ihr heraus: »Ja, weil ihr uns unsere Jugend nehmen wollt.«
»Nimm dich in acht, Ellen«, schrie er auf und machte einen Schritt auf sie zu. Ellen rührte sich nicht, und dann kehrte er rasch um und ging ins Wohnzimmer hinüber.

»Kronsee, den 3. August
Liebe Lisa – dieser Brief gilt Euch allen – und lest ihn mit Andacht, es ist der erste Schrei aus meiner Gefangenschaft, der ein menschliches Ohr erreicht. Ich bin ja selbst von Detlev abgeschnitten, kann ihn weder sehen, noch ihm schreiben. – Und was mögt Ihr gedacht haben, als der berühmte Krach, den wir uns immer wie mit Freiheitsposaunen vorstellten, so abgelaufen ist – am Ende denkt Ihr gar, ich habe mich ›gefügt‹. Aber ich schwöre Euch bei allen unsern Göttern: Ellen Olestjerne wird sich niemals fügen.
Das war eine Zeit, Lisa, diese letzten acht Wochen und

jetzt immer noch! Zähneknirschen und Wutschäumen sind nur schwache Worte für das, was ich von Morgen bis Abend empfinde.

Aber nun alles der Reihe nach: zuerst kam die Reise nach meiner alten Heimat. – Sie wissen, ich war bei Bekannten in Halmby, unsrer kleinen Seestadt bei Nevershuus. Es war so schön, alles wiederzusehen, ganze Sommertage am Strande zu liegen, die alten Wege zu gehen und ganz eigner Herr zu sein, denn dort kümmerte sich niemand darum, was ich tat. Ich habe wirklich einmal nur so hinausgeschrien vor Lebensfreude nach all den bedrückten Jahren. – Nachher besuchte ich dann noch verschiedene Verwandte weiter nach Norden – daß Allersen überall mit war, haben Sie wohl durch Detlev gehört. – Es war wie in einem Lustspiel, dies fortwährende Trennen und Wiederfinden. Und denken Sie nur, wenn an diesen entlegenen Orten ein Fremder mit schwarzem Bart und unheimlichem Aussehen auftaucht, von dem niemand weiß, wer er ist und was er da will, und wie wir uns dann immer heimlich trafen, meist in aller Morgenfrühe in irgendeinem obskuren Hotel. – Zuletzt unterschlug ich mit vieler List noch ein paar Tage, wir fuhren im Dampfschiff die Küste entlang und blieben, wo es uns gerade gefiel in den Fischerdörfern.

Dann kam ich hierher nach Kronsee, alles war gut gegangen – und drei Tage später telegraphiert Papa an meinen Onkel, er möchte sofort zu ihm kommen und der Krach war da. Ich hatte zu Hause in einem Lexikon den letzten Brief von Allersen liegen lassen und meine Mutter hatte ihn zufällig gefunden. Daraufhin brachen sie meinen Schreibtisch auf – Sie können sich ungefähr einen Begriff davon machen, was alles zu Tage kam – mein ganzer Briefwechsel mit Friedl Merold – mit Allersen, Detlev, den Ibsenklubleuten und noch allerhand kleine Torheiten

vom letzten Winter – der arme Allersen war ja nur ein verschwindender Faktor in dem ganzen Sündenpfuhl. Als mein Onkel zurückkam – mit mir selbst wollten meine Eltern nicht mehr unterhandeln – all diese Unterredungen, Ausfragen – ich habe getobt, Lisa, bis ich endlich so klug geworden bin, alles schweigend über mich ergehen zu lassen. Denn mir sind einfach die Hände gebunden – man läßt mich nicht aus den Augen, gibt mir kein Geld in die Hand, fängt jeden Brief auf. Außerdem behaupten sie, solange ich nicht mündig bin, könnten sie mich jederzeit zwingen zurückzukommen. Das muß ich erst alles ganz genau wissen. Ich will Ihnen keine Einzelheiten erzählen, Lisa, sonst gerate ich wieder in solche Wut, daß ich alles entzweischlage, und sie sind imstande, mich dann für tobsüchtig zu erklären. Es war schon einmal die Rede von unter Kuratel stellen. – Mir ist schon so zumut, als ob man mich in ein Tollhaus gesteckt hätte, um mich verrückt zu machen, ich schiele nach jeder Tür, um zu entkommen, aber jedesmal steht ein Wächter dahinter.
So habe ich mich einstweilen zum Schein ergeben – man hat beschlossen, mich in ein Pfarrhaus zu geben, wo ich Moral und Haushalt lernen soll – und ich habe freudig ja gesagt. Zweitens ist Allersen und mir ein wöchentlicher Briefwechsel gestattet, und wenn wir uns sieben Jahre lang – nämlich bis er eine Stellung annehmen kann – musterhaft führen, dürfen wir sogar heiraten. Er hat sich schriftlich verpflichten müssen, ohne Einwilligung der Familie keinen Schritt in bezug auf mich zu unternehmen.
Natürlich wollen sie mir auf diese Weise nur die Waffen aus der Hand winden – ach, Lisa, als ob ich daran dächte, ihn zu heiraten, mir geht es ja nur um meine Freiheit und ums Malen, aber ich hüte mich wohl, das durchscheinen zu lassen. – Ich warte nur auf den Moment, wo sich eine

Türspalte auftut – es kommt mir ja schon vor, wie ein erstes Aufleuchten, daß ich einen Brief an Euch fortschicken kann. Mein Onkel ist heute zur Stadt gefahren, und wenn die Tante schläft, will ich versuchen, nach der Station zu rennen und ihn einzustecken. Noch ist nicht einmal sicher, ob es gelingt. Mein Gott, wenn ich doch jetzt soviel Geld hätte, um zu Euch zu fahren oder meinetwegen auch zu Fuß hinzulaufen. Aber dann würden sie mich ja doch erwischen.
Kinder, denkt an mich – ich habe vielleicht noch schlimmere Zeiten vor mir. So lebt wohl und vergeßt mich nicht – schreibt mir nicht, ich würde es doch nicht bekommen.

Ellen.

Pfarrhaus Steensby

– – Da bin ich nun als räudiges Schaf mitten unter der Schar seiner Gläubigen – in einem friedlichen Landpastorat – wasche Zimmer auf, putze Lampen und stehe am Herd – ›frühmorgens, wenn die Hähne krähen‹.
Seit dem ersten Oktober bin ich hier – wurde wie ein sibirischer Sträfling hergebracht – man ließ mich keine Wagenstrecke allein fahren. – Vorher in Kronsee mußte ich noch eine Art Kontrakt unterschreiben, daß ich keine heimlichen Briefe abschicken, nie allein zur Stadt gehen und mich in die Hausordnung fügen wollte. Es ist nur gut, daß ich im Seminar von der reservatio mentalis gelernt habe. Am ersten Abend habe ich mir gleich das Haus darauf angesehen, wie man von hier ausreißen könnte – Türen, Fenster, alles. Ich war eigentlich auf lauter neue Quälereien gefaßt: Verhöre, Bußpredigten, Überwachung – aber nichts von alledem. Es sind sympathische Menschen, die mir nun mit Takt und Freundlichkeit entgegenkommen, – was ich im Gegensatz zu meiner Familie doppelt wohltuend empfinde. Ich mag sie alle

gerne und es ist eine einfache, heitre Atmosphäre, in der ich mich wohlfühle. Ja, Lisa, es läuft der Hase manchmal wunderlich – daß ich mich in einem Pfarrhaus zum erstenmal wohlfühlen würde, hätte wohl zur Zeit unsrer ›Ansichten‹ niemand gedacht. Mit letzteren läßt man mich ganz in Ruhe, und ich mache stillschweigend Kirchgänge und Andachten mit. Ebenso fragt man nicht danach, was ich in meiner freien Zeit anfange und was für Briefe ich bekomme. Ihr könnt mir also ruhig hierherschreiben, und wie lechze ich nach einem Wort von Euch. – Kinder, wie habe ich diesen Sommer oft nach einem Briefkasten ausgespäht, – hier kann ich meine Briefe ungestört nach der Stadt bringen.
Alles in allem, Lisa, ich dehne mich in einem langentbehrten Gefühl von Frieden nach – und vor dem Sturm. Denn der schläft ja nur. – Bis zum Frühjahr bleibe ich hier, dann schreibe ich noch einmal heim, ob sie mich freiwillig gehen lassen. Dann haben sie die Wahl, ob sie mich zum Äußersten zwingen wollen. Es wird mir ja auch nicht leicht, mich für immer von ihnen loszureißen, und ich weiß, daß ich ihnen den Rest ihres Lebens zerstöre. – Ich habe doch manchmal Heimweh nach allen – seit ich von zu Hause fortreiste, habe ich keinen von ihnen mehr gesehen, die andern Geschwister haben sich ja auch gegen mich gestellt – nur Detlev nicht.
Aber es ist besser, nicht daran zu denken. –

24. März

Lisa, nun ist es entschieden. Papa hat auf meinen Brief hin eine Zusammenkunft mit dem Pastor gehabt. Als der zurückkam, war seine gute Meinung über mich bedenklich erschüttert. Mein Vater hat ihm alles erzählt, auch von der Reise mit Allersen, und er war ganz entsetzt. Beinahe drei Stunden hat er auf mich eingeredet, er von seinem Schreibtisch und ich daneben auf dem Stuhl, »wo schon so manche arme gnadenbedürftige Seele gesessen hat«.

Er sähe mich ins Verderben rennen, wenn ich von diesem Menschen nicht lassen wollte, denn die Sünde ist der Leute Verderben und unser Verhältnis ein sündiges und beflecktes. – Meine Eltern würden es nie zugeben, daß ich mich selbständig machte – aber er, der Pastor, schlüge mir vor, in seinem Hause zu bleiben. Da sollte ich meine volle Freiheit haben, malen, alles, was ich wollte, und zugleich mich von ihm zu Gott führen lassen, bei dem allein die Wahrheit ist. Er wüßte wohl, daß viel Gutes in mir steckte (das finden die Pastoren immer bei mir). – Aber alles das nur unter einer Bedingung – von Allersen mich lossagen, weil der mich rettungslos herabzieht. Wenn ich das nicht täte, könnte ich auch hier nicht bleiben und müßte zu meinen Verwandten zurück. Denn er wolle sich nicht mit mir im Sumpf wälzen – –.

Mir wurde ganz wirblig dabei – ich sah zuletzt nichts mehr wie seinen Kopf, der mir immer größer zu werden schien, und die Augen, die mich unaufhörlich ansahen. Jetzt kann ich mir einen Begriff machen, wie die armen Seelen hypnotisiert werden und wie man in solchen Momenten nachgibt, einfach, weil man schwindlig wird. – Schließlich fing ich aus lauter Nervosität an zu weinen, und das hielt er wohl für ein Zeichen, daß die Gnade nun bei mir durchbräche – das tut sie nämlich, wenn der Sünder ganz zermalmt und zerknirscht ist.

Dabei tat es mir auch beinahe weh, er ist trotz aller Verranntheit einer von den wenigen, die es gut mit mir meinen, und als Menschen habe ich ihn sehr gern.

Ich habe mir vierzehn Tage Bedenkzeit ausgebeten, aber die Würfel sind geworfen. Lisa, es bebt in mir bei dem Gedanken, nun so bald frei zu sein. Ich möchte in einem-

fort schreien, und meine Hände zittern bei allem, was ich tue. Jetzt komme ich, Lisa, ich komme – ich komme, und dann soll geschehen, was will.
Ich muß mir selbst etwas Vernunft einreden, – – also: am Ostermorgen brenne ich durch – um halb neun gehen sie alle in die Kirche, da ich sonntags manchmal ausschlafe, fällt es nicht auf, wenn ich vorher nicht erscheine. – Der Hauslehrer hat mir einen Koffer und das Geld zur Reise geliehen, ich habe ihn in alles eingeweiht. – Sollte mich jemand sehen, so sage ich, es wäre ein Aprilscherz – Sonntag ist gerade der erste.
Nur noch acht Tage – es ist mir doch auch wieder wehmütig. Ich erzählte Ihnen von der Kranken, die wir im Hause haben – um die wird es mir ganz schwer. Ich bin so viel bei ihr, manchmal auch nachts, wir haben uns sehr gerne und hatten viele schöne stille Stunden. Jetzt ist sie wohl dem Ende sehr nahe, ich sitze frühmorgens bei ihr am Fenster, wenn die Vögel draußen zwitschern, und denke daran, daß ich nun bald in die Freiheit gehe, während hier ein Mensch mit dem Tode ringt. Dann bilde ich mir ein, sie könnte mich entbehren, und möchte lieber, sie stürbe noch vorher. Es ist eigentlich schrecklich, Lisa, daß man überall wieder so mit seinem Herzen festhängt. Aber jetzt leben Sie wohl, ich telegraphiere Ihnen noch, wann ich komme. Und lassen Sie es Detlev dann wissen.

Ihre Ellen.

Es war die Nacht auf den ersten April, Ellen lag halb angezogen auf dem Bett und daneben brannte die Kerze. Jede Stunde hörte sie schlagen, dazwischen schlief sie halb ein und fuhr erschrocken wieder in die Höhe – Mitternacht – eins – halb zwei – Sie kämpfte mit der Versuchung, sich in die Kissen hineinzuwühlen und fest zu schlafen – morgen war ja auch noch ein Tag, warum sollte es durchaus gerade heute sein? Nachtdunkel und Müdigkeit nahmen ihr den Mut: wenn nun alles fehlschlug, sie eingeholt, festgehalten und mit Gewalt zurückgeschleppt wurde?

Wieder schlief sie eine halbe Stunde und richtete sich erschrocken wieder auf, die Lider wurden immer schwerer – ihre Kerze war halb heruntergebrannt – halb drei Uhr. Wie ein wahnsinniger, undurchführbarer Entschluß kam es ihr plötzlich vor, aufzustehen und fortzulaufen – es war kalt und dunkel, sie dachte an ihre Eltern, ihr schien, als ob die ganze Welt da draußen so sein müßte, wie diese finstere Nacht, und da sollte sie nun allein ihren Weg suchen. – Ah – nur noch etwas schlafen, da schlug die Uhr wieder –, nein, nein, wenn sie sich nicht aufraffte, war es zu spät – jetzt oder nie. So riß sie sich mit Gewalt empor und kleidete sich an – das kalte Wasser verscheuchte den Schlaf und all die zögernden Gedanken. Draußen über den Bäumen schien der Mond, und durch die Zweige fuhr ein rascher Morgenwind. Frühling, dachte sie, und draußen wartet das Leben. Am Tisch vor dem Fenster schrieb sie rasch ein paar Zeilen an den Pfarrer, und bei jedem Wort durchrieselte es sie wie ein Schluck starker Wein. Wie oft hatte sie von dem Augenblick geträumt, wo sie solche Worte sagen konnte: »Ich gehe jetzt. Ihr seid die Besiegten. Macht, was ihr wollt, ich gehe.«

Dann machte sie das Fenster auf und ließ ihren Koffer an einem Strick herunter. Mit Schrecken fühlte sie, wie schwer er war, ein paarmal wäre ihr fast der Strick aus der Hand geglitten, und der Koffer schlug gegen die Hauswand. Gerade unter ihr lag das Krankenzimmer, wo jetzt eine Pflegerin bei der langsam Sterbenden wachte. Gott im Himmel, da schlug er wieder an. Wenn nun plötzlich da unten jemand das Fenster aufmachte und fragte –. Und nun konnte sie ihre Schuhe nicht finden. – Alles war wie verhext heute morgen. Natürlich lagen sie unten in der Küche zum Putzen, sie war ja gestern in Hausschuhen heraufgekommen. Sie blies das Licht aus, schloß die Tür hinter sich zu und warf den Schlüssel in eine Ecke – ihr Zimmer lag oben auf dem Speicher. Dann tappte sie die Treppe hinunter, die Stufen knarrten wie noch nie. Und jetzt in der dunklen Küche aus dem Haufen von Stiefeln die ihren heraussuchen. Der große Haushund lag auf dem Flur, er erkannte sie nicht gleich und fing an zu knurren, dann wedelte er und wollte mit, als Ellen zum Küchenfenster hinaussprang. Sie faßte ihn am Halsband und schob ihn zurück, horchte noch einmal, ob alles still wäre, dann schlich sie leise um das Haus und band den Koffer los. Im Krankenzimmer war Licht, und man hörte gedämpfte Stimmen.

Auf dem Kirchhof blieb Ellen stehen und sah auf das stille, weiße Haus zurück, und dann strebte sie so rasch wie möglich über die Felder der Stadt zu. Hier und da setzte sie sich auf den Koffer und ruhte aus, er war entsetzlich schwer. Im Notfall laß ich ihn im Stich, dachte sie, aber es war alles darin, was sie besaß – Briefe und Bücher, die sie nicht preisgeben wollte. Endlich kamen die ersten Häuser der Stadt, und dort drunten lag der Bahnhof. Es war höchste Zeit – Ellen warf ihre Last mit einem heftigen Ruck auf die Schulter und fing an, Trab zu laufen, ihre Schritte hallten laut durch die stillen Straßen, und dicke Tropfen rannen ihr von der Stirn. Im letzten Moment kam sie an, konnte gerade noch das Gepäck hineinwerfen und nachspringen, ehe der Zug sich in Bewegung setzte.

Über dem weiten Flachland wurde es immer heller. Ellen war allein im Kupee und sang laut in den Morgen hinein. Sie konnte nicht stillsitzen und nicht stillschweigen, ihr war, als ob sie sonst zerspringen müßte: frei bin ich, frei bin ich, frei – frei! An dem Wort berauschte sie sich, taumelte fast, lief hin und her, von einem Fenster zum andern und sang wieder hinaus: frei bin ich, frei – setzte sich einen Augenblick hin und lachte, daß ihr die Tränen kamen.

Als der Schaffner kam, hielt sie ihm ihr Billett hin, als wäre es ein Königreich – und für sie war es auch eines. – Gott, wenn er nur etwas sagte, der erste Mensch, der ihr heute begegnete – er mußte etwas sagen, sich mit ihr freuen, ihr Glück wünschen. Sie gab ihm alles Kleingeld, das sie noch in der Tasche hatte, und nun grinste er endlich, und Ellen lachte.

»Na, Sie sind aber vergnügt am frühen Morgen, Fräulein.«

Ellen warf sich in die Ecke und lachte – lachte. Es war klar, daß der Mann sie für verrückt hielt.

Bei der nächsten Station tat sie eine schwarze Brille und einen dichten Schleier an, es ging ja mitten durch das Land der zahllosen Verwandten, überall konnte sie bekannte Gesichter treffen. Und dann wußte sie nicht, wie ihre Fassung behaupten, als andre Leute einstiegen mit einem Kind, das sich vor ihr fürchtete und zu schreien begann – und der Schaffner wieder hereinkam und sie immer verdutzter ansah.

Nicht einmal Lisa und Detlev erkannten sie, als Ellen über den Perron auf sie zustürzte. Der Bruder war heimlich gekommen, um diesen Tag mitzuerleben, sie flogen sich in die Arme und lachten bis zu Tränen. Durch das stürmische Frühlingswetter gingen sie alle drei zu Lisas Wohnung. Es war wie der Wahrheit gewordene Traum all ihrer Jugendjahre, daß Ellen jetzt ihre Ketten gebrochen hatte, und tagelang war mit den beiden Geschwistern kein vernünftiges Wort zu reden. Sie sprangen über

Tische und Stühle, erfüllten das ganze Haus mit Lärm und Lachen, gingen Arm in Arm durch die Stadt, verkauften Ellens Schmucksachen, um Rheinwein zu trinken, und kamen abends singend nach Hause, um das fröhliche Gelage fortzusetzen.

»Jetzt wollen wir doch endlich ein ernstes Wort über Ellens Zukunft reden«, sagte dann Detlev, während er die mitgebrachten Flaschen auf den Tisch stellte – und gleich darauf klangen die Gläser und sie lachten. Selbst die Freundin schüttelte manchmal den Kopf – sie hatte ein warmes Interesse für diese beiden jungen Menschen und ihr Schicksal lag ihr sehr am Herzen. Aber was sollte wohl einmal aus ihnen werden, besonders aus Ellen, wenn das Leben sie hart anfaßte?

Dazwischen erwarteten sie jeden Augenblick, daß plötzlich irgendein Abgesandter der Familie erscheinen, Ellen zurückfordern und gewaltige Szenen und Stürme mit sich bringen würde. Aber es geschah nichts von alledem, es kam nur ein kurzer Brief von Ellens Vater an ihre Freundin; er sähe jetzt, daß er seine Tochter nicht mehr zurückhalten könnte, sich ins Verderben zu stürzen.

Als der Bruder fort war, kam Ellen wieder etwas mehr zur Besinnung und fing an, Stellung zu suchen – fuhr hierhin und dorthin, meldete sich auf alle Annoncen oder bei Schulvorsteherinnen und Schulräten. Aber es vergingen Wochen, ohne daß sich irgendeine Aussicht bot. Ellen machte keinen vertrauenerweckenden Eindruck mit ihrem adligen Namen und ihren etwas abgetragenen Kleidern: einmal fand man, sie sähe viel zu jung aus, ein andermal erkundigte man sich nach ihren Familienverhältnissen. Endlich kam Antwort auf eine Annonce, in der sie sich als Reisebegleitung oder Gesellschafterin angeboten hatte: sie sollte ihre Photographie einschicken und mitteilen, über welche Sprachen und Kenntnisse sie verfügte. Der Brief kam aus Straßburg und war mit »Louis Michel« unterzeichnet. In einem zweiten Schreiben wurde sie aufgefordert, zu einer persönlichen Vorstellung nach Köln zu kommen.

Lisa und Ellen ergingen sich in Vermutungen – vielleicht war es ein kränklicher, älterer Herr oder ein Witwer mit Kindern.

Am Abend vor der Abreise war Ellen allein zu Hause, und es kam ein Bekannter von Lisa – Doktor Laurenz. Sie hatte ihn während dieser Wochen oft gesehen, denn er wußte von ihrer Lage und nahm französische Stunden bei ihr. Als sie mit ihren Büchern auf dem Balkon saßen, erzählte Ellen ihm, daß sie jetzt Aussicht auf eine Stellung habe und morgen nach Köln fahren werde.

Doktor Laurenz war ein hochgewachsener Mann mit raschen, jugendlichen Bewegungen und klugen, blauen Augen, die etwas Forschendes im Blick hatten, und Ellen fühlte etwas wie Respekt vor ihm, weil er so überlegen lächeln konnte.

»Ich finde das ziemlich bedenklich für Sie«, meinte er, »so aufs Geratewohl hinzufahren.«

»Aber das ist ja gerade schön – ich habe keine Ahnung, was für Leute das sein mögen und wozu sie mich engagieren wollen – am Ende werde ich noch Kindermädchen.«

»Und was sagt Herr Allersen dazu?«

»Den habe ich gar nicht gefragt, nur geschrieben, daß ich nach Köln fahre.«

Ihm kam das Verhältnis überhaupt etwas merkwürdig vor, es schien sie immer zu bedrücken, wenn sie davon sprach. Es wurde dunkel, und das Mädchen kam mit der Lampe – Doktor Laurenz nahm den Klemmer herunter und sah Ellen an.

»Ich glaube, Sie lassen sich überhaupt nicht gern dreinreden – aber wollen Sie mich nicht ein wenig als älteren

Bruder betrachten, der hier und da raten darf? – Nehmen Sie wenigstens einen Revolver mit auf die Reise.«
Ellen versprach es und lachte über seine Bedenklichkeit. Am nächsten Morgen kam er an die Bahn und brachte ihr Rosen.
»Haben Sie den Revolver?«
»Ja.«
Lisa fand es auch etwas übertrieben. Sie gingen zusammen zurück, als der Zug fort war und sprachen über Ellen.
»Ich wollte ihr wünschen, daß sie endlich was fände«, sagte die Freundin. »Das arme Kind, sie hat wirklich keine frohen Jahre hinter sich und gehört so sehr zu denen, die das Leben mit Jubel genießen möchten.«
»Glauben Sie eigentlich, daß sie diesen Allersen liebt?«
»Ach«, Lisa machte ein Gesicht, »lieben – Ellen tut mit ihm, was sie will, und das ist ihr ganz bequem. Er hat gar kein Rückgrat – ich glaube auch nicht, daß die Geschichte noch lange dauert. Ich habe schon oft beobachtet, daß sie ganz ungeduldig wird, wenn ein Brief von ihm kommt.«
Dann trennten sie sich.

Ellen machte ihre ernsthafte Gouvernantenmiene – sie hatte sich ihr Benehmen für solche Fälle mit vieler Mühe einstudiert – zurückhaltend, liebenswürdig, bescheiden – und möglichst weltgewandt. Jede Bewegung mußte sagen: ich bin allem gewachsen, verlangt, was ihr wollt. Innerlich kämpfte sie mit einer fast unbezähmbaren Lachlust – ihr zukünftiger Brotherr hatte sie am Bahnhof abgeholt.
»Wo wünschen Sie abzusteigen?«
Das wußte sie nicht, da sie hier ganz unbekannt war
»Dann haben Sie wohl nichts dagegen, mit in mein Hotel zu gehen?«

»O nein, gewiß nicht.«
Als sie im Wagen saßen, fragte er rasch: »Es ist Ihnen doch nicht unangenehm, wenn ich Sie als meine Frau einschreibe – nur um alles Auffallende zu vermeiden.«
Es kam ihr etwas seltsam vor, aber sie fand es ganz lustig und dachte, es sei am besten zu tun, als ob alles ganz selbstverständlich wäre. Dann hatte er ein Zimmer mit Salon genommen und ließ das Abendessen heraufbringen, und jetzt saß sie mit dem wildfremden Mann, der etwas gebrochen deutsch sprach, beim Souper. Er war groß und brünett, sehr elegant und sehr aufmerksam. Als was mochte er sie wohl engagieren wollen? – Er fragte nach allem, was sie gelesen hätte, wofür sie sich interessierte, sprach über Kunst und Bücher. Als der Kellner wieder hereinkam, duzte er sie – sie galt ja für seine Frau – und darüber fiel Ellen plötzlich aus ihrer Würde und fing an zu lachen.
»Gott sei Dank«, sagte er, als sie wieder allein waren, »Sie können also doch lachen. Mir war schon angst, daß Sie immer so ein feierliches Gesicht machten.«
Darauf ließ er Sekt und Zigaretten bringen, sie unterhielten sich immer lebhafter, und es wurde ziemlich spät. Ellen saß in einem bequemen Liegestuhl und fühlte sich sehr wohl. Dann fiel ihr wieder ein, weshalb sie hier war, und sie entschloß sich jetzt endlich nach ihrer künftigen Stellung zu fragen.
»Ach, davon können wir morgen noch sprechen.«
Louis Michel ging im Zimmer herum und dann ans Fenster. »Kommen Sie einmal her.« Da lag der Rhein im Mondlicht, die alten Häuser am Ufer im tiefblauen Schatten, aus dem viele einzelne Lichter funkelten. Es war Festtag – drunten in der Straße zogen Trupps von lärmenden Menschen vorbei. Ellen setzte sich auf die Fensterbank, er stand vor ihr und sah sie an. »Wollen Sie mit

mir auf Reisen gehen?« fragte er plötzlich. »Bitte, lassen Sie mich ruhig ausreden. – Ich habe Ihnen erzählt, was für ein Leben ich führe, heute in Paris, morgen in Monte Carlo, und dann spiele ich wie toll, das ist meine einzige Leidenschaft, und weil ich nicht weiß, was ich anfangen soll. Irgendeinen Reiz muß das Leben haben. Dann hab ich einmal gedacht, wenn ich einen Menschen mit mir hätte, eine Frau, die alles mit mir teilt, nicht verheiratet, nur als guter Kamerad – und sah zufällig Ihre Annonce. Warum können Sie nicht ebensogut mit mir reisen, wie mit einer unangenehmen alten Dame? – Ihr Bild gefiel mir – dann hab' ich mit Ihnen selbst gesprochen – –«

In Ellen wogte und wirbelte es – reisen, wohin man will – was konnte sich da alles vor ihr auftun! Aber mit diesem Menschen – irgend etwas in ihr widersprach gegen ihn. Dann dachte sie an Allersen.

»Ich bin an jemand gebunden«, sagte sie.

»So machen Sie sich los – oder wollen Sie etwa heiraten?«

»Das weiß ich noch nicht – vor allem will ich malen, sowie ich die Mittel dazu habe. Das bindet mich auch.«

»Aber ich gehe mit Ihnen, wohin Sie wünschen – lasse Sie ausbilden.«

Ellen war so verwirrt von all den Gedanken, die auf sie einstürmten, daß sie schwieg. Als er sie dann anrühren wollte, wehrte sie sich.

»Nein, nein, haben Sie nur keine Angst. Ich gehe fort, wenn Sie es verlangen. Aber Sie sind – – sagen Sie mir, warum Sie nicht mit mir kommen wollen?«

Sie waren währenddem wieder an den Tisch gekommen, er lehnte sich in seinem Sessel zurück.

»Sehen Sie, ich wollte ganz ruhig mit Ihnen reden, aber das kann ich jetzt nicht mehr. – Zuerst war es natürlich nur ein Experiment, daß ich an Sie schrieb, Sie kommen ließ. Als wir hier beisammen saßen, habe ich mich immer mehr in Sie verliebt – und jetzt will ich, daß Sie mit mir gehen. Sie müssen.«

»Und wenn ich aber nicht will?«

»Warum wollen Sie denn nicht? Ist es denn ein so unmöglicher Gedanke, mit mir zu leben?«

»Ich könnte nur mit einem Mann leben, wenn ich ihn liebe oder wenigstens in ihn verliebt bin.«

»Lieben Sie denn den andern?«

»Das nicht, aber ich bin doch manchmal verliebt in ihn, und vor allem hängt er so an mir, daß ich ihm sein Leben ganz zerstören würde.«

»Gott, das ist alles so pathetisch, so echt deutsch. Treue bis in den Tod.«

Im Grunde fand Ellen das auch und schämte sich etwas – wie ein Schuljunge, der mit seiner Unschuld geneckt wird. »Wenn ich mich doch etwas in diesen Mann verlieben könnte«, dachte sie. Im Gespräch war er nicht unsympathisch, aber sowie er eine Annäherung versuchte, stieß er sie wieder ab. Und dann wurde er so geschmacklos, fing an zu schauspielern, warf sich vor ihr nieder und sprach davon, wie unglücklich er wäre, sie sollte Mitleid haben. Und Ellen mußte dabei immer auf seine roten Pantoffeln sehen – vorhin nach Tisch hatte er sie um Erlaubnis gebeten, die Schuhe zu wechseln. Die Pantoffeln zerstörten alle Illusion und reizten sie zum Lachen. Dann standen sie wieder am Fenster, er zog mit einemmal einen Revolver heraus und setzte ihn an die Stirn: »Ich erschieße mich hier vor Ihren Augen, wenn Sie nicht wollen. Nein, zuerst Sie und dann mich.«

»Schießen Sie nur.« Ihr wurde doch kalt, einen Augenblick – dann dachte sie an Laurenz, fuhr mit der Hand in die Tasche und umklammerte die kleine Waffe, die sie bei sich trug; – wenn er eine Bewegung machte, würde sie ihm zuvorkommen.

»Gott, Sie haben Mut«, sagte er, »aber Mitleid haben Sie nicht. Sie sind das kälteste Weib, dem ich jemals begegnet bin.«
Damit steckte er den Revolver wieder zu sich. »Nein, hier nicht – leben Sie wohl, ich gehe jetzt, und Sie sollen mich nie wiedersehen.«
Er nahm den Mantel vom Sofa, den Hut und ging hinaus. Ellen blieb einen Augenblick mitten im Zimmer stehen, er tat ihr plötzlich so leid. So lief sie ihm nach, er war schon unten an der Treppe.
»Nein, das will ich nicht, kommen Sie zurück.«
Er folgte ihr hinauf, dann schleuderte er Hut und Mantel in eine Ecke und stürzte auf sie zu.
»Dann hast du mich doch ein wenig lieb! Haben Sie keine Angst, ich will nichts, was Sie mir nicht freiwillig geben.«
Wieder warf er sich vor ihr am Sofa nieder und legte den Kopf auf ihre Knie. – Bei all seinen Theaterphrasen war auch wieder etwas Kindliches darin, das sie rührte, wie er so vor ihr lag und bat, daß sie ihn nur auf die Stirn küssen sollte. Warum sollte sie das nicht tun? – Dabei sah sie wie hypnotisiert auf seine roten Schuhe. Er wollte sie mit Gewalt an sich reißen, und sie rangen miteinander. »Ich schreie um Hilfe, wenn Sie mich nicht loslassen.«
»Das hilft Ihnen gar nichts. Sie gelten hier für meine Frau, – aber ich habe Ihnen mein Wort gegeben, daß ich nichts erzwingen will.«
Ellen antwortete nicht, und er zog immer andre Saiten auf.
»Mein Gott, so gehören Sie mir wenigstens für diese eine Nacht – ein paar kurze Stunden – es soll Sie nicht reuen.«
Und er nahm eine Brieftasche heraus, legte einen Schein nach dem andern auf den Tisch.
»Glauben Sie, daß ich mich verkaufe?« Es stieg heiß und kalt in ihr auf, erst der Zorn und dann die Versuchung, Ja

zu sagen. Aber die Versuchung verflog, sobald sie ihn nur ansah.

»Wie Sie wollen – mein Gott, Sie sind ja so kalt, daß man selber zu Eis wird. – Gehen Sie nur schlafen, ich bleibe hier. Sie brauchen sich nicht einmal einzuschließen.«

Wieder tat er ihr leid, sie brachte ihm noch ein Kopfkissen aus dem Nebenzimmer, dann legte sie sich aufs Bett und hörte auf jede Bewegung – wie er sich hinlegte, herumwarf, wieder aufstand. Schließlich klopfte er an.

»Erschrecken Sie nicht, ich kann auf dem Sofa nicht schlafen. Wenn Sie mir erlauben, mich auf das andre Bett zu legen, verspreche ich Ihnen –«

Ellen lag fast die ganze Nacht durch wach – die Gedanken kamen und gingen, während der fremde Mensch da neben ihr lag und schlief. War sie es wirklich selbst, die dieses sonderbare Abenteuer erlebte? – Sollte sie es Allersen erzählen – alles, – daß sie ihn geküßt hatte, Bett an Bett mit ihm schlief und zuließ, daß er seinen Arm um sie legte? – Hätten das andre an ihrer Stelle getan?

Im Halbdunkel sah sie durch die offne Tür ins andre Zimmer – der Eiskübel stand auf dem Tisch und daneben lagen noch die Scheine. Noch war es nicht zu spät – und dann konnte sie nach München gehen. Nein, die Treue war es nicht, die sie hielt – der Versucher von damals fiel ihr wieder ein. – Hätte ich da wohl so lange widerstanden? – Dieser Mann hier hatte keinen Reiz für sie, das war die Wahrheit, ihre Sinne sagten nicht ja – sonst wäre sie mit ihm gegangen. Und dies physische Sträuben, das sie gegen ihn empfand, war ihre Treue und ihre Kraft, – der Instinkt, der redete oder schwieg, wie es ihm gerade einfiel – weiter nichts. Sie sah ihn an, wie er dalag und schlief. – Was war er eigentlich für ein Mensch? – Wie weit mochte doch vielleicht etwas Echtes an ihm sein, oder war alles nur Komödie? Brutal war er nicht gewesen, hatte sein Wort gehalten, denn was hätte es ihr geholfen, wenn sie Lärm schlug.

Es wurde Morgen, ringsum von allen Kirchen läuteten die Glocken, Ellen ging ins andre Zimmer hinüber, bis er kam. Jetzt war er unliebenswürdig und verstimmt, sah übernächtigt aus – die Unordnung rings umher – alles stieß sie ab. Und draußen der frische helle Sommermorgen. Sie wollte gleich zu Allersen fahren, ihn wiedersehen, zur Besinnung kommen aus all dem wüsten Durcheinander, das ihr im Kopf wogte.

Da standen sie am Bahnhof: »Leben Sie wohl, ich wünsche Ihnen viel Vergnügen für Ihr späteres Leben« – damit war er verschwunden. Ellen hatte nicht darauf gerechnet, wieder zurückzukommen, und ihr Geld reichte nur gerade noch so weit, daß sie an Allersen telegraphieren konnte, und für ein Billett vierter Klasse nach dem Ort, wo er sie treffen sollte. Und Ernst Allersen war etwas verwundert, als Ellen ausgehungert und zerschlagen ankam, aber in ausgelassenster Stimmung, und ihm nach und nach ihr ganzes Erlebnis erzählte. Er war unzufrieden, machte ihr alle die Vorwürfe, die sie schon kannte, und Ellen hörte ungeduldig zu, ohne viel zu antworten. Mit jedem Tage fühlte sie mehr, daß sie dies nicht weiter ertragen könne, und fand doch nicht den Mut, ein Ende zu machen. Und jetzt wußte sie auch, daß sie in seinen Armen nie etwas von den geträumten Seligkeiten finden würde, – die Zeit war vorbei. Sollte sie immer wieder all die verlockenden Möglichkeiten an sich vorübergehen sehen, um jedesmal dieselbe Ernüchterung zu fühlen? Es begann sie zu reuen, daß sie den andern hatte gehen lassen mit allem, was er ihr bot.

Als sie dann zu ihrer Freundin Lisa zurückkam, hatte die inzwischen etwas für sie gefunden, bei Bekannten, die für den Sommer eine Gesellschafterin suchten. Ellen sagte ja,

aber in der ersten einsamen Stunde setzte sie sich hin und schrieb an Louis Michel, sie sei jetzt bereit zu kommen, er möchte ihr nur eine neue Zusammenkunft vorschlagen. Aber es kam nie eine Antwort.
Während der kurzen Zeit, die sie noch bei Lisa blieb, kam Doktor Laurenz fast jeden Abend und holte Ellen zum Spaziergang ab. Sie sprach jetzt offen mit ihm über Allersen, und wie sie es nur von Tag zu Tag hinausschob, das letzte Wort zu sagen. Er konnte das alles so gut verstehen, auch ihr Zögern, etwas so Jahrelanges abzubrechen, das doch eine Art fester Punkt war, während alles andre hin und herschwankte.

Eines Abends trafen sie sich vor seinem Büro, und da es regnete, gingen sie in ein nahes Weinrestaurant.
»Mein Gott, Ellen, warum strahlen Sie denn heute so?« fragte er, als sie am Tisch saßen.
»Ja, es geschehen wirklich noch Wunder – denken Sie nur, ein Freund von Detlev will mir bis zum Herbst eine Summe verschaffen, mit der ich nach München gehen und anfangen kann zu malen. Ich kann mich noch kaum besinnen, so unerwartet ist das gekommen.«
Er hob das Glas und sie stießen an. »Glück auf, Ellen«, sagte Laurenz und sah sie froh an. »Wenn Sie wüßten, wie mich das freut. Es kränkt mich schon so, daß ich selbst nicht in der Lage bin, Ihnen zu helfen.«
Ellen war zerstreut, sie konnte heute abend nichts andres denken, als daß ihr brennendster Wunsch in Erfüllung gehen sollte.
»Ich fand es auch zu schrecklich, daß Sie in Stellung gehen wollten.«
»Ja, vorläufig muß ich das wohl noch«, sagte Ellen, »aber nur für die paar Monate, bis ich das Geld bekomme. Es ist so viel, daß ich ungefähr ein halbes Jahr davon leben

kann; und um das Weitere ist mir nicht bange. Wenn ich nur erst in München bin. Ob Sie sich denken können, Reinhard, was für mich davon abhängt? Ich könnte alles einschlagen und niedertreten, wenn ich nur malen darf.«

»Ich glaube, dazu neigen Sie überhaupt, wenn sich Ihnen etwas entgegenstellt.«

»Ja, sehen Sie, es ist eine ganz dumme Redensart: man kann nicht mit dem Kopf durch die Wand. Ich schwöre darauf, daß man doch durchkann, und wenn ich wüßte, hinter der Wand ist das, was ich haben will, würde ich immer dagegen rennen. Entweder komme ich durch, oder mein Kopf geht kaputt. Darauf kommt es nicht an.«

Reinhard Laurenz lachte, aber im Grunde kam es ihm ernst vor. In Ellen sah er immer noch ein halbes Kind, von dem man nicht weiß, wie es sich entwickeln wird, und manchmal wachte in ihm der Wunsch auf, ihr Leben in die Hand zu nehmen und es ihr zu gestalten.

Spät abends brachte er sie nach Hause und sie küßten sich zum Abschied vor der Tür.

»Vergiß nicht, daß ich dein Freund bin«, sagte er leise; »und wenn –. Ich möchte jetzt nicht noch mehr Verwirrung in Ihr Leben bringen, Ellen, aber wir wollen uns wiedersehen.«

»Papa liegt im Sterben – Detlev.«

Ellen war kaum acht Tage in ihrer neuen Stellung und lag frühmorgens noch im Bett, als man ihr das Telegramm brachte. – Alle andern Gedanken loschen aus wie von einem dumpfen, schweren Schlag, sie starrte nur auf das Papier hin, und erst als jemand an die Tür klopfte, begriff sie: ihr Vater lag im Sterben, und sie war weit fort.

Gegen Mittag saß sie in der Bahn, um heimzufahren. Alles, was zwischen ihr und den Jahren lag, schien ihr wie weggewischt und vergessen, und das Heimweh hämmerte in ihr wie schmerzende Herzschläge. Es wurde Nachmittag, dann sank die Julisonne langsam nieder, und der Abend kam, die Nacht. Ellen lehnte die Stirn gegen die kühlen Fensterscheiben: ob er noch leben würde, wenn sie kam? Nun war es zehn Uhr, noch eine halbe Stunde, sie kannte jede kleine Station, ihr war, als ob ein innerer Krampf sich löste und die Wirklichkeit wieder zurückkam in langsamen Wellen.

Der Zug fuhr in die Halle – er war fast leer, nur wenige Menschen stiegen aus. Ellen sah ihren jüngsten Bruder auf dem Perron stehen neben Annita Allersen – die beiden wußten, daß sie kam. Dann kam jemand auf sie zu, ein breitschulteriger Mann mit dunklem Bart. Es war ein Freund ihrer Eltern – Pastor Bern – den sie früher immer den Hauskaplan genannt hatten.

Er vertrat Detlev den Weg mit einer abwehrenden Handbewegung: »Hier habe ich das erste Wort zu reden, lassen Sie mich mit Ihrer Schwester allein.«

Ellen war ganz verwirrt. »Wie geht es Papa?« fragte sie rasch.

»Ihr Vater lebt noch, aber es ist keine Hoffnung mehr – und ich bin hier, um Sie zu fragen, weshalb Sie gekommen sind?«

»Weil ich meinen Vater noch einmal sehen will.«

»Ich komme im Auftrag Ihrer Familie, die Ihnen sagen läßt, daß Sie hier nichts mehr zu suchen haben.«

Ellen faßte sich mühsam: »Dann will ich zu meiner Mutter gehen und mit ihr sprechen.«

»Das werden Sie nicht tun – Ihre Mutter will Sie nicht sehen. Sie haben genug Schmerz und Schande über Ihre Eltern gebracht, treiben Sie es nicht noch weiter. Oder wollen Sie auch noch das Totenbett Ihres Vaters und den Schmerz der andern entweihen?«

»Weiß er, daß ich hier bin?«

»Nein, und er wird es auch nicht erfahren. Man ist ängstlich bemüht, ihm jede Aufregung fern zu halten, und verlangt deshalb von Ihnen, daß Sie gleich wieder abreisen. Es geht heute noch ein Nachtzug nach Hamburg.«
»Nein, ich bleibe hier, solange mein Vater noch lebt, und wenn er mich rufen läßt –«
»Ich wiederhole Ihnen, Sie dürfen das Haus Ihrer Mutter nicht betreten.« Der Geistliche erhob mahnend die Hand. »Und ich will Ihnen nur noch das eine sagen: Sie werden Ihren Vater nicht mehr sehen – und wenn ich mich selbst vor die Tür stellen müßte.«
Ellen wandte ihm den Rücken und ging auf die beiden zu, die langsam auf und ab wanderten; dann nahm Annita Allersen sie mit in ihr Haus.
Die ersten Tage kam Detlev und brachte ihr Nachricht; der Vater lag im Krankenhaus, und sie waren alle von Morgen bis Abend dort.
Dann blieb er aus. Als er bis Nachmittag nicht gekommen war, suchte Ellen den Arzt auf, der ihren Vater behandelte und den sie von früher her kannte.
»Sie sollten doch mit Ihrer Mutter sprechen«, sagte dieser. »Es ist wohl kaum zu hoffen, daß er den Abend überlebt.«
Ellen ging durch die ganze Stadt und weit hinaus bis in den Wald, da lag sie eine Stunde nach der andern im Gras. – Nun würde er sterben und sie ihn nie wiedersehen, und was mochte er gelitten haben um sie! Ihr ganzes Zuhauseleben zog wieder an ihr vorüber – was war es anderes gewesen, als Feindseligkeit und Erbitterung. Man war hart verfahren mit ihrer Jugend, die nach Freude und Sonne verlangte. Aber sie wußte doch auch, daß ihr Vater viel Liebe und Weichheit in sich trug, bei aller Schroffheit gegen das, was er nicht anerkennen und nicht dulden wollte. Eine namenlose Sehnsucht erwachte in ihr nach

all der Liebe, die sie einander nie gegeben hatten. Hätte sie ihm das nur einmal noch sagen dürfen, aber er wußte nicht, daß sie hier war. Und sie dachte an ihre Mutter – war sie jemals eine Mutter gewesen, diese kalte, fremde Frau, die ihr sagen ließ: geh, woher du gekommen bist?
Als Ellen gegen Abend wieder zurückkam, wartete ihr älterer Bruder auf sie: der Vater war gestorben, und nun durfte sie kommen, um ihn noch einmal zu sehen. Wortlos gingen sie nebeneinander her bis zu dem großen, fahlgelben Gebäude und die stille Treppe hinauf. Erik ließ sie allein im Zimmer – da drüben auf dem weißen Bett lag er kalt und starr – eingefallen und verändert –. Das war nicht mehr ihr Vater, es war etwas Furchtbares, Unheimliches, das ihr einen eisigen Schauer nach dem andern durch die Seele trieb. Sie kniete vor ihm nieder, versuchte ihn anzusehen, etwas von ihm wiederzufinden – immer wieder stieg das eine Bild vor ihr auf, wie sie ihm zum letztenmal gegenübergestanden hatte im Kampf um ihre Jugend und ihre Freiheit. Jetzt hatte sie gesiegt, und er lag tot. – Allmählich kam ein hilfloser Schmerz über sie, sie legte den Kopf auf sein Bett und weinte.
Dann stand der Bruder plötzlich hinter ihr, und der Geistliche war auch wieder da und redete mit schriller Stimme von Vergebung und von dem Herzen, das da ausgeschlagen hatte. Erik zog sie aus dem Zimmer hinaus und begleitete sie durch die stillen dunklen Straßen zurück.
Am nächsten Abend stand Ellen zu später Stunde vor dem Gartengitter ihres Elternhauses, es hatte sie hergetrieben, ob sie wollte oder nicht, noch einmal Abschied zu nehmen von den letzten Heimatgedanken.
Durch die offenen Fenster, vor denen leichte, weiße Vorhänge hin und her wehten, sah sie alle bei der Lampe sitzen und hörte die Stimmen.

»Wenn Sie umkehren in aufrichtiger Reue, sich willig in alles ergeben, was zu Ihrem Heil beschlossen wird – dann, aber nur dann wird Ihre Mutter Sie wieder als ihr Kind aufnehmen«, so hatte der Hauskaplan heute noch einmal zu ihr gesprochen. – Wie schneidender Hohn kam es ihr vor, daß diese Mutter jetzt da drinnen unter ihren Kindern saß, mit ihrer gewohnten Stimme sprach – hier und da klang ein Wort zu ihr herüber. Und sie stand hier draußen und konnte nicht umkehren. – Aber die ganze Welt schien ihr so weit und leer und tot – wo gehörte sie denn hin, wohin würde sie treiben?

Jetzt standen sie da drinnen auf, Stühle wurden gerückt, die Stimmen gingen durcheinander, dann wurde es dunkel, die Fenster verloschen.

Ellen stand immer noch unbeweglich und sah starr darauf hin. Nun ging ein Lichtschein durch die oberen Zimmer und allmählich erlosch auch der. Im Hof schlug der Hund an, als ein paar Menschen vorüberkamen – ihr alter Nero.

Langsam zog sie die Hände vom Gitter zurück, sie waren wie angefroren an dem feuchten, kalten Eisen, und schauerte zusammen in der Nachtkühle und der leeren Straßeneinsamkeit. –

Tags darauf kam Ellen unerwartet und unangemeldet bei ihrer Freundin Lisa an, und die erschrak beinahe über ihre völlige Teilnahmlosigkeit. Ellen lag tagelang oben in ihrem Zimmer und schlief, sie dachte nicht mehr daran, in ihre Stellung zurückzukehren, oder was sonst geschehen sollte. Wenn Briefe kamen, ließ sie dieselben ungelesen liegen, ihr war, als ob alles in das Grab ihres Vaters und ihrer Heimat versunken wäre.

Als Reinhard Laurenz dann hörte, daß sie wieder da war, kam er gleich. Fast mit Gewalt zog er sie mit hinaus in die Sommersonne, auf weite Spaziergänge und brachte sie allmählich wieder zum Erwachen. Immer wieder sprach er ihr von der Zukunft, die so licht und froh für sie werden sollte, daß alle dunklen Schatten weichen mußten. Sie sollte sich wieder auf ihre Jugend und ihre Ziele besinnen, sich auflehnen gegen den Schmerz, ihn abschütteln und nur an den neuen Morgen denken, der vor ihr lag. Und er ließ nicht nach, bis sie wieder froh wurde. Von sich selbst sprach er nicht, aber Ellen wußte seine Liebe wohl, es war nur noch ein leises Zögern in ihr und etwas wie Angst vor jeder innerlichen Erschütterung.

An einem Sonntagnachmittag waren sie beide mit Lisa hinausgefahren, um die Rennen anzusehen. Das Menschengewühl unter der brennenden Sonne, der Wein und das aufregende Spiel da drunten auf der weiten Sandfläche, wo die dunklen, schimmernden Tiere dahinrasten, brachte sie in seltsame Stimmung – in eine Art von stürmischer Erwartung, als ob jeden Augenblick etwas hereinbrechen, über alles hinfegen könnte.

Auf dem Programmzettel fanden sie heraus, daß eins von den Rennpferden Ellen hieß. Darüber lachten sie mit Lisa und wetteten untereinander; aber als die Freundin wieder ganz im Zuschauen versunken war und sich weit vorbog, um besser zu folgen, gingen ernste Blicke zwischen den beiden andern hin und her. Reinhard stand hinter Ellens Platz, sie sprachen leise zueinander, fast nur indem sie die Lippen bewegten, und mit den Augen. Er fühlte all das Schwanken in ihr, seit langem schon: »Zu mir kommen, Ellen, zu mir, – wir gehören zusammen.«

Dann mußten sie wieder laut sprechen – nun kam das Pferd, das Ellens Namen trug, ins Rennen – und Lisa drehte sich um:

»Was flüstert ihr denn?«

»Wir machten eine Privatwette ab, ob ›Ellen‹ siegen wird.«

Lisa versank wieder in aufmerksames Zuschauen, und über die beiden kam plötzlich ein gewitterschwüler Übermut.

»Es soll gelten«, sagte Ellen leise.

»Sie wissen doch, daß ich abergläubisch bin, wenn Ellen siegt – –«

»Dann geben Sie mir die Hand, und wir wollen sehen, was unser Schicksal für Sprünge macht.«

»Wer soll Sprünge machen?« fragte Lisa zerstreut, die zufällig das Wort aufgefangen hatte und etwas in Angst vor Ellens plötzlichen Extravaganzen lebte. Aber dann merkte sie es nicht einmal, daß keine Antwort kam – denn eben war eins von den Pferden in die Knie gestürzt. Die andern lachten und sahen sich verwirrt an, darunter zitterte schwerer Ernst. Ellen hatte ihre Hand auf die Banklehne gelegt und Reinhard behielt sie fest in seiner, während sie jetzt wie gebannt das Rennen verfolgten und das Schicksalspferd ein Hindernis nach dem andern nahm, einen Augenblick zurückblieb, sich bäumte, zauderte und dann wieder allen vorankam.

Dann zitterten sie beide, als die »Ellen« Siegerin blieb, eine Welle von murmelnder Aufregung durch die Zuschauer lief und Lisa sich atemlos zurücklehnte. – Und nun folgte eine Zeit, wo sie nur von ihrer Liebe und von hellem Sommerjubel wußten, nur daran dachten, daß das Leben ihnen jetzt zusammen gehören sollte wie eine endlose Reihe von schimmernden Morgen ohne dumpfe Mittagsstunden und wehmütiges Abenddämmern. Ellen konnte es manchmal kaum begreifen, daß sie so rasch alles Schwere, was hinter ihr lag, überwinden konnte, aber es schien ihr, als wäre jahrelanges Vergessen dazwischen.

Auf Reinhards Wunsch sollte sie jetzt noch eine Zeitlang an die See gehen, damit sie in seiner Nähe bliebe.

»Ich kann dich doch nicht hergeben«, sagte er. »Nachher in München verschlingt dich die Arbeit, und wir sehen uns lange nicht wieder. So kannst du dich auch noch einmal ganz ausruhen.«

Sie lagen zusammen im Wald, die Sonne flimmerte durch das helle Unterholz, die Stadt und die Menschen schienen so weit fort.

»Ja, mit vollen Kräften möchte ich auch an die Arbeit kommen, wenn ich endlich komme. Was für Jahre habe ich schon verloren.«

»Hast du jetzt an Allersen geschrieben?« fragte Reinhard, und sie wurde etwas verlegen.

»Nein, aber in den nächsten Tagen – sowie ich dort draußen bin.«

»Es muß geschehen – Ellen, manchmal begreife ich dich nicht recht. Er muß doch erfahren, daß du ihm nicht mehr gehörst.«

»Ach – das weiß er schon lange – er hat die ganze Zeit nur hier und da ein paar flüchtige Worte von mir – und es ist so schwer.«

»Was ist schwer?«

»So über einen Menschen hinwegzugehen. Ihm plötzlich sagen: Alles ist aus. Das quält mich dann wieder, und ich möchte jetzt an nichts Quälendes denken.«

Reinhard richtete sich auf, und sie sah jetzt, daß er ernstlich unzufrieden war: »Nein, Ellen, darin mußt du noch anders werden, endlich einmal lernen, klar gegen dich selbst zu sein. Du hast diese sonderbare Neigung, alles Unangenehme von dir fortzuschicken, bis es von selbst über dich kommt, und dann würdest du am liebsten noch fortlaufen, um es los zu sein.«

»Das kommt von meinem ganzen bisherigen Leben. Denk dir einmal: wenn man durch Jahre immer in der Erwartung lebt: was wird morgen geschehen? Ich fahre

heute noch zusammen, wenn die Post kommt oder die Haustür klingelt.«
»Armes Kind – ich weiß es ja auch. Und es soll meine Hauptsorge sein, daß dein Leben jetzt wirklich einmal aufblüht. Aber über dies Letzte mußt du jetzt noch weg – die letzten Hindernisse nehmen, Ellen –.« Dann sprach er davon, daß sie doch heiraten wollten, über kurz oder lang, denn wann es sein konnte, ließ sich nach seiner unsicheren Praxis noch nicht sagen.
Ellen wurde etwas unruhig dabei, ihr war, als schöbe sich wieder eine graue Wolke über ihren hellen Himmel hin.
»Ach, Reinhard, warum müssen wir denn gleich wieder an Verloben und Heiraten denken? Ich habe einen förmlichen Schrecken vor dem bloßen Wort. Und dann muß ich auch jetzt erst einmal ganz ins Blaue hineinleben – ich muß wenigstens vier, fünf Jahre ganz für mein Studium haben, das geht allem andern vor.«
»Auch mir und unserm Glück?«
»Das darf dir nicht weh tun, und du darfst es nicht verkehrt verstehen. Wenn ich in der Kunst nicht zu dem komme, was ich will, kann ich dich auch nicht glücklich machen und nicht glücklich sein.«
»Ellen, du sollst ja deine Kunst haben und alles, was ich dir schaffen kann. Und ich werde nie verlangen, daß du sie aufgibst, um eine gute Hausfrau zu werden. Siehst du, ich habe mir das alles überlegt – vor dem nächsten Frühjahr können wir nicht an Heiraten denken, ich fasse es auch nicht so auf, daß man nun festgeschmiedet ist. Ich will damit zufrieden sein, wenn du immer ein halbes Jahr bei mir bist und die übrige Zeit dich in Berlin oder München weiterbildest. – Wie weit denkst du überhaupt mit deinen sechshundert Mark zu reichen, in diesem Jahr werde ich dir so gut wie gar nicht helfen können.«
»Ach, das findet sich alles, wenn ich nur erst dort bin –

du bist so gut, Reinhard«, – ihr war immer noch etwas beklommen – »aber jetzt wollen wir das noch erst mal ruhen lassen, nicht wahr?«

Als Ellen in dem kleinen Badeort ankam, regnete es in Strömen. Nachmittags kam ein Telegramm von Allersen, das Lisa ihr nachgeschickt hatte: »Warum so lange keine Nachricht, bin in Unruhe?«

So setzte sie sich in der niedrigen Bauernstube an den Tisch und schrieb einen langen Brief an ihn, während schwere Tropfen an die Scheiben schlugen und die Kühe draußen in den Wiesen dumpf gegen den Himmel brüllten. Sie wurde traurig und nachdenklich dabei – wieder etwas, das sich von ihr loslöste, und es schien ihr eine ewige Wiederholung, daß sie Liebe wollte und Liebe nahm und im Grunde doch immer nur an sich selbst dachte – geliebt sein wollte, aber ohne etwas dafür hinzugeben.

Nun lag auch das hinter ihr, das letzte, was sie an die Vergangenheit band.

Jeden Sonntag fuhr sie in die Stadt zu Reinhard und wohnte jedesmal in demselben Hotel, das seiner Wohnung gegenüberlag. Die Leute kannten sie schon und lächelten, wenn Ellen mit ernster Miene ein Balkonzimmer nach Norden verlangte. Reinhart holte sie von der Bahn mit seinem übermütigsten Gesicht, und sie drängten sich zusammen durch das sonntägliche Gewühl, um in den Wald hinauszukommen.

Draußen in ihrem Badeort lebte Ellen anfangs ganz für sich allein. Ihr war, als ob das Leben jetzt Flügel bekommen hätte, die sie hintrugen, wo es schön und sonnig war. Malen, den ganzen Tag malen, oder ein Boot nehmen, stundenlang auf den Wellen umhertreiben, ohne sich um Zeit und Stunde zu kümmern, mit dem wundervollen

Gefühl, daß kein Mensch auf der weiten Welt ihr mehr dreinredete.
An ihrem Mittagstisch waren meist langweilige Ehepaare und einzelne Damen, dann kam noch ein älterer, kränklicher Herr dazu, mit dem Ellen bald Freundschaft schloß. Er wußte die ganze Gesellschaft durch seine bissigen Bemerkungen und schlimmen Witze in Spannung zu halten – und sah aus wie ein kranker Teufel mit dem spitzen, grauen Bart und den verglasten, fahlen Augen. Aber Ellen konnte ihn gut leiden und stimmte zum Entsetzen der übrigen in seinen Ton ein, sie genoß es wie einen Triumph, wenn die ganze Tafelrunde sich still oder laut empörte. Er fragte die jungen Frauen, wie viele Kinder sie hätten, schlug dann die Augen zum Himmel und legte seine Hand auf die Ellens.
»Haben Sie gehört? – Fünf Kinder! – Sehen Sie, ich wollte Ihnen schon einen Antrag machen, aber so weit brächten wir es nimmer – ich habe höchstens noch zwei Jahre zu leben.«
»Nein, dieser Zynismus geht doch zu weit«, sagte eine behäbige, blonde Witwe, nachdem er fort war. »Sie sind noch so jung und können das nicht so verstehen, aber auf solche Scherze sollten Sie wirklich nicht eingehen.«
Und nun erhoben sie alle ihre warnenden Stimmen, sie fanden es schon lange befremdlich, daß Ellen so allein stand, und hätten sie gerne etwas unter ihre schützenden Flügel genommen.
Bald darauf fehlte er bei Tisch.
»Wo ist Herr Markus?« fragte Ellen.
»Krank – besuchen Sie ihn doch!« klang es im Chor in einer Tonart, die deutlich sagte: »Sie werden doch nicht – –«
»Ja, das ist wahr, wo wohnt er denn?«
Gleich nach Tisch ging sie hin, er lag im Bett, blaß wie die

Wand, mit schrecklich verdrehten Augäpfeln. Von nun an kam sie jeden Tag, brachte ihm Blumen, räumte sein Zimmer auf, das in arger Unordnung war, und ließ sich seine Leiden erzählen.

»Sie sind ein gutes Kind«, sagte er, »aber es bringt kein Glück, wenn man so weichherzig ist. Was haben Sie davon, wenn Sie einen alten Krüppel besuchen und sich ins Gerede bringen. Ja, wenn's ein junger Kerl wäre.«

Aber sie verstand sich so gut mit dem kranken Teufel und liebte diese Stunden, wo sie an seinem Bett saß und er über die verdammten Weiber schimpfte und ihr immer wieder die Schwindsucht weissagte, weil sie hustete.

»Aber lachen Sie nur, lachen Sie nur, es vergeht früh genug.«

Inzwischen lernte Ellen andere Menschen kennen. – Sie ruderte eines Abends in ihrem kleinen weißen Boot aus dem Hafen. Eben vor ihr war eine größere Segelbarke hinausgefahren, und nun erschien jemand am Kai, der sich verspätet hatte, rief sie an und bat, sie möchte ihn bis zum Segelboot mitnehmen. Der Wind war schwach, und sie hatten es bald erreicht. Ellen kannte niemand von der Gesellschaft, aber es schien ein lustiges Volk zu sein. Alles lachte und lärmte durcheinander und Weinflaschen gingen von Hand zu Hand. Ihr Begleiter ließ ihr keine Ruhe, bis sie ihr Boot festmachte und mit einstieg. Aber er schien nicht mehr ganz sicher auf den Füßen zu sein, und beinahe wären sie zusammen ins Wasser gefallen, gaben sich aber noch zur rechten Zeit einen Ruck und stürzten nun über ein paar Schultern und Köpfe weg mitten ins Schiff hinein. Da lagen sie beide auf den Knien und sahen sich verwirrt an, während die andern ringsum in die Höhe fuhren, aufschrien oder lachten. Ein paar Herren sprangen auf, um Ellen zu helfen:

»Sehr liebenswürdig von Ihnen, uns so zu überraschen, darf man fragen, wo Sie so gut springen gelernt haben? Das war ja schon mehr geflogen.«

»Von dem da«, sagte Ellen, während sie vorsichtig aufstand, denn der Boden war voller Glasscherben.

»Leonhard«, stellte er sich jetzt rasch vor, immer noch auf den Knien, »ich bitte tausendmal um Verzeihung – aber schön war es doch«, und mit einem andächtigen Blick küßte er ihr die Hand. Die übrigen hatten sich inzwischen von ihrem Schrecken erholt und stimmten ein lautes Jubelgeschrei an:

»Sehr schön – bravo Leon! Leon soll leben – die junge Dame soll leben. – Festhalten, sonst springt sie auf der andren Seite wieder hinaus. – Wein her – wo ist der Wein?«

Sie bekamen jetzt einen Platz auf der Bank, und alle stießen mit ihnen an.

»Hab' ich's vielleicht nicht gut gemacht?« rief Leonhard in den Lärm hinein. »Wir fahnden nämlich schon eine ganze Zeit auf Sie«, wandte er sich zu Ellen, »die alten Hexen aus Ihrer Pension haben uns allerhand erzählt. – Sie sind hier nur noch ›die junge Dame mit dem Herrn Markus‹.«

Ellen sah ihn jetzt etwas genauer an – er hatte rötlich blondes Haar, das dicht und wirr um den Kopf stand, und redete alles mit einer Heiterkeit, der nicht zu widerstehen war. Es sah aus, als lachte der ganze Mensch bei jeder Bewegung. Und diese strahlende Lebensfreude schien sich seiner Umgebung mitzuteilen, sie lachten alle mit, wenn er anfing zu sprechen.

Er mußte ihr nun erklären, wer die andern waren. Ein bunt zusammengewürfelter Kreis war es, der sich hier oben an der See gefunden hatte. Er selbst, Leonhard, kam vom Rhein her mit zwei Freunden, von denen einer

kurzweg als »der Regierungsrat« vorgestellt wurde, der zweite mit dem fliegenden roten Schlips war Opernsänger, und man nannte ihn Harry. Dann gab es noch ein internationales Ehepaar, das unter sich französisch sprach, mit zwei Töchtern, eine stellenlose Gesellschafterin und ein paar junge Leute, die nicht weiter in Betracht kamen. Im ganzen wußte man nicht viel voneinander, man vergnügte sich nur zusammen und – damit schloß er seinen Vortrag – Ellen sollte von nun an mittun, da sie jetzt glücklich eingefangen war. Und das tat sie denn auch. Das Gelage wurde immer lauter und fröhlicher, je weiter sie auf die See hinauskamen, und anfangs achtete niemand darauf, daß der Himmel sich bezog und leise Donner in der Ferne rollten. Allmählich ballten die Wolken sich immer dunkler zusammen – die Damen wurden ängstlich und ließen den Schiffer umwenden. Aber der Wind ließ nach und es ging sehr langsam.
»Wenn Sie jetzt in Ihrem kleinen Ruderboot allein hier draußen wären«, sagte Ellens Nachbar.
»O, ich käme rascher damit vorwärts wie so.«
»Aber so weit hinaus können Sie mit dem Dings doch nicht rudern.«
Das stachelte ihren Ehrgeiz. »Wollen wir wetten, daß ich eher daheim bin wie Sie?« Und ehe er sie zurückhalten konnte, war sie schon beim Steuer und kletterte in ihr Boot hinab. Wieder gab es Tumult. »Sie ist des Teufels – halt sie, Leon – fang sie!« Aber Leon kam zu spät.
Das Gewitter zog rasch herauf und einzelne heftige Windstöße fuhren in die Segel. Ellen blieb eine Zeitlang neben der Barke, die dann plötzlich rasch vorwärtstrieb. Man winkte und rief, aber sie konnte nichts mehr verstehen, denn das Unwetter brach jetzt los. Schwere Donnerschläge rollten über den Himmel und schienen unten im Wasser zu widerhallen. Dann folgten sie sich immer

schneller, und sie konnte kaum mehr sehen, so blendeten die Blitze, es kam ihr vor, als ob sie rechts und links neben ihr in die Wellen hineinzuckten und wieder aufsprühten. Dann klatschte der Regen nieder in langen hellen Streifen, in einem betäubenden Gewirr von Ringen und Tropfen. Das Boot schaukelte vorwärts, rückwärts, legte sich auf die Seite und tanzte wie unter einer Peitsche. Ellen verlor ein Ruder, fing es glücklich wieder auf, dabei flog der eine Ruderpflock heraus, und nun rutschte es bei jedem Schlag hin und her. Endlich war sie bei den Büschen angekommen, die am Ausgang des Hafens das Fahrwasser markierten. Das war eine Strecke, die sie sonst in fünf Minuten zurücklegte, aber jetzt brauchte es fast eine halbe Stunde, bis sie endlich triefend im Hafen ankam – das Boot war halb voll Wasser – die ganze Segelgesellschaft stand unter ihren Schirmen am Ufer und daneben der Fischer, dem das Boot gehörte.
Sie empfingen Ellen mit großem Lärm und zogen sie mit in die Strandhalle, um einen Grog zu trinken. Leonhard rückte ganz nah an sie heran und schüttelte den Kopf: »Furchtbar toll – Sie sind furchtbar toll. – Sagen Sie mal, was fällt Ihnen eigentlich ein?«
Sie war noch ganz berauscht von der wilden Fahrt und von der Gefahr, ihre Augen leuchteten: »Aber schön war es doch! Am liebsten möchte ich gleich noch einmal hinaus.«
»Kind, Kind«, sagte er, »spielen Sie nicht so mit Ihrem Leben. Wir haben Sie schon oft gesehen, wenn Sie sich auf dem Wasser herumtrieben und die Meergreise von Ihrem Mittagstisch am Ufer die Hände rangen. – Wer sind Sie denn eigentlich?«
Da legte plötzlich jemand die Hand auf ihre Schulter und Markus stand hinter ihr, schweigend stellte er ein Glas Kognak vor sie hin und sah zu, wie sie es austrank.

»O unglückselige Ellen«, sagte er dann mit seiner schneidenden Stimme. »Sehen Sie, junger Mann – die Schwindsucht hat sie schon im Leibe und dabei säuft sie wie ein alter Seemann. Nein, nein, ich würde Sie doch nicht heiraten, obgleich Sie mich kompromittiert haben.«
»Wie schade«, sagte Ellen, »ich gleich.«
Und nun legte er feierlich die eine Hand aufs Herz und reichte ihr die andre: »Heirate mich und sei mein Weib, – damit wie du ich froh und glücklich sei.« Ellen schlug ein, der lärmende Chor rief Bravo und wollte Markus mit an den Tisch ziehen, aber er schlug seinen Mantel um sich und wandelte stumm hinaus.
»Also Ellen«, sagte Leon wie in tiefem Nachdenken. »Ellen – die furchtbar tolle Ellen.«

Von nun an war Ellen tagtäglich mit ihren neuen Bekannten zusammen. Kam sie morgens an den Strand hinunter, so sah sie schon von ferne Leon mit beiden Armen winken und hörte seine jubelnde Stimme: »Da kommt sie, da kommt meine tolle Ellen«, und dann schwenkte er sie im Kreise rundum, bis sie um Gnade bat und beide sich außer Atem ins Gras warfen. Für jeden Tag wußte er neue Unternehmungen, sie ruderten und segelten, wanderten zur Ebbezeit weit auf den festen, grauen Schlamm hinaus, spannten des Strandwirts Ackergäule vor einen klappernden alten Leiterwagen, fuhren von Dorf zu Dorf und durchschwärmten nach der Rückkehr die halben Nächte im Freien vor den Gasthäusern. Es war ein ununterbrochenes Fest; wo sie hinkamen, gab es Leben und übermütige Lust. Ellen gab sich diesem stürmichen Sommerleben in gedankenloser Freude hin. Bald war ja ihre Zeit sowieso abgelaufen – Reinhard war zu seinen Eltern gereist, und wenn er zurückkam, wollten sie noch ein paar Tage zusammensein, dann kam München. Es lag

alles so klar und froh vor ihr, sie schrieb glückselige Briefe an Reinhard und erzählte ihm von ihren Freunden und den tollen Fahrten.
Der Tag ihres Scheidens rückte heran, und es kam hier und da ein wehmütiger Ton in ihr Beisammensein mit dem frohen Gefährten.
»Kind, Kind, nun soll ich dich hergeben«, sagte Leon, »und du gehst ebenso lachend fort, wie du gekommen bist.«
Dann wurde sie wohl einen Augenblick ganz still, aber gleich darauf faßte sie ihn bei den Schultern und schüttelte ihn. »Nein, ich möchte gerne noch bei dir bleiben, aber ich freue mich doch auch so darauf, ihn wiederzusehen. Kannst du dir nicht denken, wie ich mich freue?« Er nahm ihre Hand, mit der andern fuhr sie ihm langsam durch die Haare.
»Leon, ich darf mich nicht in dich verlieben, das wäre wirklich schlimm.«
»Auch nicht für einen Tag, wenn du doch so bald schon fortgehst? Kind, eigentlich waren wir doch alle beide verliebt, diese ganze Zeit, oder glaubst du nicht? – Und das Heute gehört uns noch, laß morgen morgen sein.«
Zu guter Letzt waren sie noch einmal alle zusammen nach einer von den kleinen weißen Sandinseln hinausgesegelt. Es sollte eigentlich eine Seehundsjagd sein, man hatte Flinten mitgenommen und lag den ganzen Nachmittag hinter den großen Strandsteinen auf der Lauer. Aber die meisten von ihnen hatten noch nie einen Seehund gesehen, und kam eins der runden schwerfälligen Tiere zum Vorschein, dann brachen sie in ein so schallendes Gelächter aus, daß es gleich wieder den Rückzug antrat. Keiner dachte auch nur daran, ihm einen Schuß nachzuschicken. Aber das war so vergnüglich, daß der Schiffer mehrfach zur Abfahrt mahnen mußte, und als sie

schließlich aufbrachen, war die Flut schon so weit vorgerückt, daß man das Boot nur watend erreichen konnte. Lachend, schwankend und durchnäßt kamen sie endlich an Bord. Ellen und Leon wanderten, bis an die Brust im Wasser, noch dreimal um das Boot herum – sie wollten von einem alten Seemann erfahren haben, das sei ein sicheres Mittel gegen alle Seeunfälle. Dann sprangen sie wie bei Ellens erstem Auftreten mitten in das Schiff hinein, während das Wasser von ihren Kleidern niederrann.
»Ihr beiden«, sagte der Regierungsrat und wiegte seinen schon etwas grauen Kopf hin und her, »was schaut ihr euch denn so an? Gebt euch doch lieber einen Kuß. – Was soll nur aus dir werden, Leon, wenn du sie nicht mehr hast?«
»Uns hat Gott geschieden«, sagten sie einstimmig in feierlichem Ton und küßten sich vor aller Augen.
Während der langen Heimfahrt senkte sich allmählich eine matte Stimmung über die sonst so unermüdlich frohe Gesellschaft. Einer nach dem andern suchte sich einen bequemen Platz auf der Bank oder am Boden und schlief ein. – Der Schiffer legte die langen Ruder aus, um dem schwachen Wind nachzuhelfen – bei jedem Schlag leuchteten die durchschnittenen Wellen in grünlichem Schimmer auf, und von den Rudern rann es wie flüssiges, vielfarbiges Silber. Ellen saß mit Leon beim Steuer, er hatte sie in einen großen Mantel gewickelt und hielt sie an sich gedrückt wie ein kleines Kind. Sie sahen dem Meerleuchten zu und sprachen leise miteinander.
Erst nach Mitternacht kamen sie heim, einige zogen sich gleich zurück, um zu schlafen, die andern gingen durchfroren und in ihren nassen Kleidern zur Strandhalle. Sie alarmierten das ganze Haus, gingen selbst in die Küche, wirtschafteten am Schenktisch herum und deckten im großen Saal den Tisch. Wer wollte wohl an Schlafen

denken, heute mußte noch bis zum Morgen gefeiert, Kälte und Müdigkeit weggejubelt werden. Und sie feierten und jubelten, und die Wellen der Freude gingen immer höher. Nach Tisch setzte Harry, der Opernsänger, sich ans Klavier und raste wilde Tanzmelodien herunter, die andern tanzten um die Tische, durch den Saal und zur Tür hinaus durch die Straßen. Mit gefüllten Gläsern klopften sie an die Fenster derer, die schon zur Ruhe gegangen waren und ließen nicht nach, bis sie wieder herauskamen und mittaten, meist in wunderlichen Kostümen, Schlafröcken oder rasch übergeworfenen Mänteln. Hier und da öffneten sich auch noch andere Fenster, und scheltende Stimmen wurden laut, denn in dieser Nacht kam keiner von den Badegästen zu einer ruhigen Stunde Schlaf.
Zwischendurch fanden Ellen und Leon sich auf der Bank vor dem Hause zusammen.
»Küsse mich, Kind«, bat er immer wieder, »nur heute, nur heute noch, – laß morgen morgen sein.«
Und sie sagte nicht mehr nein.
»Liebst du ihn denn wirklich so?« fragte er. Ja; und sie glaubte, daß sie sehr glücklich mit ihm sein würde. »Ach, wie können wohl zwei Menschen auf die Länge glücklich miteinander sein!« Ellen wußte, daß er verheiratet war, und hörte nachdenklich zu, wie er darüber sprach – auch dieser lachende Mund kannte das Lied von der unausbleiblichen Enttäuschung und Ernüchterung. Und sie dachte sich noch die Liebe wie einen immerwährenden Rausch – nur mußte es dann wirklich die eine, große Liebe sein. – Aber das hatte sie ja schon jedesmal geglaubt, wenn sie liebte. »Und immer kommt wieder ein anderer«, dachte Ellen. – Sie war so sicher gewesen, daß sie Reinhard liebte und von nun an alle ihre Gedanken nur ihm gehören würden. Und nun saß sie da in der

Sommernacht und wußte dem strahlenden Verlangen, das sie umwarb, nicht nein zu sagen – laß morgen morgen sein. – Noch als der Festlärm längst verklungen und alle schlafen gegangen waren, gingen die beiden langsam durch dämmernde Straßen und küßten sich wieder und wieder.
Ziemlich bleich und übernächtigt fand sich die wilde Tafelrunde um Mittag wieder zusammen. Ellen hatte heute nicht den Mut, sich bei Tisch in ihrer Pension sehen zu lassen, denn die ganze Badegesellschaft war nur noch ein einziger Sturm von Entrüstung über das nächtliche Gelage.
Wie sie beim Kaffee saßen und die ermatteten Lebensgeister sich wieder zu regen begannen, kam Markus. Er hatte eine Drehorgel umgehängt, blieb an der Tür stehen und sang mit hohler Stimme ein altes Leierkastenlied:

»Am Weidenbaum, am Weidenbaum
Da fand ich ein Gerippe:
Da zog sie aus den Krinolin
Verfluchte sich – und es – und ihn
Und hing sich an die Strippe.«

Als der Beifallssturm sich wieder gelegt hatte, kam er an den Tisch und setzte sich neben Ellen und Leonhard: »Da sitzen sie wieder Hand in Hand und trinken Kognak. – Ja, lachen Sie nur, in dem Lied steckt tiefe Lebensweisheit. Hüten Sie sich, Ellen, die Welt hat Fallstricke und Gefahren.«
»Ich reise ja heute abend schon«, sagte sie, »vormittags war ich bei Ihnen, um adieu zu sagen.«
»Ja, ja – deshalb bin ich auch hergekommen«, er faßte ihre beiden Hände und sah sie an, »lieben Sie nur weiter, Kind, so lange es was zu lieben gibt. Und denken Sie manchmal an den grämlichen, alten Kerl, dem Sie etwas von Ihrem Sonnenschein gegeben haben.«

Ein paar Stunden später sah Ellen vom Kupeefenster aus noch einmal Leons blonde Mähne im Abendlicht flattern und hörte noch einmal seine frohe Stimme:
»Leb' wohl, du furchtbar tolles Kind.«
Sie zog wieder in ihr altes Quartier bei Lisa Seebald ein. Für einen der nächsten Abende hatte die ein kleines Verlobungsfest in Szene gesetzt. Detlev war gekommen, um seine Schwester noch einmal zu sehen, ehe sie nach München ging, und Reinhard wollte ein paar Freunde mitbringen. Als Ellen gegen Abend in ihrem Zimmer war und ihren Koffer packte, brachte das Dienstmädchen ihr einen Brief herauf – darin lag eine Karte mit Versen:

Fahr' wohl, mein Lieb, der Abend graut –
Fahr' wohl, wir müssen uns trennen.
Das Scheiden ist ein bittres Kraut,
Von heißen Tränen ist's betaut
Und seine Blätter brennen.
Dort drüben am Meer eine Weide steht –
Die Äste hängen hernieder –
Ein Blatt sich wirbelnd zur Erde dreht,
Wer weiß, wohin es der Wind verweht:
Zurück kehrt's nimmer wieder.
Schau' mich noch einmal lächelnd an,
Das will ich zum letzten bitten.
Du hast mir viel zulieb getan
Und treulich wollt' ich zu dir stahn –
Die Welt hat's nicht gelitten.
Drum fahr' wohl, Ellen, fahre wohl.
Das Glück mög' dich geleiten.
Seit unsrem Abschied, das weißt du wohl,
Ist Leon toller noch wie toll.
Er kann das Scheiden nicht leiden.

Und in ganz kleiner Schrift am Rand: »Als traurigen Abschiedsgruß von deinem traurigen Leon.«

Ellen saß auf dem Koffer, die Karte in der Hand, und sah abwesend vor sich hin. Wehmütig lockend zog es wieder an ihr vorüber, die ganze frohe Zeit – sein Lachen, – die Sommernachtsstunde vor dem Wirtshaus.
Dann hörte sie unten die Haustür gehen und viele Stimmen durcheinandersprechen. Lisa rief, und sie mußte hinuntergehen. Das Zimmer sah festlich aus mit Blumen und Weinranken und den grünen Römern auf weißgedecktem Tisch. Detlev ging herum, stellte sich vor und machte die Honneurs. Er umarmte Reinhard halb im Scherz als Schwager.
»Daß ihr euch verlobt habt – richtig verlobt. – Ich finde, Ellen ist ganz aus der Rolle gefallen – aber ich bin sicher, sie kommt doch mit einem Skizzenbuch unter dem Arm zur Trauung. Und jetzt wollen wir eine gehörige Orgie feiern, um der Sache etwas von ihrem Spießbürgertum zu nehmen. Nicht wahr, Lisa?«
»Ja, wenn Detlev Olestjerne nur Weingläser sieht, ist ihm jede Familienfeier recht«, sagte die. Ellen war dem Bruder von Herzen dankbar, daß er mit seiner gewohnten Lebhaftigkeit alle ins Gespräch zog und immer wieder zum Lachen brachte, während sie sich um den Tisch sammelten, anstießen, einer von Reinhards Freunden am Klavier den Brautgesang spielte und Lisa sie der Reihe nach mit Weinranken bekränzte.
Ihr gingen immer noch Leons Verse durch den Sinn und sie lächelte etwas mühsam, wenn Reinhard sie ansah und fragte: »Fehlt dir etwas, Ellen, du bist heute so still?«

München, 20. August

In München –. Ich kann immer noch nicht begreifen, daß es kein Traum ist.
Es ist etwas so ganz Neues, allein zu leben und nur mit sich selbst zu reden, und jetzt fühle ich erst, wie mir das

not tat. Ich möchte mir doch endlich einmal angewöhnen, für mich selbst über mein Leben Chronik zu führen. Bisher sind solche Versuche immer gescheitert – man bekommt das dumme Gefühl, als ob man vorm Spiegel steht und Monologe darüber hält, wie man aussieht.

Die Malschulen feiern noch bis Oktober, so arbeite ich in einem Atelier, das fünf Malerinnen zusammen haben – vormittags Zeichnen und nachmittags Modellieren. Meine Wohnung ist nur ein paar Häuser davon, ein großes helles Dachzimmer, freundliche alte Wirtsleute.

Die Luft hat beinah etwas Südliches in diesen heißen Tagen, die Straßen ganz weiß von dem flimmernden Kalkstaub. – Und das Arbeiten in unserm großen kühlen Atelier, und dann wieder in die Sonne hinaus, den ganzen Tag sein eigner Herr sein, keinen Moment des Tages sich nach anderen richten zu müssen! So habe ich mir's geträumt, das ist endlich die Luft, in der ich leben kann. Mein Gott, und jetzt muß ich arbeiten, arbeiten bis aufs Blut, und dann faßt mich der Jammer an um all die verlorene Zeit, was für Jahre hätte ich jetzt schon arbeiten können. Und die Angst, ob meine Kraft doch noch voll ist – manchmal jubelt es in mir, und ich möchte alle Himmel stürmen, aber dann kommt wieder dies sonderbare Gefühl, als ob irgend etwas fehlte – als ob da irgendein toter Punkt wäre, über den ich nicht wegkam. Da habe ich nun, seit ich halbwegs selbständig denken kann, diesen Heißhunger nach der Kunst gehabt – wie man sich mit allen Gedanken nach einem geliebten Menschen sehnt. Aber in dem Augenblick, wo er da ist und man mit ihm zusammenschmelzen möchte in jeder Empfindung, da versagt wieder die innere Glut und man tut nur so, als wäre es, was es sein sollte. Manchmal glaube ich überhaupt, ich bin wirklich mit dem verkehrten Fuß auf die Welt gekommen und werde mich nie zurechtfinden.

5. September

Allmählich lerne ich meine Kolleginnen kennen; sie sind im ganzen ziemlich langweilig, nur mit der Dalwendt freunde ich mich immer mehr an. Sie ist aus meiner Heimat, sieht aus wie eine Germania, groß, mit schwerem blonden Haar. Wir gehen nachmittags zusammen ins Café und dann spazieren. München ist wundervoll in dieser Sommer-Herbststimmung mit dem blauen Duft. Gestern lud sie mich den Abend zu sich ein. Sie lebt mit ihrer Mutter, die den ganzen Tag arbeitet, um ihr das Studium zu ermöglichen. So etwas greift mich an meiner sentimentalen Seite an. – Die Erinnerungen sind mir noch zu nah, ich darf nicht daran denken, – an nichts, als daß ich jetzt weiterkomme. Nach Tisch ließ sie mich ihre Sachen sehen, Federzeichnungen, alle möglichen Kompositionen. Ich bin ganz in mich zusammengesunken. Was hat die für ein Können und ist kaum älter wie ich. Wir gingen noch spät im Mondschein an die Isar hinunter, standen lange auf der Brücke und sprachen von unserm Leben und von der Kunst.
Jetzt ist es nach Mitternacht, ich bin eben erst heraufgekommen, habe die Fenster weit aufgemacht, Mondlicht und Nacht kommen von draußen herein. Heute hab' ich einen Einblick in das ganze, bewußte Schaffen eines andern Menschen getan und ringe nun darum, das auch in mir zu finden. Es ist wie Gebetsstimmung in mir.

9. September

Früh an der Akademie, um ein Modell zu suchen. Ich war schlecht angezogen – wie immer, denn ich habe überhaupt fast nichts mehr anzuziehen – und wurde selbst für ein Modell gehalten. Ein Maler wollte mich mitnehmen, ich hatte die größte Lust, aber ich darf jetzt nur für meine Arbeit leben und keine Kindereien treiben.

14. September

In den Bergen gewesen, und da bekam ich Heimweh nach dem Meer, nach dem Freien, Weiten. Die andern lachten mich aus, weil ich mir die Berge höher vorgestellt hatte. Überhaupt bin ich fast immer enttäuscht, wenn ich etwas sehe, das ich mir irgendwie vorgestellt habe. Es ist nie so überwältigend, wie ich es haben wollte.

Zu Hause Briefe von Reinhard vorgefunden. Er freut sich über meine jetzige Lebenslust. – Es kommt mir fast wie Ironie vor – denn ich bin gar nicht lustig – mir ist, als ob mein Leben in einer Krisis wäre, die vielleicht alles verschlingt.

Ich denke viel über Reinhard und über unser Verhältnis nach. Wie waren wir glücklich zusammen diesen Sommer – ich war also doch einmal wirklich glücklich und glaubte selbst daran. Aber mitten im Glück dachte ich wieder an einen anderen – Leon –, es zuckt immer noch etwas in mir nach, wenn ich seine Karte lese, und ich möchte ihn wiedersehen. Das war noch bei allen meinen Lieben so. Vielleicht kann ich überhaupt nicht ganz und ungeteilt lieben – das habe ich mir schon oft gesagt – oder wenigstens nicht einen allein. Wie oft haben Reinhard und ich darüber gesprochen – er glaubt selbst, daß er sehr frei denkt – aber nur da, wo es nicht unser Verhältnis zueinander angeht. Er ist im Grunde doch ein moralischer Mensch und ich bin es nicht, das ist die ganze Geschichte. Hätte ich ihm von Leon erzählt, so wäre alles zwischen uns aus gewesen.

Gestern sprach ich mit der Dalwendt darüber – sie ist auch verlobt; aber noch ganz unschuldig – aus Überzeugung, weil sie es so will. Bei mir ist es immer nur, daß ich gezwungen bin oder mich zwingen lasse, nach dem Empfinden eines andern zu handeln. Mir selbst gegenüber habe ich nie das Gefühl, etwas einzubüßen – im Gegenteil, mich drückt oft nur meine Tugend nieder, dies ewige Vorbeigehen am Leben, und manchmal verlangt mich danach, mich besinnungslos in den Strudel zu stürzen.

20. September

Heut haben wir den ganzen Abend in einer Schnapsschenke gezeichnet – eine niedrige, verräucherte Gaststube, wo wahre Banditengestalten an langen Tischen saßen, mit kleinen Schnapskelchen aus dickem gelben oder rotem Glas vor sich. Die Strolche fühlten sich sehr geschmeichelt und sagten, wir sollten nur bald wiederkommen.
Nachher an der Isarbrücke bis Mitternacht, dann allein an meinem Fenster. Wie gut ist es, so allein zu leben – ob ich es wohl jemals aushalte, mit jemand anderm immer zusammen zu sein? – Wie soll das später werden? Auf alle Fälle bin ich entschlossen, erst in mehreren Jahren zu heiraten, wenn wir denn durchaus heiraten müssen. Nach meinem Gefühl wäre es viel schöner, nur hier und da eine Zeit zusammenleben und dann jeder wieder seinen eignen Weg gehen. Ich möchte es immer so haben wie jetzt, nur ans Malen denken und alles tun, was mir einfällt.

30. September

Morgen fängt die Malschule an, ich bin in dieselbe eingetreten wie die Dalwendt – für den Nachmittag gehen wir in eine andre zum Modellieren. Der Auszug aus unserm Atelier ging mit Hindernissen vor sich; die andern hatten schon tags vorher ihre Sachen holen lassen, und die Dalwendt und ich standen ratlos vor einer Horde von Dienstmännern und Modellen, die alle Geld haben wollten. Schließlich luden wir unsre Staffeleien und Modellierböcke selbst auf und trugen sie fort.
Wie es mit dem Geld gehen soll, weiß ich überhaupt noch

nicht. Bei all den Anschaffungen und dem doppelten Schulgeld bleibt mir zum Leben fast nichts übrig. Ich habe heute alles ausgerechnet, für Kleider, Schuhe, Essen, Trinken und was sonst zum täglichen Leben gehört. Es ist nicht viel.

4. Oktober

Unser jetziges Atelier ist ein »gemischtes«, Maler und Malerinnen zusammen. Außer uns noch einige Amerikaner, Polen und ein früherer Offizier, von Baldern. Der, die Dalwendt und ich finden uns in den Pausen als Rauchkollegium zusammen. – Von acht bis elf Uhr arbeiten wir in der Zeichenschule, dann bis eins modellieren, nachmittags noch zwei Stunden zeichnen und dann der Abendakt. Außerdem skizzieren, soviel es geht. Gut, daß ich eine solche Gesundheit habe – was andre Leute angegriffen sein nennen, kenne ich überhaupt nicht.

9. Oktober

Natürlich mußte wieder etwas kommen – ich wußte es ja. Die Ruhe konnte nicht dauern, für mich kommt niemals Ruhe. –
Wo war mein Verstand, daß ich eine Zeitlang daran glaubte – an ein volles Glück zu Zweien, »mit Weinlaub im Haar«, wie wir in alten Zeiten sagten, in voller Freiheit, schrankenlosem Verstehen bis ins Letzte hinein – an all das, was es nie für Menschen gegeben hat und nie geben wird. Ich hatte vergessen und vergessen wollen, daß es unmöglich ist. – Ich hätte mit allem brechen sollen und für mich allein bleiben.
Weil Allersen nach München gekommen ist, um hier weiter zu studieren, verlangt Reinhard von mir, ich sollte nach Berlin zu seinen Verwandten gehen und dort arbeiten. Wir wechseln endlose Briefe darüber, und diesmal gebe ich nicht nach. Von München fort, nachdem ich

zum erstenmal die Atmosphäre gefunden, in der ich atmen kann, von der ich alles erwarte. – ›Unser Glück muß allem andern vorangehen‹ – da liegt es eben – darin fühle ich ganz anders. Ich kann nicht an Zusammenleben und Glück denken, ehe ich mich selbst gefunden habe, und endlich bin ich auf dem Wege dazu; aber es ist noch alles so unklar und verworren in mir. Man soll mich in Ruhe lassen. – Auf die Höhe hinaufkommen oder daran kaputt gehen, – aber diese beiden Möglichkeiten soll man mir lassen. Wie kann ich da jetzt nach Glück fragen? Und wenn er soweit nicht mit mir gehen kann, müssen sich unsre Wege trennen. Ich brauche gerade diese Zwanglosigkeit – meine Mutter würde sagen Zügellosigkeit – meines hiesigen Lebens. Und vielleicht ist das auch das richtigere Wort – ich kann keine Zügel vertragen.
Wenn ich ihm nur begreiflich machen könnte, daß das alles furchtbarer Ernst ist – vielleicht ist es auch meine Schuld, daß mich niemand ernst nimmt. Sie nehmen mich alle nur von meiner Clownseite, die andre kennt selbst Reinhard nicht – nur ich selbst.
Im Grunde bin ich halb gleichgültig dagegen, was nun werden mag. Ich stürze mich nur in die Arbeit. Beim Aufwachen kommt alle Morgen so ein Gefühl, daß irgend etwas Bedrückendes da ist. Im Bett beim Kaffeetrinken denke ich darüber nach, aber dann wird es abgeschüttelt, mit einem Sprung ins kalte Wasser, und für den ganzen Tag vergessen.

20. Oktober

Eine ganze Woche briefliche Auseinandersetzungen. Er wirft mir rücksichtslosen Egoismus vor – ja, den habe ich auch, wo es sich um dies eine handelt. »Unser Glück«, immer wieder unser Glück – was einmal auch für mich so schöne volle Worte waren, kommt mir jetzt fast wie eine

Redensart vor, wie wenn man bei einem Gottesdienst sitzt, nachdem man längst den Kinderglauben verloren hat. Und ich bleibe bei meinem Nein. –

22. Oktober

Wirklich, ich bin ganz verwandelt, mich erregt nichts, macht nichts mehr traurig, mich läßt alles kalt außer dem Arbeitsfieber, das in mir brennt. Ich kann mich nicht mehr teilen – aber ich bin froh, daß das endlich gekommen ist.

Durch die Dalwendt lernte ich noch zur Zeit unsres alten Ateliers ein junges Mädchen kennen, sie heißt Marie-Luise und ist sehr eigentümlich und schön mit ihrem gradlinig geschnittenen Gesicht und dem dichten, goldenen Haar. Sie lebt mit ihrem Bruder zusammen, er hat dieselben Züge, nur schärfer und etwas Leidendes drin. Beide leben ganz in Büchern und Gedanken – ich bin oft abends da und kann sie mir nur in diesem halbdunklen Zimmer mit der umschleierten Lampe und den vielen alten Sachen denken. Es kommen noch allerhand Menschen hin, die auch nicht zur übrigen Welt zu gehören scheinen und von denen man nie recht begreift, wer sie sind und was sie tun. Alle kommen spät abends, gegen elf Uhr, und meist gehen wir dann noch in der Nacht durch den Englischen Garten. Manchmal besuchen wir auch einen alten, verwachsenen Pfarrer, der in einer Dachstube wohnt und aussieht wie ein Waldmensch in seinem graugrünen kuttenartigen Schlafrock und dem mächtigen Bart. Er gibt uns schlechten Wein zu trinken – Maria-Luises Bruder ließt »Zarathustra« vor und gibt es für ein apokryphes Buch der Bibel aus. Zuweilen fällt es dem Alten ein, eine Andacht zu halten, er kriecht in eine Ecke und brüllt zu dem verstimmten Klavier mit furchtbarer Stimme Choräle.«

29. Oktober

Neulich abend wollten wir etwas erleben und gingen in möglichst verdächtige Gesindelkneipen, hatten Revolver mit, aber es passierte gar nichts. Es waren nur die beiden Geschwister und ich, wir gingen nachher noch zu ihnen hinauf und sprachen die ganze Nacht durch, ich erzählte ihnen von meinem Leben. »Und Sie glauben noch an Glück«, sagte der Bruder. – Ich dachte an den Sommer und sagte ja – aber ich fühlte wohl, daß er weiß, wie es in mir aussieht.

In der Morgenfrühe brachten sie mich nach Hause, und ich lag den ganzen nächsten Tag mit furchtbarem Kopfweh da. Es ist ein eignes Gefühl, so einen langen, hellen Tag im Bett zu liegen und sich nicht recht besinnen zu können. Ich wußte kaum, ob es Morgen oder Nachmittag wäre. Dann kam jemand herein, ich sah Marie-Luise neben mir stehen und konnte mir nicht recht klar werden. Sie beugte sich zu mir nieder, sagte irgend etwas, dann küßte sie -mich auf die Stirn und war wieder fort. Gegen Abend wachte ich auf und merkte, daß ich etwas in der Hand hatte – ein Zehnmarkstück. Es fuhr mir förmlich durch die Glieder. Woher weiß sie, wie schlecht es mir geht. Vielleicht habe ich gestern abend selbst davon gesprochen, aber ohne an so etwas zu denken. Von andern würde ich nie etwas annehmen, aber hier lag etwas darin, was mich tief bewegte. –

Jetzt weiß ich auch, was mir gefehlt hat – sowie ich etwas Vernünftiges zu mir genommen hatte, war ich wieder gesund. Und ich war so stolz darauf gewesen, daß man ebensogut ohne Mittagessen leben könne. Und was nun? Nach Berlin gehen und mich füttern lassen – meine schöne Freiheit verkaufen? –

Reinhard darf nichts davon wissen, ich schreibe ihm nur, daß ich ganz gut auskäme.

5. November

Das Modellieren aufgegeben – wir sollten diese Woche Halbaktreliefs in Lebensgröße machen, aber ich habe kein Geld, um Modell zu nehmen. Darüber geriet ich gestern so in Wut, daß ich den Ton herunterriß, die Modellierhölzer in alle Ecken warf und tobend abging. Die Dalwendt sagte mir nachher, daß unser Lehrer sehr erstaunt gewesen sei. So habe ich mich jetzt ganz aufs Zeichnen geworfen. Nachmittags stehe ich der Dalwendt Modell, weil sie auch keins mehr halten kann, und sie muß mir dafür einen Kaffee zahlen.«

8. November

Oben im Haus, wo unsere Schule ist, wohnt ein polnischer Maler, mit dem Baldern befreundet ist. Er nahm mich gestern mit hinauf. Ein junger Mensch, der Maxl genannt wurde, saß auf der Erde; Zarek, der Pole, lag im Bett, und sie stritten wütend über Shakespeare. »Entschuldigen Sie, daß ich liege in Bett, ich bin schrecklich krank, aber sind Sie ja freies Weib.« Dann meinte er, ich sähe noch zu jung aus für ein Bewegungsweib, und ich bestritt auch, daß ich eines wäre. »Aber die kurzen Haare?« Ich sagte, daß ich mir die noch zu Hause hätte schneiden lassen, um nicht immer so verrauft von meinen Rendezvous heimzukommen. Das war noch in der letzten Seminarzeit.
»Sie haben Schatz gehabt, Fräulein?« – worauf ich ihnen erklärte, daß ich jetzt verlobt wäre, und das erregte einen förmlichen Sturm von Empörung.

12. November

Jetzt bin ich alle Tage droben, in den Pausen und oft auch abends. Da kommen viele Maler hin, meist Polen und Russen. – Walkoff hat meine Studien in die Hand genommen, und ich lerne viel durch ihn, muß ihm alle meine Zeichnungen bringen. Es scheint, daß sie sämtlich nichts zu essen haben – wenn einer etwas Käse mitbringt, gibt es einen Aufruhr. Aber so habe ich noch nie über Kunst sprechen hören, sie sind alle wie toll, wenn sie davon anfangen.

Bei Zarek hatte sich abends eine Gesellschaft versammelt, die viel zu groß für das enge Atelier war. Dazu ein kalter Novemberabend, und man fror erbärmlich. Ellen versuchte, das Feuer in Gang zu bringen, und warf dabei ein paar Holzscheite auf den Boden.
»Kind, bist du ungeschickt«, sagte Zarek, »hast du Hände, wo alles fallt heraus. Wirst du miserable Hausfrau.«
»Laß mich in Ruh', dummer Onkel, dein Ofen taugt nichts. Außerdem bin ich noch lange nicht Hausfrau.« Sie konnte es nicht leiden, wenn immer auf ihr Verlobtsein angespielt wurde, und sah unwillkürlich zu Walkoff hinüber.
»Nennt sie mich immer Onkel«, sagte Zarek und ging an den Spiegel. »Schau' ich wirklich aus wie alter Onkel?«
Er hatte eine rote wattierte Jacke an, eine Riesennase und struppiges Haar.
»Geben Sie Obacht, der Spiegel zerspringt, wenn Sie hineinsehen«, rief eine russische Studentin, die neben Baldern auf einer Matratze saß. – Außer den beiden war noch ein Bildhauer da mit einem rotblonden Mädel.
Der Maxl schlug vor, man sollte Glühwein machen, um endlich warm zu werden. So legten sie alle zusammen, und er ging zur Krämerin hinüber, um Wein zu holen. Dann gab es ein lautes Durcheinander, bis jeder sein Glas oder seine Tasse hatte. Zarek schnitt mit einem großen Messer Holzspäne, die als Löffel dienen mußten. Nun

wurde es endlich gemütlich; weil nicht genug Platz war, zogen sie Polster und Kissen aus dem Bett und legten sich damit auf den Boden. Die Luft füllte sich mit Zigarettenrauch, und es war ein solcher Lärm, daß man sich kaum verstehen konnte. Baldern und die Russin hatten sich auf dem Bett niedergelassen, er spielte Gitarre und sie sang ein Lied nach dem andern. Der Maxl, der einzige, der immer nüchtern blieb, saß auf einem Stuhl, die Beine weit von sich gestreckt, und sprach über Rembrandt, Ellen neben Walkoff an der Erde und hörte zu. Sie hatte den Kopf an ihn gelegt, seine Hand glitt über ihre Haare und ihren Hals – zwischendurch sahen sie sich an und tranken aus demselben Glas. Das andre Paar flüsterte und küßte sich in der entferntesten Ecke. Dazwischen wanderte der Onkel unruhig umher und stolperte jeden Augenblick über ein paar Füße – er hatte ein künstliches Bein und hinkte stark; das machte seine schwerfällige, breite Gestalt noch unbeholfener.

»Seid ihr alle besoffen, pfui, liebe ich nicht Bacchanal.«

»Hab' ich kein Weib«, parodierte ihn Baldern, »komm her, du kannst abwechselnd bei uns hospitieren.«

»Nicht gemein werden«, sagte die Russin. »Warum ist die Dalwendt nicht hier, dann seid ihr immer so anständig.«

Zarek setzte sich neben sie und strich ihr eine schwarze Locke aus der Stirn.

»Fräulein, schauen Sie mich an mit glühenden Augen – ach, sind Sie schön, sind Sie wie Schmetterling.«

Dann wollte er sie fangen und küssen, irgend jemand löschte die Lampe aus, und nun kam eine verworrene Rauferei im Dunkeln – die Studentin schrie, der Onkel grollte mit seiner tiefsten Stimme, und das Paar in der Ecke lachte laut.

Walkoff beugte sich zu Ellen nieder und küßte sie auf den Hals, auf den Mund, bei jeder Bewegung durchrieselte sie

ein heißer Schauer. Der Maxl sah ruhig zu, sein schmales Gesicht mit dem blonden, kurz emporgesträubten Haar blieb unbeweglich, während er immer weiter sprach.
Da wurde stark an die Tür geklopft, alle fuhren zusammen, blieben dann aber ruhig in ihrer vorigen Stellung, als eine lange Gestalt, die man nicht deutlich erkennen konnte, in der Tür erschien. Nur Zarek polterte dem Angekommenen entgegen:
»Ach, Fritz! Grüß Gott, Fritz.«
»Grüß Gott, Fritz«, schrien nun alle im Chor, niemand wußte, wer er war. – Zarek versuchte vorzustellen:
»Herr Bruhnert – Fräulein . . .«
Der neue Gast verbeugte sich aufs Geratewohl ins Dunkel hinein, er war namenlos verlegen und wußte sich nicht hineinzufinden; obendrein konnte er niemand erkennen, und immer mehr Stimmen kamen aus dem Hintergrund.
»Mach' doch Licht, Zarek, man kann ja nichts sehen.«
»Ist auch besser, du siehst nicht. – Ist der Fritz noch sehr unverdorben«, erklärte er dann.
Der setzte sich ergeben auf einen Stuhl und schien peinlich berührt. Die andern kümmerten sich nicht viel um seine Gegenwart, schließlich wurde auch die Lampe wieder angezündet. Etwas mißtrauisch und halb amüsiert sah der Fritz über seinen Klemmer weg. – Er war sehr gut angezogen und machte einen wohlhabenden Eindruck.
»Du mußt etwas zu trinken haben, Fritzl«, sagte Ellen, »dann wird dir schon besser werden«, worauf er sie mit unbegrenztem Erstaunen ansah.
»Ja, wenn Sie so freundlich sein wollen.«
Sie goß den Rest in die Gläser, während Zarek es noch einmal mit dem Vorstellen versuchte, aber es war umsonst, und er gab es auf. Dann schlug er mit dem großen Küchenmesser an sein Glas und brüllte:

»Ruhe! – Sind wir alle Menschen, sind wir alle Brüder – sind wir alle Künstler – haben wir alle Rausch – wollen wir Brüderschaft trinken in Kunst!«
»Na, dann komm ich mal doch auch zu einem Kuß«, sagte der stoische Maxl, und das Bruderschaftstrinken begann; sie waren alle aufgestanden, legten die Arme ineinander, schwenkten sich im Kreise herum und küßten sich. Der Fritz küßte den Damen nur die Hand.
»Gehen wir jetzt ins Café, Fritz hat Geld.«
Im Café ließen sie sich an ihrem gewohnten Tisch nieder; man kannte sie dort schon und erschrak etwas, wenn sie kamen, denn für die andern Gäste war es dann unmöglich, noch ein Wort zu reden. – Ellen saß dem Fritz gegenüber und war in ihrer seligsten Laune.
»Schaut sie aus wie ein Kind«, sagte Zarek zärtlich. »Walkoff, nimm dich in acht vor Zuchthaus.«
»Nimm dich selber in acht«, ließ die ruhige Stimme des Maxl sich vernehmen. »Kuppelei ist auch strafbar.«
Der Fritz hatte bisher nur stumm in sich hineingelächelt, allmählich fing er nun an, etwas berauscht zu werden, sah plötzlich auf und nahm sein Glas.
»Still, still, will der Fritz Rede halten!«
Er lächelte noch mehr: »Ich glaube allerdings – nachdem – Sie werden mich nach dem heutigen Abend wohl alle für etwas –«
»Sie? – Wir haben doch auf du getrunken?«
»Ja, du hast recht – das wollte ich ja gerade sagen – also da Sie mich so in Ihren Kreis – aber es ist doch nicht so leicht, sich gleich – ich glaube, ich bin heute abend etwas aus der Rolle gefallen . . .« Das wurde mit einem so schallenden Gelächter beantwortet, daß er alle der Reihe nach verzweifelt anlächelte. »Sie brauchen mich aber deshalb nicht – ich wußte nur nicht recht, ob es Spaß oder Ernst wäre –« er sah Ellen mit einem tiefen Blick an –, »also

nachdem auch diese liebenswürdigen jungen Damen – na, zum Teufel, ich finde nämlich, wenn du Fritz sagst, kann ich auch Ellen sagen. – Dein Wohl, Ellen.«
Er sank ganz erschöpft wieder auf seinen Stuhl und wurde fast zerrissen vor Beifall und Händeschütteln. Baldern und die Russin stimmten einen Gesang an, Ellen hielt sich an Zarek fest und war nahe daran, vor Lachen ohnmächtig zu werden. – Aber nun mahnte der Wirt mit nachsichtigem Lächeln zum Aufbruch. Sie nahmen noch einige Bierflaschen mit, tranken sie draußen vor der Tür aus und warfen sie auf der leeren Straße in Scherben, daß es weithin klirrte. Zarek ging voran, sein Stock stieß dröhnend gegen das Pflaster, und er sang laut in die Nacht hinaus, während die andern das Trottoir entlang Galopp tanzten.

Bald darauf kam Zarek eines Abends, um Ellen abzuholen. Er war auffallend ordentlich angezogen und machte ein geheimnisvolles Gesicht.
»Hat der Fritz uns eingeladen in Ratskeller, mach' dich ein bißchen schön, Kind – Ratskeller ist nobel.«
Sie musterten Ellens ganze Garderobe durch und stellten mit vieler Mühe ein Kostüm zusammen, in dem sie zur Not auftreten konnte.
»Schenk' ich dir ein Kleid, wenn ich mein Bild verkauft hab'«, sagte Zarek, während er prüfend um sie herumging. »Sapristi! – kannst du nicht in alten Tanzschuhen gehen – wird der Fritz dir immer auf Füße schauen.«
»Der Fritz soll schauen, so viel er will«, und Ellen wurde ganz ungeduldig, »meine Stiefel sind entzwei, und ich kann sie mir diesen Monat nicht mehr machen lassen.«
Endlich waren sie fertig, und Zarek polterte an ihrer Seite die vier Treppen hinunter. – Im Ratskeller wartete Fritz, vornehm angetan und mit einer Blume im Knopfloch.

»Na, Zarek, das sieht dir ähnlich, so spät zu kommen.«
»Ach, der Onkel mußte mich ja erst anziehen«, sagte Ellen, während sie sich setzten. Fritz warf aus seinen tiefliegenden Augen einen mißtrauischen Blick auf den Onkel.
»Hab' ich noch nie solche Garderobe gesehen bei junger Dame. Sag' ich: zieh an blaue Bluse – ist halber Ärmel abgerissen. Hat sie nur weiße und reibt mit Kreide, daß man Flecken nicht sieht. Gürtel gibt's nicht, muß man Plaidriemen nehmen.«
Über des Fritz Gesicht glitt ein langsames Lächeln: »Mir bist du in jedem Anzug schön genug, Ellen.« Dann stellte er ein auserlesenes Souper zusammen und ließ Wein kommen.
Die Unterhaltung war anfangs etwas einsilbig und geriet mehrfach ins Stocken. Erst nach dem Essen, als sie beim Sekt angelangt waren, begann der Gastgeber allmählich aus seiner Korrektheit aufzutauen. Schließlich setzte er sich neben Ellen und sprach von Liebe, erst im allgemeinen – dann wollte er durchaus wissen, ob sie Henryk Walkoff liebte.
»Ach, keine Spur.«
»Aber warum bist du dann neulich abend so zärtlich mit ihm gewesen?«
»Das ist man bei uns immer, wenn wir alle einen Schwips haben. – Die andern waren doch auch zärtlich zusammen.«
»Ja, und dem Maxl hast du auch einen Kuß gegeben beim Schmollistrinken und Baldern. Gibt es denn bei euch gar keine Grenzen?«
»Doch, dir hab' ich ja keinen gegeben, Fritzl.«
»Ach, du bist schlecht, Ellen – bitte, sei einmal ernsthaft – wen liebst du denn eigentlich – deinen Verlobten?«
»Will ich dir Problem lösen, Fritz«, warf Zarek dazwi-

schen, »mir liebt sie. Haben wir uns schon manchmal geküßt – sapristi! Denkst du noch, Ellen?«
»Ist das wahr?«
Sie nickte und der Onkel brach in ein unbändiges Gelächter aus:
»Schau den Fritz, wie er ist unglücklich!«
Aber der schüttelte den Kopf und starrte eine Zeitlang in sein Glas:
»Ihr seid doch sonderbare Leute. – Wollen wir jetzt ins Café?«
Im Café kam ein Blumenmädchen an den Tisch und Fritz kaufte Rosen für Ellen. Eine behielt er in der Hand und drehte sie nachdenklich hin und her, dann rückte er seinen Stuhl etwas vor:
»Siehst du, Ellen, die ist noch nicht ganz aufgeblüht – gerade das liebe ich so – halberblühte Rosen, und so kommst du mir auch immer vor.«
»Ach, Fritz, dann kommst du doch etwas zu spät.«
Er beugte sich noch etwas weiter vor:
»Wirklich zu spät? Schau nicht immer zum Onkel hinüber, schau mich an, Ellen, wir sind doch beide so jung, und ich habe auch noch nie geliebt. – Warum hast du dich denn verlobt, willst du wirklich heiraten? Du hast mir doch erzählt, daß er zehn Jahre älter ist als du. Dann kann er dich doch gar nicht verstehen – du wirst nur unglücklich sein mit ihm, und was dann?« – Er sprach fort und fort mit dem vergeblichen Bemühen, auch nur ein ernsthaftes Wort aus ihr herauszulocken. Ellen ließ ihm ihre Hand, die er dann und wann an seine Lippen zog.
Dann wurde es spät, und man mußte heimgehen. Die beiden versprachen dem Fritz, morgen vormittag auf sein Atelier zu kommen, er wollte ihnen etwas zeigen, was er gemalt hatte.

Ellen erschien denn auch frühmorgens bei Zarek, um ihn abzuholen, aber er lag noch im Bett und wollte nicht mit.
»Mußt du allein gehen, Kleines.«
»Aber wenn er nun wieder von vorne anfängt, um Gottes willen.«
»Ach, ist nicht so heiliger Ernst – hab' ich ihm gesagt, du liebst ihn schon, und wartet er auf dich.«
Der Fritz wohnte weit draußen beim Kirchhof. Als Ellen kam, fand sie ihn mitten in einem fast leeren Zimmer vor der Staffelei, die Palette in der Hand, in jedem Knopfloch seiner Maljacke und über jedem Ohr steckten Pinsel, und einen hatte er quer im Mund. Auf dem Fensterbrett stand eine Schnapsflasche und zwei Gläser.
»Ja, da kommst du ja wirklich, Ellen – aber warum kommst du nicht lustig hereingesprungen, – warum lachst du nicht – gibst mir keinen Kuß zum guten Morgen?« Dabei machte er ein frivoles Gesicht und befreite sich von seinen Pinseln. Ellen wußte selber nicht, weshalb sie jetzt nicht wieder lachen konnte und statt dessen ein plötzlicher Zorn in ihr aufstieg. Sie ging ans Fenster und sah hinaus: da lag der Kirchhof mit seinen weißen Grabsteinen und kahlen Bäumen. Regen und Wind fegten darüber hin, alles sah so trostlos melancholisch und verlassen aus. Als der Fritz, immer noch mit einem leichtsinnigen Lächeln, auf sie zutrat, sah er, daß sie weinte.
»Aber Ellen, was hast du?«
Sie wußte es selbst nicht, sie fühlte sich nur todunglücklich. Man sollte nicht so mit ihr umgehen – ja, sie wäre schon leichtsinnig – aber was fiele dem dummen Onkel ein, solche Geschichten zu machen. Konnte sie sich nicht verlieben, in wen sie wollte? Aber deshalb brauchten sie sich nicht einzubilden, daß sie nun jedem von ihnen gleich in die Arme sänke.
Ratlos stand der Fritz neben ihr und wollte sie trösten,

aber ihr fielen immer mehr traurige Sachen ein, alle glaubten, daß man mit ihr nur lachen und Tollheiten treiben könnte, aber sie brauchte auch Menschen, die gut gegen sie wären; wußten sie denn überhaupt, was alles für Kämpfe und Schmerzen hinter ihr lagen? Der Fritz ging ganz in Mitgefühl auf; daß Ellen auch traurig und empfindsam sein konnte, war so überraschend für ihn, daß er alles andre vergaß. Er streichelte ihre Haare und legte den Arm um sie wie ein guter Bruder, schließlich weinten sie beide zusammen helle Tränen über alles, was es im Leben Schweres und Trauriges gab, – bis zum späten Nachmittag blieben sie droben. Dann gingen sie in die Stadt zum Essen – und bei Zarek zerbrach man sich den Kopf darüber, warum die beiden sich den ganzen Tag nicht sehen ließen.

Aber von nun an hatte Ellen am Fritz einen treuen Freund gefunden, auf den sie sich verlassen konnte, und der nie mehr von Liebe sprach.

»Das taugt alles nichts«, sagte Walkoff – Ellen war bei ihm im Atelier und hatte einen Haufen Zeichnungen mitgebracht –, »du zeichnest wie verrückt drauf los, aber es liegt nichts darin – gar nichts. Deine Arbeiten sind ganz wie du selbst: du taumelst herum, fällst auseinander – ein Stück hierhin, eins dorthin.«

Sie sah ihn an. Ja, wenn sie reden könnte, warum sie so war, so geworden – alles, was sie drückte – aber davon wollte er nichts wissen – drängte alles in sie zurück.

»Hart sein, Ellen, nicht dies ewige Sichhingebenwollen. Nur in der Kunst, da gib dich ganz hin, aber im Leben halt dich zusammen. Ich will dein Freund sein, aber gerade deshalb mag ich dich nicht schwach sehen. Wenn ich dir helfen soll, darfst du kein Mitleid von mir wollen. – Leg einmal deine Hand dort hin.«

Er rückte die Lampe zurecht und fing an zu zeichnen: »Das soll nicht etwa nur wie eine Hand aussehen – das ist kein Kunststück und jeder kann es lernen, einfach etwas nachzumachen – aber fühlen muß man, wie es darin lebt und zuckt. Sieh mal, wie es da weich in den Schatten hinübergeht – das herausbringen, die Bewegung, das Leben. Wozu malst du überhaupt, wenn du nichts dabei fühlst? Eine Zeichnung kann noch so schlecht sein, wenn nur eine Linie darin Empfindung hat. Und arbeiten, Ellen, arbeiten! Den ganzen Tag davor hinsitzen ist noch kein Arbeiten. Lieber gar nichts tun, wenn du nicht fühlst, daß alles in dir zittert. Immer muß man daran denken und sich darauf einstimmen wie zu einer Andacht.«

Erst tief in der Nacht kam Ellen nach Hause und wie in einer großen inneren Erschütterung. Auf den Knien hätte sie dem Himmel danken mögen, daß sie diesen Menschen gefunden hatte, wenn er ihr auch noch so wehe tat. Erbarmungslos nahm er das Messer und legte ihre innersten Wunden bloß, schnitt alles hinweg, was darüber wucherte.

»Und nun sieh selber zu, wie du es wieder heil bekommst. Wenn du keine Kraft hast mitzugehen, so bleib nur am Wege liegen. Ich will nicht der sein, der dich aufhebt und tröstet.« Und dann lächelte er wieder, als wollte er sagen: »Ich weiß schon, was an dir ist, aber zeig es mir. Hart sein, stark sein, dann zeig ich dir den Weg. Sonst ist es mir nicht der Mühe wert.«

Fast alle Nachmittage war sie jetzt bei ihm, er ließ sie mit nach seinem Modell arbeiten und lehrte sie sehen. Bisher war sie nur wie im Finstern umhergetappt, hatte sich mit verbohrtem, hartnäckigem Fleiß gequält, durch den undurchdringlichen Nebel zu kommen, und es hatte nichts geholfen, bis er ihn mit seinem Zauberstab zerteilte und sich plötzlich eine lichte Weite vor ihr auftat. Sie saß zu seinen Füßen und ließ sich lehren.

Seit dem Abend bei Zarek war etwas Schwüles in ihr Beisammensein gekommen, das vorher nicht gewesen. Wenn das Modell fortging, blieb Ellen noch, bis es Zeit zum Abendakt war. Manchmal zog er sie dann auf seine Knie und sie küßten sich, aber plötzlich beherrschte er sich wieder: »Geh' jetzt, Kind, du kommst zu spät.«

Aber die bange Stunde kam jeden Tag wieder, und endlich ein Abend, wo es über ihnen zusammenschlug.

Ihre Zähne gruben sich tief in die Kissen hinein, um den wilden, seligen Aufschrei zu ersticken – ihr war, als läge sie in einem tiefen Abgrund und Sturmeswogen von ungeahnter Qual und ungeahnter Wonne brausten über sie hin, bis sie das Bewußtsein von allem verlor – wie tot in seinen Armen lag, die sie eben noch wie glühendes Eisen umklammert hatte. Henryk war tief erschrocken, es war auch ihm alle Besinnung vergangen, als er den jungen Körper in seiner Gewalt fühlte. Dann sahen sie sich lange an. Ihr war, als ob die ganze Welt leuchtete wie ein Weihnachtsabend. – Früher, in den Träumen ihrer Jugend, hatte sie sich feenhafte Umgebungen ersehnt: leuchtende Farben, schimmernde Gläser mit glühendem Wein – Schleier, durch die rotes Licht und Geheimnisse funkelten, wollüstige Musik in der Ferne. – Und jetzt lag sie mit weit offenen Augen da, ihr schien, als ob sie noch nie so deutlich gesehen hätte – das verwahrloste Atelier im dämmernden Abendschein – sein unschönes Gesicht mit dem wirren schwarzen Haar – und doch fühlte sie das Leuchten und Schimmern, und das rote Glühen war in ihr. Es hätte mehr nicht sein können – in keinem Märchentraum.

Er konnte so gut sein, Henryk, er sorgte für sie, ging im

Atelier herum und brachte ihr Tee. Dann saß er neben ihr, und in seinen Augen war etwas, was sie noch nie gesehen hatte.
Als sie dann später gehen wollte, trennten sie sich mit einem ernsten langen Kuß.
»Ellen, und jetzt wollen wir beide arbeiten – schaffen – schaffen!«

Sie stand im Aktsaal vor ihrer Staffelei unter all den andern, sprach mit ihnen in der Pause auf dem Korridor und war abends mit den Freunden im Café – wie alle Tage, aber sie dachte nur, es müßte ihr jeder ansehen, wie es in ihr strahlte. Sie ging im Traume, wie in einer ganz andern Wirklichkeit – jetzt war der Schleier gerissen, der sie vom Leben und von sich selbst geschieden hatte, und was dahinter sich auftat, war nicht Enttäuschung, nicht Reue um etwas Verlorenes – es war, als wäre ihr ein großes Wunder geschehen, das ihr tiefstes Leben weckte. Und auch kein Rausch, der wieder in frostige Alltäglichkeit zerrann, ein unendlicher Reichtum drängte sich in jeden Tag zusammen und verwandelte das ganze Leben. Jetzt konnte sie mit ganzer Seele bei ihrer Arbeit sein und vergaß alle Entbehrungen. Ihre Kraft erneuerte sich in jeder Liebesstunde und in den langen Gesprächen mit Henryk, im Verkehr mit all diesen Menschen, die nur ihrer Kunst lebten.
Und doch war sie in dieser Zeit nicht eigentlich verliebt in Henryk; vor allem fühlte sie tiefe Bewunderung für ihn als Menschen und als Künstler, der ihr Meister war. Das andere gehörte wie von selbst dazu, und sie dachte nicht darüber nach, ob es Liebe war oder nicht, ebensowenig, wie man sich Gedanken darüber macht, warum die Sonne scheint.
Weihnachten sollte sie Reinhard wiedersehen, und nun

kam ihr allmählich das Bewußtsein zurück, daß es noch eine zweite Welt gab, die wieder an sie herantrat. Das hatte sie alles vergessen, nur hier und da klang es wie eine ferne leise Mahnung an ihr Ohr, und dann rang sie mit dem Entschluß, ihm die Wahrheit zu sagen und sich von ihm zu lösen.

Aber als er kam, sie sich nach der langen Trennung wiedersahen, wurde sie wieder schwankend. Er war so strahlend froh, sie wieder zu haben, fühlte sich ihrer so sicher – und Ellen empfand seine tiefe, große Liebe wie ein Stück ihres Lebens, über das doch nicht so leicht hinwegzugehen war. Bei ihm überkam sie immer ein Gefühl von Schutz und Heimat, er war der, an den sie sich anschmiegen konnte, der alle weichen und sehnsüchtigen Saiten in ihr zum Klingen brachte. Und im Grunde fürchtete sie sich auch etwas vor ihm, vor seinem Zorn, seiner geraden, sicheren Klarheit, die solche Wege nie verstehen würde.

Für die Festtage fuhren sie zu Verwandten von Reinhard, dann waren sie noch zwei Tage zusammen in München. Ellen wohnte mit ihm im Hotel, sie hatte selbst den Anstoß dazu gegeben, denn sie empfand es wie eine Art Ausgleich, wenn sie jetzt auch ihm angehörte. Und diese Stunde, vor der sie gezittert hatte, kam und ging vorüber – ihm kam keinen Augenblick der Gedanke, daß Ellen ihn hintergehen könnte.

Als er abgereist war, ging Ellen durch die Winterfrühe vom Bahnhof ihrer Wohnung zu. Neujahrsmorgen – sie dachte an ferne Zeiten, wo sie diesen Tag mit guten Vorsätzen und frommen Gelübden begann – das war immer etwas Frohes, Klares, Anfangsfrisches gewesen, und jetzt alles so verworren in ihr. – Wie fingen es wohl andre an, um glatt durchs Leben zu kommen, und warum wurde es einem immer so schwer gemacht durch all dies

Binden und Verpflichten. In ihrem eignen Gefühl war nichts, was dem widersprach, mit beiden das Leben zu teilen, weil jeder ihr etwas war, was der andre nicht sein konnte.

Henryk war auch über Weihnachten fortgefahren und noch nicht zurück. So lebte Ellen die nächste Zeit fast ausschließlich in ihrer Arbeit, die war und blieb doch das Erste und Größte und das, worin sie Ruhe fand vor allem, was in ihr stritt und wogte. Und darin wollte sie Reinhard keinen Schritt weichen. – Wenn er ihr auch noch so viel Freiheit zugestand, ehe sie wirklich imstande war, allein weiterzukommen, würde sie nicht von München fortgehen. Ellen hatte ihm deshalb auch ängstlich verschwiegen, wie es mit ihren Mitteln stand. Schon seit dem Herbst aß sie nur noch ein oder zweimal in der Woche in einer kleinen Garküche zu Mittag, die andern Tage konnte man sich mit einem Stück Brot behelfen. Sie legte sich dann, wenn alle fort waren, auf dem Modellpodium schlafen, da merkte man es kaum, ob man etwas im Magen hatte oder nicht. Zufällig kam Zarek einmal herunter und fragte, warum sie nicht zu Mittag fortginge. Von da an teilten die beiden sich in eine Portion um vierzig Pfennige, die vom Wirtshaus herübergeholt wurde.

Von Woche zu Woche mußte sie auf neue Ersparnisse sinnen, nahm sich ein ganz kleines Zimmer, wo kaum das Bett Platz hatte, der kostspielige Morgenkaffee wurde abgeschafft, denn beim Onkel gab es ja schließlich immer Tee und Brot, wenn sie in der Pause hinaufkam. Ellen war überzeugt, daß sie sich ganz gut auf diese Art noch ein paar Jahre durchschlagen könnte; es waren ja manche unter ihren Bekannten, denen es ebenso ging, und keiner klagte darüber; sie lachten nur, wenn sie am Monatsende ihre leeren Taschen umkehrten und abends im Café zusammenkamen, um bei einem Glas Bier stundenlang wenigstens Licht und Wärme zu haben.

Wieder und wieder sprach Reinhard in seinen Briefen davon, daß er die Heirat jetzt endgültig auf Anfang des Sommers festsetzen möchte, und jedesmal schrieb Ellen zurück, sie könnte vorläufig noch nicht daran denken, sie brauchte noch Zeit, um nur sich selbst zu leben. Wollte er das nicht, so müsse er sie freigeben und ihren Weg gehen lassen. Er warf ihr den grenzenlosen Egoismus vor, mit dem sie ihrer beider Glück gefährdete, und hielt dennoch fest, in der sicheren Überzeugung, daß sich alles ganz wie von selbst ändern würde, wenn Ellen erst bei ihm war. Aber in ihr hatte sich seit dem weihnachtlichen Beisammensein vieles gewandelt – das unbedachte Hineinleben in all die brausende Lebensfreude, die der erste Rausch und das erste Aufatmen in voller Freiheit mit sich gebracht hatte, war zur unerbittlichen Leidenschaft geworden. Seit sie nach wochenlanger Trennung zum erstenmal wieder in Henryks Armen lag, wußte sie, daß sie ihn liebte und daß es kein Entrinnen mehr gab. Sie wußte jetzt auch, daß die Liebe kein Sommerglück sein konnte, kein jubelndes Aufgehen in dem andern, – nichts von alledem, was sie früher darin finden wollte, – nein, die Liebe war eine blinde, wütende Sturmflut, die alle Dämme niederbrach, und da gab es kein Fragen mehr, kein Überlegen, was mit fortgerissen und was gerettet werden konnte. Es kam ihr nicht in den Sinn, Henryk für sich besitzen zu wollen, sein Leben mit ihm zu teilen; er war kein Mann, mit dem man an »Glück« hätte denken können. Das sah sie alles und wußte es wohl, aber ihre Liebe dachte nicht an Fragen und Verlangen. – Dabei lernte sie immer tiefer in ihn hineinsehen, fühlte all das zerrissene Schwanken, das auch in ihm war. Er konnte andern geben, was er selbst nicht hatte, wonach er in ewiger Unruhe rang und jagte.

Oft fuhr er mitten in der Nacht auf: »Jetzt muß ich arbeiten!« Dann stand sie ihm Modell, stundenlang –, er arbeitete wie ein Wahnsinniger und sprach von seinen Werken, die er schaffen wollte – mit immer glühenderer Phantasie. – Es war etwas Sinnloses, Ausschweifendes in seiner Art zu malen. Wenn er über die Skizze hinaus wollte, fing er an: »Diesmal soll es etwas werden, ich lasse nicht nach, bis es wird.« Dann wollte er malen, wie noch kein Mensch gemalt hatte, in unerhörten Farben, – und es gelang nicht, gelang nie –, immer wieder begann er von neuem.

Wurde er schließlich müde, so gingen sie zusammen ins Café. Dort war im Nebenzimmer ein Klavier, und da spielte er endlos –, manchmal wild und leidenschaftlich, dann wieder ganz leise, traurige Melodien. Ellen saß auf dem harten Ledersofa, in eine Ecke gedrückt, die Töne klangen in ihrer Seele nach, und sie sah ihn an, – er wurde fast schön, wenn er spielte. Sie lebte alles mit ihm durch, zitterte um jedes Bild und war stillglücklich, daß er das mit ihr teilte, sie in seinem Höchsten mitleben ließ.

Inzwischen kam sie viel mit den anderen Freunden zusammen, es gab Stunden, wo sie all der stürmischen Gefühle müde wurde und nur einmal lachen wollte. War sie nicht bei Henryk, so traf sie den Zarekkreis in seinem Stammlokal. Es gab kaum eine Nacht, wo man vor drei Uhr heimkam, und wollte Ellen einmal zu Hause bleiben, um auszuschlafen, so erschien gewiß die ganze Bande noch um Mitternacht unter ihrem Fenster, oder sie schickten den Pikkolo vom Café, dem sie ihren Signalpfiff beigebracht hatten. Und sobald Ellen den hörte, war es aus mit ihren guten Vorsätzen, sie fuhr rasch in die Kleider und war in ein paar Sätzen die Treppen hinunter.

In ganz München tobte jetzt der Karneval, und sie brannten alle darauf, etwas zu unternehmen. Aber keiner von ihnen hatte Geld, – Künstlerfeste und Redouten waren unerschwinglich, so gingen sie nur eines Nachts ins Café Luitpold. Ellen hatte sich ein Clownkostüm geliehen, die Russin war auch maskiert, die übrigen alle in ihren gewöhnlichen Kleidern. Für Ellen war es alles ganz neu, und sie stürzte sich Hals über Kopf hinein. Henryk war nicht mit, sie vergaß ihn, vergaß alles, trieb hierhin und dorthin und war völlig willenlos vor Freude. Ein paarmal fing Zarek sie wieder ein und brachte sie an den Tisch zurück. Aber da war es heute langweilig, Max und der Onkel gerieten immer wieder in erboste Kunstgespräche und betrachteten das ganze Treiben nur vom malerischen Standpunkt aus, das eine Paar saß weltvergessen in einer Sofaecke, das andere zankte sich – der Fritz wich nicht von Ellens Seite und suchte sie vor allen Anfechtungen zu behüten, wenn andere Masken herankamen.
»Seid ihr alle oberflächlich«, klang plötzlich Zareks rauhe Baßstimme. »Karneval ist abscheulich, gehen wir heim zu mir und machen Tee. Will ich euch Hamlet lesen.« Die andern schwankten nach, und Ellen erklärte, daß sie dann alleine dableiben wollte, – als eine Horde weißer Pierrots auf sie eindrang und sie mit fortziehen wollte. Zarek und Fritz hielten sie jeder von einer Seite fest, da sah der eine von den Weißen sie aufmerksam an.
»Ah, du bist's – ich hab' doch gleich gesagt, daß ein Mädel drin steckt.«
Ellen wurde neugierig. »Laß mich, Onkel, der gefällt mir.«
»Was hast du denn da für einen Onkel?«
»Gefällst du mir gar nicht«, sagte der. »Laß ihr – muß ich hüten bezechtes Kind.«
»Nein, ich will mit, weg da, Fritz!«

»Auch noch ein Fritz, mein Gott, bist du aber gut behütet.«
Ellen war schon auf den Tisch gestiegen und flog in seine Arme.
Gegenüber hatte sich ein Trupp Italiener niedergelassen mit Gitarren und Mandolinen, es war ein ohrenbetäubender Lärm. Ellen tanzte mit ihrem Pierrot um die Tische und dann oben auf dem Billard zwischen den Kaffeetassen, bis der Wirt kam und sie vertrieb. Dann brachte er sie an seinen Tisch: »Seht mal, was ich da gefangen hab' – ist das nun ein Bub oder ein Mädel?«
Die drüben brachen auf und winkten ihr.
»Bleib du nur bei uns«, sagte einer, »der Johnny läßt dich doch nicht wieder her.«
»Ja, Johnny, ich bleib bei dir, die andern wollen heimgehen und Hamlet lesen.«
Er schüttelte sich vor Lachen. Dann kam Zarek mit ernstem, verantwortungsvollem Gesicht und wollte sie mitnehmen. Aber Ellen lag in Johnnys Armen, er hielt ihr das Sektglas an die Lippen und ließ sie trinken:
»Bezechtes Kind bleibt bei uns, geh' du nur deinen Hamlet lesen.«
Ellen blieb und trank Sekt und Freude bis in den Morgen hinein mit vollen Zügen. Allmählich wurden die Räume des Cafés immer leerer, die Kellnerinnen standen gähnend herum zwischen umgestürzten Stühlen und verwüsteten Tischen, hier und da saßen noch vereinzelte Paare und umarmten sich immer bewußtloser. Johnny schlug vor, man sollte mit ihm auf sein Atelier gehen und dort Kaffee trinken, aber unterwegs fiel einer nach dem andern ab, sie waren alle müde und hatten genug. Ellen fiel jetzt erst ein, daß Zarek ihre Schlüssel eingesteckt hatte und sie nicht in das Haus hineinkonnte. So gingen sie langsam durch den weichen Schnee, der über Nacht ge-

fallen war, die Straße hinauf, wo die Laternen noch müde in der Dämmerung flackerten, und saßen dann in Johnnys Atelier mit den vielen gemütlichen Ecken vor einem kleinen Tisch, auf dem die gelbumschleierte Lampe brannte und die kupferne Kaffeemaschine summte. Johnny zog sich im Nebenzimmer um und wickelte dann Ellen in einen schweren Seidenmantel – es war eine Atmosphäre von Behaglichkeit, die sie lange nicht mehr gewöhnt war, und sie dehnte sich vor Wohlgefühl.
Nun mußte sie ihm erzählen, wie sie lebte, manchmal lachte er, dann wieder schüttelte er den Kopf: »Ich habe das ja alles selbst durchgemacht, aber glauben Sie mir, die Boheme kriegt jeder einmal satt und Ihre Gesellschaft da gefällt mir nur halb. – Aber das allerverrückteste finde ich doch, daß Sie heiraten sollen.«
Es war jetzt heller Tag, und sie berieten, wie Ellen in ihrem Clownkostüm nach Hause kommen sollte – er brachte alle möglichen Dinge herbei, steckte sie zuletzt in einen Regenmantel von sich, schnürte ihr ein Paar unförmliche Bergstiefel an die Füße und drückte ihr einen Schlapphut ins Gesicht. Dann stand er da und wollte sich totlachen. So wateten sie wieder durch den Schnee zu einer nahen Badeanstalt, nahmen Zelle an Zelle ein Brausebad unter vielem Lachen – es war alles so lustig und morgenfrisch und dabei wie ein leichtes Spiel, das sich immer an der Grenze bewegte.
»Ich habe wirklich allen Respekt vor mir«, sagte Johnny, als er sie im Fiaker nach ihrer Wohnung brachte, »nicht einmal um einen Kuß habe ich Sie gebeten, seit wir uns wieder in normale Menschen verwandelt haben – warum sind Sie auch verlobt? – Aber hübsch war es doch.«

Das kleine Abenteuer mit Johnny, das ja eigentlich gar kein Abenteuer war, ging Ellen noch ein paar Tage nach wie ein wohliger Traum, bei dem sie immer wieder lächeln mußte. Sie hätte ihn gerne einmal wiedergesehen, aber die andern hatten natürlich davon erfahren, Zarek war beleidigt und auch Henryk etwas verstimmt. So gab sie es auf, und ihre Gedanken waren auch bald wieder ganz in Henryk gefangen, so daß ihr alles andere unwesentlich vorkam.

Der Frühling kam mit schweren Stürmen, und sie wußten nichts mehr wie diese verzweifelte Leidenschaft, die mit jedem Tag wuchs.

In einer Märznacht waren Walkoff und Ellen bis spät mit den Freunden zusammengewesen; als alles sich trennte, gingen sie in heißer Stimmung zu ihm hinauf. – Dann faßte ihn wieder die Arbeitswut. »Oder bist du zu müde, Ellen?« Nein, sie war nie müde.

Sie stand vor ihm am Tisch, und er arbeitete, da wurde sie auf einmal blaß und fing an zu schwanken. Er konnte sie gerade aufs Bett legen, ehe sie ohnmächtig wurde.

Bald nach diesem Abend stiegen bange Ahnungen in ihr auf, sie wollte sich selbst die tödliche Angst nicht eingestehen, die immer banger und beklemmender auf sie herabsank, suchte sie von Tag zu Tag zurückzudrängen und sagte sich immer wieder: Es kann ja nicht sein, ist zu furchtbar, als daß es sein könnte. Ihr schien, als sähe sie ein Beil herabfahren, das ihr den Schädel spalten wollte, und sie hätte sich verkriechen mögen, um nur nicht daran zu denken. So vergingen Wochen, und endlich wußte sie, daß es wohl nicht anders sein konnte.

Und die Gewißheit, der nicht mehr auszuweichen war, verwandelte ihre Empfindungen. Es war das Schicksal selbst, das dunkel und übermächtig sich vor ihr aufrichtete, und sie beugte sich vor seinem brennenden Blick. Beinahe wie Freude kam es jetzt über sie: sie wollte es ja gerne tragen – ein Kind von ihm – ein Kind ihrer Leiden-

schaft. Neben all den seltsamen, beängstigenden Gefühlen, die ihrem Körper alle Spannkraft nahmen, erfüllte es sie mit wehmütig ahnender Wonne – ein Kind, ein Wesen, das ganz ihr eigen sein sollte – ihr, der Heimatlosen, die keine Stätte hatte auf der weiten Welt und keinen Menschen, der ihr die Arme auftat.
Als sie es Henryk sagte, konnte sie vor Bewegung kaum sprechen. Sie saß auf dem Bett und sah ihn an, – aber er schien nur erschrocken, ging rasch auf und ab in dem schmalen Raum und blieb schließlich vor ihr stehen: »Das ist schlimm genug – was soll daraus werden?«
»Vor allem will ich jetzt an Reinhard schreiben, daß alles zwischen uns aus sein muß – das wollte ich ja schon lange.«
»Und dann?«
»Das weiß ich noch nicht – irgendwie wird es sich schon finden.« Ellen lächelte. »Du brauchst keine Angst zu haben, Henryk, daß du mich heiraten mußt. – Du weißt doch, daß ich sowieso hier bleiben wollte, und ich werde mich schon durchschlagen. Wir haben ja alle nichts und leben doch.«
Henryk setzte sich neben sie, war gut und zärtlich: »Laß uns nur noch abwarten, Kind, vielleicht findet sich ein Ausweg, und es ist ja noch nicht so sicher. Geh' an die Arbeit und versuche, nicht immer daran zu denken.«
In dieser Zeit kamen wieder lange Briefe von Reinhard, er drängte zur Entscheidung, sie sollte jetzt von München fortgehen, es nicht mehr hinausschieben, denn wenn sie vor dem Sommer heirateten, war noch vieles zu ordnen. »Was ist mit dir, warum schreibst du nicht? Ich begreife nicht, daß du selbst jetzt nichts anderes im Kopf hast wie deine Malerei – auf alles, was ich schreibe, nicht eingehst.«
Ellen hatte ein langes Schreiben an ihn angefangen,

schrieb Bogen auf Bogen, immer wieder konnte sie die Worte nicht finden und begann am nächsten Tag von neuem.

Nachts konnte sie nicht schlafen, wenn sie auch todmüde war. Ihre Gedanken gingen irre durcheinander. – Henryk mit seinem: Was soll daraus werden? – Die Frage drängte sich auch ihr immer unentrinnbarer auf. – Von ihm fordern, daß er für sie und ihr Kind sorgen sollte, sein Künstlertum unterbinden, lähmen? – Nein, er mußte freibleiben, sie wollte sich nicht wie ein Bleigewicht an ihn hängen. Aber was dann? – Dann stand sie vor dem nackten Elend, vor dem Hunger – sie und ihr Kind.

Ihr Geld war jetzt völlig zu Ende, hie und da lieh sie sich etwas von den Bekannten, aß mit Zarek zu Mittag, weiter brauchte sie nichts. Noch vor kurzem hatte es ihr ganz einfach geschienen, jahrelang so weiterzuleben, wenn sie sich von Reinhard trennte. Aber jetzt, wo ihre Kräfte immer mehr versagten, wo sie tagelang mit Ohnmachten und einem entnervenden Schwindelgefühl kämpfte und das kleine Leben in ihr sich immer beängstigender regte – und niemand, der ihr zu Hilfe kam.

Sterben – immer wieder kamen ihre Gedanken darauf zurück – jedes Gefühl in ihr wehrte sich dagegen, aber was blieb ihr sonst? Es muß sein – das sagte sie sich immer wieder vor wie eine Lektion, die nicht in den Kopf hinein will. – Den Brief an Reinhard wollte sie zurücklassen – er war jetzt endlich fertig geworden – und dann von Henryk Abschied nehmen, ohne daß er etwas davon wußte.

Aber er kannte sie zu gut, er wußte immer, was sie dachte, und ihre Angst verriet sich, ohne daß sie es wollte.

»Was hast du vor, Ellen? – Du hast doch nicht schon an ihn geschrieben?«

»Schon?« sagte sie. »Mir scheint, es ist höchste Zeit. Der Brief liegt da und braucht nur noch abgeschickt zu werden.«
»Was hast du vor, Ellen?«
»Ich weiß selbst nicht – laß mich gehen, ich komme morgen wieder.«
Henryk ließ sie nicht gehen, er schloß die Tür zu.
»Ich weiß, was du willst – ich kann es mir denken – aber ich will es nicht.«
Sie konnte sich nicht länger beherrschen und schrie auf:
»Laß mich, Henryk! – Es hat ja keinen Sinn, es noch länger hinauszuschieben. – Was soll ich denn tun?!«
»Komm, Kind, sei vernünftig – du hast ja doch nicht den Mut dazu.«
Nein, den hatte sie im Grunde nicht, das Grauen vor dem Tod schüttelte sie, wenn sie klar darüber nachdachte. Aber er sollte sie nur in ihrer Verwirrung lassen, dann würde es schon gehen – irgendwo hinaus ans Wasser und dann besinnungslos hinein, dann war ja alles gut. So setzte sie sich wieder auf das Bett, die Hände vorm Gesicht und wollte nicht antworten, nicht sehen, nichts mehr hören, nur ganz in sich hineinsinken, sich kalt und gleichgültig machen zu dem, was unabänderlich vor ihr stand.
»Du hast mir gesagt, daß der Brief noch nicht fort ist – du darfst ihn überhaupt nicht abschicken, Ellen.«
»Es geht nicht länger – er wartet immer noch darauf, daß ich komme.«
»Du mußt ihn heiraten, Ellen, es bleibt nichts anderes übrig.«
Es ging ihr eisig durchs Herz – ein Schrecken, der furchtbarer war, wie alles andere. Einen Augenblick war ihr zumut, als ob die ganze Welt um sie her zusammenbräche und in einem wirren Haufen zu ihren Füßen niederrollte.

Sie sagte kein Wort, während Henryk immer weitersprach: »Er liebt dich, und ist es nicht besser, wenn einer glücklich wird, als daß wir alle drei zugrundegehen? – Wenn du dir etwas antust, ist mein Leben mitzerstört und seines auch. Oder glaubst du, ich könnte weiterleben mit dem Gedanken, dich in den Tod gejagt zu haben? Ellen, und ich kann dich nicht bei mir behalten mit einem Kind, du weißt es selbst – was sollte aus uns allen werden dabei?«

Nach langer Zeit nahm Ellen die Hände vom Gesicht und sah ihn an. Sie fühlte nur wieder, wie sie ihn liebte, daß ihre Liebe bis an die Grenzen des Wahnsinns ging. Mochte er von ihr verlangen, was er wollte, ihr den Kopf abschlagen, den Lebensnerv durchschneiden – sie hätte ja gesagt und stillgehalten.

»Ja, Henryk, ich will tun, was du willst – mach jetzt die Tür auf.«

Er faßte sie bei den Schultern und sah sie an: »Versprich mir, daß du dir nichts antust.«

»Ja, ich verspreche es dir, aber laß mich gehen.«

Als Ellen nach Hause kam, zerriß sie den Brief an Reinhard und schrieb einen neuen: »Ich komme, sowie alles in Ordnung ist, und bin mit allem einverstanden.«

– Dann saß sie noch lange am Tisch mit geschlossenen Augen: wenn es möglich war, daß Henryk ihr das vorschlug, dann mußte sie es wohl auch tun können und brauchte nicht zu sterben. Sie fühlte keinen Groll gegen ihn – jede Empfindung in ihr war wie gelähmt.

Gegen Abend brachte sie den Brief auf die Post und ging zu Zarek hinauf. Der Fritz war auch da; die beiden sahen, daß Ellen sich kaum mehr auf den Füßen halten konnte und legten sie auf die Matratze, die als Sofa diente. Zarek saß am Kopfende neben ihr und der Fritz zu ihren Füßen. Später kam noch die Dalwendt mit einer Flasche Wein

unter dem Mantel; sie war zuerst in Ellens Wohnung gewesen und hatte sie dort nicht gefunden.
»Sagen Sie, Fräulein, was ist mit dem Kind?« sagte Zarek, während er die Gläser füllte. »Geht sie herum wie Geist, lacht nicht mehr und fällt um jeden Augenblick.«
Der Fritz streichelte ihre Füße und beugte sich etwas vor: »Ja, du bist ganz verändert – wir haben schon oft davon gesprochen die letzte Zeit. Du mußt krank sein, Ellen, und ich glaube, es wird dir auch arg schwer fortzugehen?«
Zarek hatte sich wieder auf seinen Platz gesetzt: »Darfst du ihr nicht mehr streicheln, Fritzl, ist sie bald verheiratete Frau mit Baby auf dem Arm und Kochlöffel in der Hand. – Fräulein, sagen Sie ihr, ist Blödsinn heiraten für solche Ellen. – Kommt sie nie wieder und vergißt uns alle.«
Ellen begegnete dem Blick ihrer Freundin – sie war die einzige, die von ihrem Verhältnis zu Henryk wußte, und die wohl jetzt auch den ganzen Zusammenhang ahnte. Sie hatte ein seltenes Vermögen, mitzuwissen und mitzufühlen, auch das, was man ihr nicht mit Worten sagte, weil Worte zu wehe taten.
»Ich glaube doch, daß Ellen wiederkommt«, meinte sie in ihrer langsamsten Weise, »und warum soll sie nicht heiraten, wenn ihr Mann sie weitermalen läßt.«
Zarek hob feierlich sein Glas: »Prost, Fräulein, stoßen wieder an auf Kunst. – Braucht man nicht treu sein Männern, wenn man nur treu bleibt in Kunst. Seid ihr tapfre Weiber und gute Kameraden. – Mach nicht so traurige Augen, Ellen – sehen wir uns alle wieder.«
Nein, sie war nicht traurig, – ihr war nur, als ob nichts wieder ein Gefühl in ihr zu lösen vermöchte. – Da saßen sie, die Freunde, die Kameraden, mit denen sie das Leben so froh geteilt hatte, und sie begriff es selber kaum, daß

sie es über sich gewann, ihnen nicht ihr ganzes Elend ins Gesicht zu schreien. Aber was bedeutete es jetzt noch, daß sie auch die alle verlieren sollte – mochten die Räder über sie hingehen und alles zermalmen, daß nichts mehr übrig blieb. Ihr Schmerz war keiner, den man ausrasen oder ausweinen konnte, mit eiserner Wucht lag es auf ihr, drängte sich mit tausend glühenden Fangarmen in ihre Seele hinein und preßte sie zu einem fühllosen Etwas zusammen. – Das einzige, was noch in ihr lebte, war der Gedanke an das Kind – ihr Kind und Henryks – das mußte geborgen werden – dafür geschah ja das alles. Ihr war wie einem Menschen, der sein Haus brennen sieht und hineinstürzt, um ein Kleinod zu retten, an das er bis dahin kaum gedacht hat. Aber jetzt in diesem Augenblick weiß er nichts mehr, als daß dies Eine geborgen werden muß, – alles übrige mögen die Flammen verschlingen, mag einstürzen, ihn selbst mitbegraben, darauf kommt es nicht mehr an. – Ellen wollte jetzt so rasch wie möglich fort von München, – aber jeden Tag, der ihr noch blieb, trank sie in sich ein wie einen Becher mit schwerem Wein – die letzte Wollust und die letzte unergründliche Qual ihrer Liebe – das dunkle Weh ihrer Mutterschaft von diesem Mann, den sie liebte. Das wenigstens durfte sie mit sich nehmen, wenn sie alles andere hinter sich zurückließ.

Am letzten Tage war Henryk bei ihr – Ellen ging im Zimmer herum und ordnete ihre Sachen – er folgte ihr mit den Augen, bis sie kam und sich neben ihn setzte. Nun ging eine plötzliche Erschütterung durch ihn und er umschlang sie fast gewaltsam.

»Wirst du mich auch nicht hassen, wenn du fort bist?«

»Nein, nein«, sagte Ellen und lächelte mit einem starren Blick, der weit in die Ferne ging. Henryk legte den Kopf an ihre Schulter und weinte. – Die ganze Unseligkeit ihres Opfers kam über sie, sie fürchtete jetzt, noch ihre Kraft zu verlieren.

»Ellen – Kind – ich glaube, du tust das Ganze nur für mich, und ich wollte, du solltest es für dich selber tun.«

Sie hatte nicht gewollt, daß er das fühlen sollte, es war, als ob sie ihn dadurch beschämen, zu ihrem Schuldner machen würde – das war unerträglich, wo man so liebte.

»Ellen, du wirst mich doch einmal hassen.«

»Nein«, sagte sie noch einmal, »du hast mir zu viel gegeben, Henryk – das vergesse ich nie. Von dir hab' ich erst die Seele bekommen, vorher hatte ich keine. – Das andere ist Unglück, Schicksal – dagegen kann man nichts machen. Du hast mir doch oft gesagt, daß es auf das Leben nicht ankommt, ich meine darauf, wie man äußerlich lebt – wenn man nur die Kunst hat und darin – das hätte ich ohne dich vielleicht nie so gefunden. Das bleibt mir ja – ich werde niemals loslassen.«

»Und das Kind?«

»Nein, Henryk, ich habe nur Dank für dich – glaub' es mir.«

»Ja, wenn wir hätten beisammen bleiben können. – Denn das will ich dir jetzt noch einmal sagen, Ellen, ein Weib wie dich werde ich nie wiederfinden, nie. Und du wirst etwas leisten in der Kunst, wenn du treu bleibst. Willst du dann auch noch etwas an mich denken und an alles, was wir zusammen gelebt und gesprochen haben?«

Das letzte, was Ellen von München sah, war Henryk, der auf dem Perron stand, unter der dunklen Riesenhalle, im Frühlingsabend, und zu ihr hinaufsah. – Selbst in dieser Stunde fühlte sie keine Verzweiflung, kein zerreißendes Entsagen, ihr war nur, als ob sie einen Sarg mit sich führte, in dem ihre Jugend, all ihr Glücksverlangen und ihre Liebe lag, während sie dahinfuhr, einer fremden, gleichgültigen Zukunft entgegen – fremd und gleichgültig, weil ja doch alles gestorben war – eine lange, stumme Totenwache, während der Zug rollte und rollte.

Ein paar Wochen später war Ellen Reinhards Frau – und ihr Zusammenleben gestaltete sich vom ersten Tage ganz anders, wie er gedacht hatte.

Er war auf einen langen, schwierigen Kampf gefaßt, auf ihren stets bereiten Widerspruch gegen tausend Dinge, die ihr jetziges Leben und seine Stellung verlangten. Aber nur einmal, als die Rede davon war, sie wieder mit ihrer Familie zu versöhnen, sträubte Ellen sich so wild gegen jede Annäherung, daß er schließlich nachgab. Sonst ließ sie alles fast willenlos über sich ergehen, selbst über die kirchliche Trauung verlor sie kein Wort, während sie früher bei dem bloßen Gedanken in Empörung geriet. Überhaupt fand er sie seltsam verändert – nichts mehr von ihrem alten Übermut und dafür etwas Stilles, in sich Gekehrtes und eine Weichheit, die er früher nicht an ihr gekannt hatte. Mit Staunen sah er, daß Ellen sich ihrer Häuslichkeit annahm und das äußere Leben sich ohne Schwierigkeiten abwickelte. Was mochte es sie gekostet haben, sich von ihrem sorglosen, ungebundenen Leben in München loszureißen, und dem wollte er Rechnung tragen, es ihr so leicht machen, wie nur möglich. Es entsprach ihrer beider Wunsch, still und zurückgezogen zu leben, sich den Tag so einzurichten, daß jeder seiner Arbeit ungestört nachgehen konnte. Und Reinhard sah auch, wie der Gedanke an ihre Malerei sie mit einem fast verzweifelten Ernst erfüllte – bei ihm sollte sie nicht gehindert und eingeengt sein, er wollte alles in ihr pflegen, in Ruhe und Liebe. Denn die hatten ihr bisher immer gefehlt, und er fühlte wohl, daß ihre Seele Wunden trug. Nur kam ihm nie der Verdacht, daß ein anderer Mann ihr die geschlagen haben mochte.

Und für Ellen war es fast überwältigend, all diese umsorgende Liebe zu fühlen, die nur darauf bedacht war, ihr Leben so zu gestalten, wie sie es wünschte und brauchte. Zuerst, nach ihrer Rückkehr aus München, war sie bei Reinhards Familie gewesen, wo sie vor jedem Blick zitterte und gewaltsam ihre körperliche Schwäche niederzwingen mußte, um keine Aufmerksamkeit auf sich zu lenken. Es schien ihr fast undenkbar, daß niemand ihr Geheimnis erraten sollte. – Und dann der Hochzeitstag, die Junisonne lachte, und sie sah in lauter strahlende Gesichter, hörte lauter frohe Worte und Stimmen und sollte selbst lächeln und viele heitre Worte sagen, während die beklemmende Angst in ihr immer höher stieg. Nur eine kurze Stunde vor der Trauung war sie allein in ihrem Zimmer, da warf sie sich aufs Bett und weinte zum erstenmal in all den Wochen bange und verzweifelt – dann kam Reinhard, um sie zu holen, und abends langten sie in ihrem neuen Heim an.
Und jetzt, wo sie mit ihrem Mann zusammenlebte, wuchs die Gefahr mit jedem Tag unentrinnbarer empor. Immer klarer kam es ihr zum Bewußtsein, wie wahnsinnig und unüberlegt sie gehandelt hatte, es konnte nicht lange mehr dauern, dann war es nicht mehr zu verbergen. Und wie sollte sie ihn dann täuschen? Sie hing wie ein Schiffbrüchiger mitten im Meer an einem Balken, der jeden Moment hinweggespült werden kann – mit der unsinnigen, unmöglichen Hoffnung, daß noch irgend etwas kommen möchte, sie zu retten. – Dazwischen glaubte sie wieder Henryks Stimme zu hören: Hart sein, Ellen, stark sein – und sie fühlte sich fast übermenschlich stark in diesem einsamen Kampf.
Reinhard begann allmählich sich um ihre Gesundheit zu sorgen – Ellen hatte gleich wieder angefangen zu arbeiten, aber wenn er nachmittags aus seinem Büro kam, fand

er sie meist auf dem Sofa, oder sie saß in dem leeren Zimmer, das ihr als Atelier diente, mitten unter ihren Malsachen und Skizzen und starrte vor sich hin.

Es waren jetzt sechs Wochen vergangen, seit Ellen aus München kam.

Sie saßen sich abends gegenüber an Reinhards großem Schreibtisch.

»Willst du mir etwas helfen?« fragte er. »Ich habe heute schon so viel geschrieben.«

Er litt manchmal an Augenschmerzen und liebte es, dann zur Abwechslung zu diktieren. So setzte Ellen sich an seinen Platz und begann zu schreiben.

»Bist du müde?« fragte er ein paarmal. Ellen schüttelte den Kopf. Sie fühlte seit ein paar Tagen Schmerzen, die jetzt gegen Abend immer heftiger wurden. Eine Viertelstunde nach der anderen ging vorüber und sie biß heimlich die Zähne zusammen, während eine ratlose Angst durch ihre Gedanken wirbelte. Inzwischen schob sie die Lampe so, daß ihr Gesicht im Schatten war.

Als die Arbeit zu Ende war, stand Reinhard auf: »Danke, Ellen, hast du dich auch nicht zu sehr angestrengt?« Er sah, daß sie sehr blaß war. »Geh nur gleich schlafen.«

Ellen hatte ihr eigenes Zimmer neben dem Atelier.

Was sie während dieser langen Nachtstunden durchlebte, erfüllte sie mit solchem Entsetzen, daß sie glaubte, ihre Haare müßten weiß werden oder eine sichtbare Spur in ihren Zügen zurückbleiben. Stundenlang lag sie alleine da in der Nachtstille unter unerträglichen Qualen, die nicht laut werden durften, und ließen die Schmerzen nach, so kamen all die Gedanken, die sie fast noch mehr folterten. – Ihr Kind – Henryks Kind, nun war alles umsonst gewesen; wie sollte sie jetzt noch weiterleben? – Es hatte eine Zeit gegeben, wo sie selbst gewünscht hatte, es möchte so kommen. Aber seit sie von Henryk Abschied nahm, war all ihr Sehnen zu diesem ungeborenen kleinen Wesen hinübergeglitten, das in ihr schlummerte. Der Gedanke an ihr Kind war der einzige leuchtende Hoffnungsschimmer gewesen, der ihr blieb, um den sie alles auf sich genommen hatte. Und nun war auch der verloschen.

Endlich verrann die Nacht, dann lag sie da in der Morgendämmerung, ihre Augen hingen an der Wanduhr gegenüber, deren Zeiger langsam vorrückten. Ihr schien, als ob sie von Minute zu Minute schwächer würde und ihr Leben in langsamen Wellen zu entfluten drohte.

Gegen neun Uhr klopfte Reinhard leise an: »Schläfst du noch, Ellen?« Sie antwortete nicht, er blieb noch einen Augenblick stehen, sie hörte ihn ein paar Worte mit der Aufwärterin sprechen, die jeden Morgen kam, dann ging er und zog die Haustür vorsichtig hinter sich zu.

Als er nachmittags zurückkam, war Ellen wieder auf – sie hatte ihren gewohnten Spaziergang gemacht und fühlte sich ganz wohl. So schleppte sie sich noch ein paar Tage hin, dann warf es sie plötzlich nieder. Sie nahm ihre letzten Kräfte zusammen und schickte erst zum Arzt, wie ihr Mann aus dem Hause war.

Als sie wußte, daß der Arzt schweigen würde, kam zum erstenmal eine tiefe dumpfe Ruhe über sie. Lange Tage lag sie nun schwerkrank in dem halbdunklen Zimmer, Reinhard saß neben ihr, sorgte für sie in seiner fast mütterlichen Liebe, und Ellen fühlte nun das Unbegreifliche, daß sie gerettet war.

Etwas über ein Jahr war verflossen, als Ellen wieder nach München fuhr.

Sie saß im Zug und dachte an jene lange Fahrt damals, die Totenwache über den Trümmern ihres ersten heißen Jugendlebens. Und wie dann alles gekommen war, sich von

neuem aufgebaut hatte, anders freilich, wie ihre jungen Träume es gewollt hatten. Mit tiefem Heimweh gingen ihre Gedanken zu Reinhard hin – wie er jetzt so allein war, sie so ruhig hatte gehen lassen, ohne zu ahnen, was alles wieder in ihr aufwachen mußte, und mit wie schwerem inneren Bangen sie sich von ihm getrennt hatte.
Als sie dann den ersten Morgen im Hotel aufwachte und durch die wohlbekannten Straßen ging, kam wieder das alte jubelnde Lebensgefühl über sie, als ob sie eine andere Luft atmete, in der so viel Leichtes, Frohes, Junges lag, und die manche vergangene Schmerzen wegblies.
Ihr erster Gang war zu Zarek, er saß wie einst auf seinem Bett und stritt mit dem Maxl, – es sah aus, als hätten sie sich in all der Zeit nicht vom Platz gerührt. Beide waren sprachlos erstaunt, als sie Ellen hereinkommen sahen. Dann faßte Zarek sie um und tanzte mit ihr durchs Atelier: »Sapristi – ist kleines Ellen wieder da!«
»Habt ihr mich denn wirklich nicht vergessen?« sagte sie ganz gerührt. Nun drehte er sie um und sah sie von allen Seiten an.
»Bist du noch ganz wie früher, aber hast du dir wieder lange Haare wachsen lassen – doch ein bissel Frau geworden.«
»Kinder, Kinder«, sagte Ellen überwältigt, »wie schön, euch wiederzuhaben!«
»Hast du viel gemalt?« fragte der Maxl.
»Oh, es geht, ich war meist nicht recht gesund, aber das kommt alles noch.«
»Wie viele Babys hast du denn schon?«
Einen Augenblick ging es wie ein Schatten durch ihre Augen. »Was denkt ihr denn? Gar keins.«
»Sag mal, Kind, bist du denn wirklich geheiratet? – Glaubt es niemand. Weißt du noch, wie alte Tanten in der Schule sagten: Der Mann muß Mut haben. Dachten alle,

würde dein Mann dich nach vier Wochen zurückschicken.«

»Nein«, sagte Ellen auf einmal ganz ernst, »über meine Ehe dürft ihr keine schlechten Witze machen. Ich habe noch nie einen Menschen gekannt, wie meinen Mann, er will selbst, daß ich jedes Jahr wiederkomme und hier male.«

»Muß feiner Kerl sein«, sagte Zarek bewundernd, »Hab' ich so viel Angst gehabt, du würdest Philister. – Bleibst du jetzt hier?«

»Noch nicht, ich gehe mit der Dalwendt aufs Land, um mich erst ganz wieder zu erholen.«

Gegen Mitte Mai war Ellen dann mit ihrer Freundin auf dem Land in einem kleinen Gebirgsdorf. Der Frühling kämpfte noch mit Sturm und Regen, dazwischen kamen warme Tage, wo die Sonne schien wie mitten im Sommer. Ellen lag in ihrem bequemen Stuhl auf dem Balkon und las einen Brief von Reinhard.

»In sechs Wochen wird er wohl Urlaub nehmen und mir nachkommen«, sagte sie und reckte sich. Die Dalwendt ließ ihr Buch in den Schoß sinken, sie war groß und kräftig, mit schwerem blonden Haar und etwas trägen Bewegungen. Ellen fand es sehr angenehm, mit ihr zu leben, sie war wie eine Schatulle, in die man alle Geheimnisse einschließen konnte und nur hervorholte, wenn man eben wollte, niemals sprang sie von selbst auf. Und dann ließ sie sich jede Stimmung suggerieren, empfand gerade das, was man wünschte. So wußte sie jetzt auch gleich, daß Ellen an Reinhard und Henryk dachte.

»Dein Mann muß ein seltener Mensch sein«, sagte sie.

»Ja, das ist er – ich hab' ihn eigentlich erst kennengelernt, nachdem wir heirateten, und wir sind doch sehr glücklich zusammen gewesen. – Siehst du, es war mir etwas so ganz

Ungewohntes, ein Heim zu haben. Reinhard ist fast wie eine Mutter gegen mich, ich weiß nicht mehr, wie ich ohne ihn leben sollte. – Aber manchmal frage ich mich doch wieder, ob ich überhaupt für ein friedliches Dasein geschaffen bin. Wenn du mir von München und euch allen schriebst, bekam ich oft rasendes Heimweh nach dem ganzen Leben von damals, als ob das das Eigentliche wäre. – Man ist doch im Grunde schrecklich feig.«

»Warum feig?« fragte die Freundin nachdenklich.

»Weil man nie den letzten Mut zu sich selbst hat, wie wir in unsrer Ibsenklubzeit sagten. – Hätte ich den, so würde ich Reinhard alles sagen und mich von ihm trennen. – Ich meine nicht nur das, was ich damals getan habe, – auch daß ich überhaupt nicht imstande bin, fürs ganze Leben nur einem Menschen zu gehören. Solange ich bei ihm war, hab' ich mir das nie so klargemacht, aber jetzt geht es wieder alles in mir hin und her.«

»Hast du Henryk gesehen?«

»Nein, er war nicht da, – aber wenn ich das nächste Mal in die Stadt fahre, werde ich ihn wohl sehen. Übrigens, daß er mit der Anna zusammen ist« – die andere sah sie etwas unruhig an, aber Ellen verzog keine Miene. »Nein, ich hab' nie daran gedacht, daß es zwischen uns wieder anfangen könnte – das ist vorbei. Es ist doch wohl etwas Wahres daran, daß man nur einmal liebt – wenigstens so, daß man sein ganzes Leben auf eine Karte setzt.«

»Ein paarmal habe ich ihn gesprochen«, sagte die Dalwendt, »als du fort warst – damals war er drauf und dran, dir nachzureisen. ›Ich hätte sie nie heiraten lassen sollen‹, sagte er.«

Ellen antwortete nichts, diesmal zuckte doch ein tiefer wunder Schmerz in ihr auf.

»Nein – aber weißt du, wen ich neulich getroffen habe«, sagte sie nach einiger Zeit, »den Johnny. Ich ging mit ihm auf sein Atelier, und wir sprachen vom Karneval damals. Er hat so etwas, was einen in fröhlich frivole Stimmung bringt. Wir fanden es beide eigentlich schade, daß wir damals nichts weiter zusammen erlebt haben.«

»Das ist es ja immer«, meinte die Freundin bedächtig.

»Es ist ein Gefühl, das mich ganz wild machen kann, wenn man daran denkt, was man alles nicht erlebt und was so vorbeigeht. Ich möchte mehrere Leben nebeneinander haben – eines dürfte dann meinetwegen tragisch sein und entsagend mit einer großen stillen Liebe – ›gut und glücklich‹ sein – verstehst du, aber das andere – nur hineinstürzen und alles über sich zusammenschlagen lassen. – So war mir neulich bei Johnny zumut – als ich ging, fragte er, ob ich ihm nicht jetzt den Kuß geben wollte, um den er mich damals nicht gebeten hat. – Nachher dachte ich wieder an Reinhard.«

»Es ist doch sonderbar«, sagte die Dalwendt langsam und wartete ab, was Ellen sonderbar finden würde. »Ja, siehst du, das ist es eben, wenn man mit einem Menschen lebt und ihn sehr lieb hat – da ist man immer gezwungen, durch seine Empfindungen zu sehen. Und das gibt dann diesen fortwährenden Widerspruch. Für Reinhard würde alles zwischen uns aus sein, wenn ich ihm untreu wäre, und für mich würde es dann vielleicht gerade anfangen – wenn er verstände, daß ich auch anderen gehören kann. Warum muß man gerade verheiratet sein – Kommen und Gehen, eine Weile zusammenleben und sich dann wieder trennen – mir läge das viel näher, überhaupt das Erotische als etwas Zufälliges nehmen, sonst geht es mit der Zeit auch verloren.«

»Du hältst ja förmliche Reden, Ellen, das ist man an dir gar nicht gewöhnt.«

»Ja, früher hab' ich auch über die Sachen nicht viel nachgedacht. – – Mein Gott, als ich von euch fortging, damals glaubte ich, daß nun alles für mich zu Ende wäre – ›die große Entsagung‹ und die Kunst – auf das Leben kam es nicht an. Das hatte Henryk mir alles eingeredet, aber wie soll man jemals etwas schaffen können, wenn man nicht sein eigentliches Leben lebt? Wir hatten doch recht mit unsren pathetischen Jugendredensarten. – Und mein Leben muß ich auch wieder leben, wenn es auch noch so viel kostet.«

»Aber diesmal würde es dich viel kosten, Ellen, äußerlich. Du sagst doch selbst, daß du nicht mehr so eisern kräftig bist wie früher.«

Ellen hatte sich ganz heiß geredet, nun stand sie auf und dehnte sich: »Siehst du, das ist mir auch ein wunder Punkt – der allerwundeste. – Fortwährend haben sie mich in München darauf angeredet, daß ich schlecht aussähe – und ich fühl' es ja auch selbst, daß mir irgend etwas fehlt, schon seit langem. Fast das ganze Jahr hindurch war ich immer wieder krank. Aber ich will einfach nicht krank sein – womöglich noch ein inneres Leiden, – das ist mir von jeher ein schrecklicher Begriff gewesen. – Laß uns um Gottes willen nicht mehr davon sprechen.«

Bald nach diesem Gespräch fuhren sie zusammen in die Stadt.

Henryk hatte jetzt eine andere Wohnung. Als Ellen die Treppe hinaufstieg, kam ihr alles so fremd und öde vor. Aber sie wollte ihn wiedersehen, vielleicht nur dies eine Mal noch – nicht etwas von ihrer einstigen Leidenschaft wiederfinden, die hatte sie längst ins Grab gelegt und sie sollte nie wieder erwachen. Nur ihm noch einmal in die Augen sehen und ihm sagen, daß sie nicht unterlegen und zerbrochen war. Er machte selbst die Tür auf, als sie läutete.

»Ellen.«

Sie war selbst verwundert, daß dies Wiedersehen sie völlig ruhig ließ. Er wollte sie umarmen, aber sie wich ihm aus.
»Du bist ganz fremd geworden, Ellen.«
»Ja, das bin ich wohl auch.«
Dann saß sie auf dem Sofa und ließ ihre Blicke umhergehen; es sah nicht mehr so armselig bei ihm aus wie früher. Henryk stand immer noch vor ihr: »Warum bist du dann wiedergekommen?«
»Um zu malen, nicht zu dir.«
Beide schwiegen eine Zeitlang, sie suchte etwas von ihm wiederzufinden, von dem alten Zauber, der einstmals von ihm ausgegangen war, – ging im Atelier herum und sah seine Bilder an, es war immer noch dieselbe wilde, unfertige Malerei wie damals. Dabei antwortete sie halb mechanisch auf seine Fragen.
In der Ecke stand eine größere Leinwand – eine schwarzhaarige Frau mit dem Kind an der Brust, einem ganz kleinen Kind, das beinah formlos aussah, wie kaum zum Leben erwacht – Ellen erkannte das Gesicht.
»Ist das nicht die Anna, die uns damals Modell stand?«
Dann drehte sie sich plötzlich um und sah ihn an. Henryk war sichtlich verlegen und verwirrt.
»Ich dachte, das würden dir die andern längst erzählt haben.«
»Ist es dein Kind?« Ihre Blicke begegneten sich. Ellen war langsam blaß geworden. In den wenigen Sekunden war alles wieder in ihr aufgewacht – die ganze Zeit, wo sie hilflos herumging mit seinem Kind unter dem Herzen, nicht wußte, wo sie es bergen sollte und sich selbst – die Heimreise – ihre Hochzeit – all die Todesangst, das Grauen, als es ihr wieder genommen wurde. Und ihre Schuld war ihr etwas Großes und Heiliges gewesen, das sie aufrecht erhielt. Jetzt lag plötzlich alles in einem ganz

anderen Licht da – warum hatte sie sich so wehrlos dahintreiben lassen von diesem Mann, der ihr Kind nicht wollte, und der ihr jetzt so fremd und armselig vorkam – warum war sie ihm zuliebe über sich selbst hinweggegangen? – Ihr Kind nicht gewollt, es kam ihr vor, als sei es seine Schuld und sein Wille gewesen, daß es niemals gelebt hatte.
»Was hast du mit mir gemacht, Henryk?« sagte sie endlich.
»Wie meinst du das, Ellen, glaubst du, es wäre besser gewesen, du säßest jetzt im Elend wie das Mädchen da?«
»Tausendmal besser – denn du hast mich Komödie spielen lassen mit meinem Leben und mich glauben gemacht, es wäre ein großes Trauerspiel. Du konntest so schön reden.«
»Reut es dich jetzt, daß du das damals für mich getan hast? – Ich hätte es mir ja denken können.«
»Nein, aber ich finde es jetzt beinahe lächerlich.« Ellen hatte ein Papiermesser vom Tisch genommen und bog es zwischen den Fingern hin und her, bis es plötzlich durchbrach. Dann sah sie auf, ihm in die Augen, und warf ihm das Messer vor die Füße:
»Siehst du, das ist auch Theater, aber ich habe es von dir gelernt – so hast du es damals mit meinem Leben gemacht. – Komm, gib mir die Hand, wir können ja das übliche Ende machen und als Freunde scheiden, und dann gehe ich mir einen andern suchen – ich weiß, wo er zu finden ist.«

Reinhard – ihr stilles heimatliches Glück bei ihm – und auch all das bange vergangene Leid –, das lag irgendwo in weiter Ferne, wo ihre Gedanken nicht hinkamen, – um sie her wogte nur ein taumelnder Rausch, der alles übertäubte, und das Leben leuchtete ihr wieder in ungebrochener Jugend, als ob sie nie von seinen Tiefen gewußt hätte.

Der weite, matterleuchtete Raum, die gelbverschleierte Lampe und das dunkel schimmernde Kupfer – das alles hatte sie schon einmal gesehen in einer fernen Zeit, bei durchwachter Morgenfrühe. Und er hüllte sie wieder wie damals in einen langen, raschelnden Seidenmantel, während sie ihn aus halbgeschlossenen Augen ansah.

»Du kamst mir immer vor wie ein Kind«, hörte sie seine Stimme ganz leise sagen, »ich hätte es kaum gewagt, dich nur anzurühren, und nun kommst du zu mir wie im Märchen und bist wie ein wirkliches Weib –«

Dann war sie wieder draußen in den Bergen, wo es jetzt immer mehr Sommer wurde. Ellen hatte ein stilles einsames Unterkommen gefunden in einem abgelegenen Bauernhaus auf der Höhe, und ihre Freundin wohnte noch fast eine Stunde höher in der Almhütte. Vom frühen Morgen an kletterten sie in den Bergen umher, badeten, wenn es heiß war, unter den Wasserfällen, die hier und da von einer Felswand heruntersprühten, schliefen stundenlang im Freien, abends kehrte jede in ihre Bergklause zurück, und dann kamen die langen Sommernächte, die Ellen fürchtete wie den Tod – oben in der stummen Einsamkeit, wo manchmal rings am Himmel die Gewitter dröhnten oder der Wind an den Fenstern rüttelte. Da lag sie in quälender Schlaflosigkeit und dachte an Reinhard – sie ertrug es kaum mehr, seine Briefe zu lesen, die sie heim mahnten zu ihm – nun kam er bald und wußte nicht, daß sie sein Glück in Scherben zerschlagen hatte. – Und noch ein anderes, worüber sie sich bei Tage gewaltsam hinwegzutäuschen, es immer wieder zurückzudrängen suchte, das trat in der Nacht wie ein drohendes Gespenst vor sie hin: – das Bewußtsein, daß eine hinterlistige schleichende Krankheit langsam und unerbittlich

ihre Kräfte zernagte. – Aber sie wehrte sich immer von neuem dagegen, wollte nichts davon wissen, nur leben, leben.
Und dann wieder kam ein Brief von ihm – von Johnny – meist nur wenige Zeilen, ein kurzer, lockender Ruf. Der Anblick seiner Schrift allein trieb ihr das Blut zu heißen Wogen, und es litt sie nicht mehr in der sommergrünen Stille da droben. Beim dämmernden Morgen lief sie den Berg hinunter bis zu der kleinen Station. Dann stand sie plötzlich vor ihm in seinem Atelier und nächtelang lauschten sie nur der Stimme ihrer Sinne, die unaufhaltsam zusammenfluteten, das Leben jauchzte in ihr, bis es wieder in den einsamen Nächten da draußen aufschluchzte.

Im Juli kam Reinhard, und sie machten zusammen eine weite Fußwanderung nach Tirol hinein. Die Sommersonne leuchtete, und jeder Tag war eine lange strahlende Zeit. Ellen schien keine Ermüdung zu kennen, und so lachend heiter hatte er sie selbst in der alten Zeit nie gesehen, sie schien jeden Sonnenstrahl in sich aufzunehmen. Nur von Zukunftsplänen sprach sie nicht mehr, vom Malen, von ihrer Gesundheit, ging alledem förmlich aus dem Wege.
Es war nur ein Gedanke in ihr: diese wenigen Wochen noch mitsammen glücklich sein, – dann mußte alles zerbrechen. Und alles Glück, alles Frohe und Schöne, alle tiefste und letzte Freude, was andere während eines ganzen Lebens bedächtig in sich nehmen, Zug auf Zug, das sollte er jetzt auf einmal leeren und mit ihr. Sie hielt ihm den Becher an die Lippen und er trank und trank. Und wenn der Becher leer war, wollte sie ihm sagen: »Jetzt ist es vorbei!« Aber bis dieser Augenblick kam, sollte nichts die langen Sommertage trüben.

Hier und da blieben sie länger an einem Ort, der sie besonders anzog, und in diesen Ruhetagen kam es oft zu langen Gesprächen wie früher daheim, wenn Reinhard an seinem Schreibtisch saß und Ellen in der halbdunklen Ecke auf dem Diwan lag. Dann schien es ihm manchmal, als ob ihre Frohheit sich auf Augenblicke verdunkelte, und es durchfuhr ihn plötzlich: sollte nicht irgendeine geheime Angst hinter alledem stecken? Vielleicht fürchtete sie, wieder krank zu werden wie im letzten Winter, nicht arbeiten zu können – –

Und Ellen konnte dann so seltsam sein und seltsame Sachen reden, fast wie im Fieber.

»Wenn nun mit einemmal alles vorbei wäre, Reinhard – könntest du das ertragen?«

»Ertragen – ich weiß nicht. Aber was sollte denn vorbei sein? Solange wir uns haben, gehört uns das Leben, das hab' ich noch nie so gefühlt wie jetzt, und du auch, glaube ich.«

»Ja – aber wir wissen doch nie, was kommen kann. – Sieh mal, es gibt doch so etwas wie Schicksal, was die Menschen voneinanderreißen kann – gerade so, wie es uns beide zusammengeworfen hat. Wie kann man das wissen? – wenn nun einer von uns sich in jemand anderen verliebte. – Ob du es zum Beispiel begreifen würdest, wenn ich einmal etwas ganz Wahnsinniges täte – von dir ginge.«

»Warum sprichst du so sonderbar, Kind? Willst du mir etwa fortlaufen? Wenn du es tätest, müßte es doch einen Grund haben, und wenn deine Liebe aufhörte, würde ich dich niemals halten wollen.«

»Nein, so meinte ich es nicht – ich glaube, das, was zwischen uns beiden ist – wie ich dich liebe – gerade dich, das kann nie zu Ende sein, wenigstens könnte das nie einem anderen Menschen gehören. Aber anderes könnte vielleicht kommen – ich weiß doch nicht, ob du mich

ganz kennst. – Man fühlt doch manchmal Tiefen in sich, wo nie jemand anders hineinschauen kann, etwas Wildes, das vielleicht immer schlafen bleibt, aber es könnte auch einmal herauswollen und dazu treiben, alles, was schön und gut ist, zu zerstören – daß wir gerade das Unglück wollen – einfach müssen. Und würdest du das verstehen – bei mir? Wenn ich dir sagte, du mußt mich freilassen, weil ich in mein Unglück hineinrennen will?«
»Ellen, es ist mir beinah unheimlich, wenn du so redest – was soll das? Es sind Phantasien, kranke Gedanken! Ich glaube, gerade du bist so zum Glück geschaffen wie wenige, und um glücklich zu machen. Das kannst du nur selbst nicht fühlen – damals wolltest du es auch nicht glauben, und sind wir dann nicht doch glücklich gewesen, so ganz selten glücklich?«
»Ja, aber vielleicht könnte ich es auch einmal wollen, unglücklicher zu sein, wie alle andern.«
Sie sah ihn lange an, dann warf sie sich in seine Arme und atmete förmlich auf – es war ja noch Zeit, noch mußte es nicht sein.
»Ach, jetzt wollen wir nicht mehr von solchen Sachen reden, Reinhard.«

Noch eine letzte große Fußtour wollten sie machen und dann, ehe Reinhards Urlaub zu Ende ging, auf ein paar Tage zu seiner Mutter, die auch im Gebirge war.
Ellen fing an die Stunden und Tage zu zählen – noch siebenmal Morgen und Abend – bei jedem Schritt ging es jetzt neben ihr her – noch einen Tag, noch einen – noch war er jeden Morgen da, wenn sie aufwachte, und dann wanderten sie zusammen in die sonnenglühende Bergwelt hinein, übernachteten wieder in einem andern stillen Dorf.
Noch vier Tage – –. Eines Nachmittags stiegen sie über

einen Paß. Ellen machte einen ungeschickten Tritt und glitt ein paar Stufen hinunter – die Berge schwammen um sie her, drehten sich, sie fühlte einen heftigen, inneren Schmerz, dann sank sie in die Knie, und ihr wurde schwarz vor den Augen. Reinhard war gleich neben ihr und half ihr auf: »Was hast du denn, Ellen?«

»Ich weiß nicht«, sagte sie, »aber ich glaube, ich kann nicht weiter gehen.« Dann versuchte sie ein paar Schritte. »Nein, es geht schon wieder.«

Sie ruhten eine Weile aus und gingen dann weiter, durch Täler im Sonnenuntergang, auf Höhen hinauf und wieder hinunter. Ellen ging hinter Reinhard her, um ihn nicht sehen zu lassen, wie schwer es ihr wurde. Der Schmerz von vorhin kam immer wieder, nur im Kopf war ihr so seltsam leicht und klar – das andere war nur noch wie eine fremde, brennende Masse, die ihr folgen mußte, weil sie es wollte. Es lag eine Art Wollust darin, sich so Herr über seinen Körper zu fühlen. Sie wollte jetzt nicht krank werden, nicht zusammenbrechen – nur jetzt nicht –, dazu war später noch Zeit.

Spät abends, als es lange dunkel war, fanden sie endlich ein Nachtquartier in einem entlegenen Dorf. Ellen lag die ganze Nacht wach und hörte auf seine Atemzüge. Ihr schien, als ob bei dem langen Stilliegen alle Kraft sie verließe. Wenn sie nun nicht wieder aufstehen konnte? Wenn sie hier liegen bleiben mußte in dem niedrigen, moderigen Zimmer, – es nahm ihr den Atem, daran zu denken.

»Können wir nicht fahren?« fragte sie am Morgen.

»Es geht von hier aus keine Post, aber wir könnten ein paar Tage bleiben und uns ausruhen. Du sollst dich nicht überanstrengen, fühlst du dich krank? Vier Stunden müßten wir noch gehen bis zur Bahn und dann nach Bozen fahren.«

Er ging hinunter, um den Kaffee zu bestellen, und als er wiederkam, war Ellen schon bereit.
»Nein, wir wollen doch lieber gehen.«

Abends waren sie in Bozen und standen zusammen auf dem Balkon, der nach dem Hotelgarten hinausging. Unten lag ein großes Beet mit Monatsrosen. Reinhard und Ellen sahen hinaus in die Dämmerung und sprachen, plötzlich fuhren sie beide unwillkürlich zusammen.
Von der Seite, aus dem Gebüsch her, kam ein hinkender, verwachsener Mensch mit seltsam spitzigem Kopf – wie ein Gnom sah er aus – der sich scheu nach allen Seiten umblickte, dann rasch den Beeten zuschlüpfte und ein paar Blumen abriß. Dann war er wieder im Gebüsch verschwunden.
Reinhard und Ellen sahen sich an.
»Bist du erschrocken?«
»Was war das?« sagte sie. »Das war kein wirklicher Mensch, und was wollte er? – Er hat uns so angesehen.«
Reinhard lachte, um sie zu beruhigen, aber er hatte ebenso wie sie einen unerklärlichen Schauder gefühlt.
»Kannst du wieder nicht schlafen, Ellen?«
»Nein – wenn du nicht müde bist, komm noch etwas her und sprich mit mir.«
Er kam und setzte sich auf ihr Bett:
»Wenn sich doch etwas gegen diese Schlaflosigkeit tun ließe – was ist nur mit dir, Ellen?«
»Ja, es ist schon manchmal arg –, aber ich möchte doch nicht wieder mit den Schlafmitteln anfangen wie letzten Winter. – Und man denkt so viel dumme Sachen, wenn man immer so daliegt.«
»Woran dachtest du denn jetzt?«
»Ach, daß ich doch vielleicht krank bin, daran denke ich oft. – Und dann geht mir gerade heute eine Geschichte im

Kopf herum, die mir die Dalwendt erzählte, als wir zusammen auf dem Land waren – wir haben viel darüber gesprochen und ich möchte eigentlich wissen, wie du darüber denken würdest.«

»Was für eine Geschichte? – Dann erzähl' sie mir doch.«

Ellen lag im Dunkeln, er konnte ihr Gesicht nicht sehen, und sie erzählte ihm ihre Geschichte. Ihr ganzes Fühlen war in einer übermenschlichen Spannung – bei jedem Wort fürchtete sie laut aufzuschreien, aber ihre Stimme klang ganz ruhig und monoton. Reinhard hörte nachdenklich zu: »Liebte er sie denn nicht? – Ich meine der, von dem sie das Kind hatte?«

»Gott – er war wohl ein Mensch, der überhaupt nicht lieben konnte, viel zu zerspalten und zu zerfahren. Und sie sah einen großen Künstler in ihm, einen Menschen, wie er ihr nie wieder begegnen würde, der ihr unendlich viel gab. Vor allem dachte sie daran, daß er frei bleiben müßte, und dann wohl auch an das Kind – – aber das ist noch nicht alles. Den Mann, den sie heiratete, kannte sie eigentlich kaum – das ist wohl meistens so. – Wir haben uns doch auch erst nachher kennengelernt. – Als sie seine Frau wurde, war er ihr beinah gleichgültig und fremd, aber dann fing sie an, ihn zu lieben – anders wie den anderen –, vielleicht nicht so leidenschaftlich, aber viel tiefer. Sie war glücklich mit ihm, und er war sehr glücklich. – Das Kind kam nicht zum Leben –, ihr Mann war in der Zeit gerade verreist, und niemand erfuhr davon. – Zuletzt vergaß sie es selbst beinah, und es kam ihr vor, als ob alles nicht wahr gewesen wäre.«

Ellen meinte, er müßte ihr Herz klopfen hören, es schlug langsam und schwer. – Die Art wie sie erzählte, hatte für Reinhard etwas seltsam Erregendes. Ihm wurde immer beklommener zumut, vielleicht ging es wie eine ferne Ahnung durch seine Seele, von der er selbst nicht wußte.

»Dann sah sie den anderen wieder – zufällig – und da hatte er ein Kind mit irgendeinem Mädel – und nun fiel mit einemmal alles in sich zusammen, ihr war, als ob selbst ihre Schuld entwertet sei, die ihr immer wie eine Art Heiligtum vorgekommen war. Und auch was sie sonst in ihm gesehen hatte, war fort, alles Illusion, die in nichts zerrann. Wenigstens in dem Augenblick kam es ihr so vor – vielleicht war es auch ungerecht –, aber es tat ihr so entsetzlich weh, daß er ihr Kind nicht gewollt und nun ein anderes hatte.
Und dann fing sie ein neues Verhältnis an, das ihr gerade in den Weg kam. Und als sie das getan hatte, fühlte sie plötzlich, daß sie nun ihrem Mann alles sagen und sich von ihm trennen müßte.«

Bis tief in die Nacht sprachen sie noch darüber, es schien Ellen, als ob sie nie in ihrem Leben so hätte reden können – bis in die kleinste Einzelheit hinein zwang sie ihn förmlich mitzufühlen, was jene Frau durchlebt hatte. Er sollte alles verstehen, begreifen, daß es unentrinnbare Gewalten gab, die einen Menschen treiben konnten, so zu handeln und dabei doch so viel zu lieben. Und sie dachte nicht daran, daß die Erkenntnis, sie selbst sei es gewesen, alles Verstehen wieder hinwegschwemmen würde wie einen Strohhalm. Eine törichte Hoffnung dämmerte in ihr auf, daß vielleicht ein Wunder geschehen möchte, das unerhörte Wunder, daß einer, der liebt, dem anderen folgen könnte bis in seine dunkelsten weggewendeten Tiefen, und daß er ihr bleiben könnte, welche Wege sie auch ging.

Dann brach der letzte Tag an – die Sommerwärme lag glühend zwischen den Bergen –, Reinhard und Ellen gingen vormittags einen flimmernden, staubigen Weg, an dem roter Mohn blühte und kleine, wie aus Stein geschnittene grüne Eidechsen spielten. – Sie konnte ihn jetzt nicht länger darüber täuschen, daß sie leidend war, jeder Schritt wurde ihr schwer, und ihre Hände brannten. »Es braucht ja nichts Schlimmes zu sein«, sagte sie, »aber es ist doch vielleicht besser, wenn du jetzt allein zu deiner Mutter gehst, für die zwei Tage, und ich nach München fahre, um einen Arzt zu fragen.«

So wußten sie nun beide, daß es für lange Zeit das letzte Alleinsein war.

Lange saßen sie auf den weißen Steinen, die in der Sonne schimmerten.

»Aber war es nicht schön?« sagte Ellen. »Alle die Wochen jetzt – wie ein ganzes langes Leben voll Sommer. Sag mir, daß du noch nie so glücklich gewesen bist, Reinhard.«

»Noch nie«, sagte er, so von innen heraus, daß es ihr ins Herz schnitt. Namenlos traurig sah sie ihn an, und er fühlte plötzlich, daß ihr bange war zum Vergehen. Und dieser Blick kam noch ein paarmal wieder, während die Sommerstunden verrannen und Ellen wie im Fieber von Glück und Leben sprach. Und jedesmal fragte Reinhard wieder: »Was ist dir? – Sag mir doch, was dir ist.«

Als sie abends wieder auf dem Balkon standen, war es beklemmend schwül, und schwere Gewitterwolken hingen am Himmel.

»Da ist er wieder!«, und Ellen faßte unwillkürlich nach seiner Hand. Derselbe unheimliche Bucklige kam aus dem Gebüsch, sah sich nach allen Seiten um und zu ihnen hinauf, riß Blumen ab und verschwand.

Dann waren sie ins Zimmer zurückgegangen und saßen auf dem Sofa, die Tür stand offen und in der Ferne donnerte es.

Ihre Zeit war um.

»Reinhard, nun ist unser Sommer zu Ende – morgen geh' ich fort von dir.«

»Ja«, sagte er traurig, »aber vielleicht bleibt uns noch ein Tag, wenn du in München gewesen bist. Eigentlich wäre es mir lieber, selbst mitzufahren.«

»Nein, es bleibt uns kein Tag – ich gehe fort für immer.«

Ellen fühlte plötzlich, daß sie sich verwirrte, und wiederholte es noch ein paarmal, bis sie sein Gesicht dicht vor sich sah und seine Stimme hörte, die fast wie ein Schrei klang: »Was heißt das? Bist du wahnsinnig geworden?«

»Nein –, Reinhard –, aber es war meine eigene Geschichte, die ich dir gestern erzählte.«

Am nächsten Morgen war Ellen allein in der Bahn, bei glühender Sommerhitze und überfüllten Kupees. Wie sie dahin gekommen war, wußte sie selber kaum, nur daß sie einen endlosen Tag immer weiterfuhr und fremde Menschen wie in weiter Traumferne sprechen hörte. Sie fühlte nichts wie einen schweren Druck im Kopf und folternde Schmerzen, die bis zum Hals hinaufstiegen, wie glühende Nadelstiche. Dann und wann hielt der Zug, und sie schrak aus dem Halbbewußtsein empor, sah ein Stück Tageswirklichkeit vorübergleiten, und verwirrte Gedanken wollten durch die Betäubung brechen.

Dunkle Bilder der vergangenen Nacht zogen an ihr vorbei – schwere Donner rollten draußen im Finstern, durch die Glastür flammten Blitze und drinnen taumelten zwei Menschen durch Abgründe von Qual. – Reinhard stand vor ihr, schüttelte sie: »Besinn' dich doch, sag' mir, daß alles Wahnsinn ist.«

Waren sie nicht beide wahnsinnig geworden? Saßen sich mit irren Blicken gegenüber und redeten zerrüttete, unmenschliche Dinge? Und eine spukhafte, verzerrte Wirklichkeit um sie her? Sie hörte seine Stimme, die nur noch wie dumpfes Stöhnen klang, und ihre eigene in gebrochener Klanglosigkeit: »Nein, es ist wahr, Reinhard, es ist wahr, es ist alles wahr.«

Dann wieder lag sie im Lehnstuhl, er drüben auf dem Bett in betäubtem Schlaf – die Nacht war vorbei, und der Morgen brach durch die Scheiben –: ein blutiger, zerstörter Morgen. Sie versuchte sich aufzurichten, zu atmen – ihr Körper war wie in glühendes Eisen eingeschnürt.

Wieder hielt der Zug, Menschen kamen und gingen, für einen Augenblick zerrissen die tanzenden Gewebe vor ihren Augen – gegenüber war ein Platz frei geworden und Ellen versuchte, die Füße hinaufzulegen.

»Es geht nicht«, sagte sie ganz laut, und immer wieder schlug ihr Kopf gegen etwas an.

»Sind Sie krank?« sagte eine fremde Stimme. Sie sah sich um, da saßen zwei junge Mädchen und ein Mann – große, weiße Strohhüte flatterten wie Vögel. Jemand schob ihr ein Kissen unter den Kopf. Ellen schlief und wachte auf, schlief wieder ein, das Kissen verschob sich und wurde zurechtgerückt. Einmal fiel es ganz hinunter, sie schlug die Augen auf und fragte: »Ist es schon Abend – gibt es denn kein Wasser?« Dabei fühlte sie, wie ihre Zähne aufeinanderschlugen. Dann gab man ihr etwas zu trinken, aber es war nur Feuer, was sie hinunterschluckte.

»Sie haben ja Fieber«, sagte wieder die Stimme, oder waren es viele Stimmen, und eine Hand legte sich um ihre. Ellen fühlte, wie ihre Adern gegen die fremden, kühlen Finger hämmerten.

Endlich stand der Zug still – in München. Über dem Menschengewühl in der Halle strich kühle Nachtluft. Ellen wußte jetzt plötzlich wieder, wo sie war –, daß jede Bewegung ihr weh tat und der brennende Durst ihr die Sprache raubte. Ein fremder Herr sorgte für ihre Sachen und brachte sie die wenigen Schritte bis zum Hotel.

»Ich danke Ihnen«, sagte sie und fühlte, daß ihr Tränen übers Gesicht liefen.
Irgendwie kam sie dann die vielen Treppen hinauf in ein Zimmer und lag im Bett. Wieder war es Nacht, und sie wußte nicht, ob sie schlief oder wachte. Immer wieder kam derselbe Traum –, als ob sie von einer schwindelnden Höhe hinunterstürzte, ihre Glieder zerrissen und zerschellten, wollten sich wieder zusammenfügen und rieben sich gegeneinander wie mit lauter schmerzenden Stacheln. Dabei lag sie auf einer wogenden Masse, die sich hob und senkte –, im Kreise drehte. Das hörte nicht auf, begann immer wieder von neuem, bis alles in Fieberdelirien untersank.

Der Sommer ging zu Ende, und Ellen lag immer noch im Krankenhaus. Schwer und langsam gingen die Nächte hin, unter quälenden Vorstellungen, die sich immer wiederholten – eine unabsehbare Leiter mit hohen, schmalen Sprossen, die sie hinaufsteigen mußte, und bei der leisesten Bewegung wachten die zerrenden Schmerzen wieder auf und verscheuchten den Schlaf. Dann lag sie und sah nach der Tür, fühlte etwas wie Erleichterung, wenn sich von draußen ein Lichtschimmer nahte und die Schwester kam in ihrem friedlichen, weißen Schleier, das Nachtlicht in der Hand, und ihr wieder frisches Eis brachte. – Und so von Stunde zu Stunde, bis es Morgen war, dann wandte sie mühsam den Kopf nach dem Fenster und sah, wie es über Dächern und Bäumen allmählich heller wurde, lauschte auf jedes Geräusch im Hause, wie die Türen gingen, die Schwestern von der Messe die Treppe heraufkamen, alles wieder erwachte aus der tiefen Stille. Am späteren Vormittag kam der Arzt, manchmal brachte er noch andere mit, sie standen am Bett, stellten Fragen und redeten untereinander. – Dann war Ellen wieder allein, während die wechselnden Tagesstimmungen vorüberzogen da draußen, die Herbstsonne leuchtete oder Regenwolken tropften, hier und da zog auch noch ein verspätetes Gewitter herauf.

Nachdem die ersten, fieberheißen Tage vorüber waren, hatte sie immer wieder gefragt, wann sie wieder aufstehen könne, und wurde von Woche zu Woche vertröstet. Jetzt war schon lange nicht mehr die Rede davon, und Ellen fragte auch nicht mehr. Sie begann, sich an dies stille, weltferne Dasein zu gewöhnen, das ihr ein tiefes, langes Ausruhen brachte und einen milden Schleier über Leid und Freude legte.

Ihr schien jetzt, als läge schon eine unendlich lange Zeit zwischen dem Jetzt und jener Gewitternacht in Bozen – der Aufschrei war verhallt und nur noch ein mattes, sehnendes Weh zurückgeblieben. Noch einmal hatten sie und Reinhard sich wiedergesehen, er war an ihr Krankenlager gekommen, als er durch den Arzt erfuhr, daß sie wohl hoffnungslos daläge. Und als er sie dann so wiederfand, in einem engen, heißen Hotelzimmer, sie ihn aus starren, tiefliegenden Augen ansah und kaum erkannte, da schwieg sein eigner Schmerz und sein Groll. Er brachte sie ins Krankenhaus und blieb bei ihr, bis die erste Gefahr vorüber war, und selbst dann fand er keine harten Worte mehr. Sie hielten sich lange an der Hand zum Abschied –, es war nicht mehr Ellens Schuld, die sie voneinandergerissen hatte –, sie glaubten beide das Schicksal zu fühlen, das dunkel über ihrem Leben war, eine fremde, unerbittliche Macht, der sie Hand in Hand gegenüberstanden.

Oft gingen jetzt ihre Gedanken zu ihm hin; ihr Heim war für immer verloren, das wußte sie wohl, aber es war doch wie ein großes Geschenk, daß er so von ihr geschieden war ohne Haß und Zorn. Und wie ungeheuer mußte seine Liebe gewesen sein, daß er so bis in die letzten Tiefen zu verstehen mochte – und wie einsam lag der Weg jetzt vor ihr ohne ihn und alles, was er ihr gewesen war.

Aber es kamen auch Tage, wo sie daran dachte, wie jung sie noch war, und was noch alles vor ihr lag –, wo sich die Zukunft in goldene Fernen weitete – leben und schaffen. – Die Gesunden kamen zu ihr herauf in das stille, weiße Zimmer, die alten Freunde, und sprachen davon, wenn Ellen erst wieder mit ihnen arbeiten würde. Johnny brachte ihr Blumen, alle verwöhnten sie und wunderten sich im stillen, daß Ellen dies lange Krankenlager so ruhig ertrug. Sie wußte wohl selbst nicht, wie es um sie stand.

So war allmählich fast ein Vierteljahr dahingegangen, und sie war immer noch kaum imstande, sich aufzurichten; dann standen eines Vormittags wieder die Ärzte um ihr Bett –, sie gingen zur Beratung hinaus, und einer kam zurück, um mit ihr zu reden. Ellen drang selbst in ihn um volle Wahrheit. Ihr waren schon lange manche bange Ahnungen gekommen –, aber dann traf es sie doch wie ein Donnerschlag: nur, wenn sie sich einem schwierigen und gefährlichen Eingriff unterziehen wollte, so wäre auf Besserung zu hoffen. Gewißheit könne man ihr vorher nicht geben –, sie sollte sich alles wohl überlegen.

»Und sonst?« fragte Ellen.

Ja, sonst hätte sie wohl nur ein unabsehbares Siechtum zu erwarten – ein jahrelanges Krankendasein – vom Bett auf das Sofa und wieder zurück. Der Arzt sagte das alles so schonend wie möglich – er wußte manches von ihrem Leben und daß sie ganz alleinstand. Aber sie ahnte wohl, daß es noch nicht die volle Wahrheit war – in seinem Gesicht glaubte sie ihr Urteil zu lesen und etwas von dem Mitleid, das der Arzt nicht sehen lassen darf – Mitleid mit dem Verurteilten.

In dieser Nacht kämpfte sie einen harten Kampf.

Daß sie schwerkrank war, hatte sie wohl gewußt, und anfangs war auch manchmal der Gedanke an den Tod gekommen, an ein langsames Verlöschen bei halbem Bewußtsein. Aber mit dieser schreckenden Klarheit war er noch nie vor sie hingetreten – sie hatte sich ja nur mit Geduld in das lange Daliegen gefunden, weil sie immer wieder dachte, es müßte doch endlich der Tag kommen, wo sie wieder hinauskönnte ins Leben. Nein – nicht sterben, nur nicht sterben – sie hatte noch nicht entsagt, hatte noch wieder hinaustreiben wollen auf das ruhelose Meer von Hoffnungen und Möglichkeiten. Sie – Ellen Olestjerne – mit ihren dreiundzwanzig Jahren, die mehr vom Leben verlangte als viele andere, die noch so viel schaffen und gewinnen wollte –, und das sollte nun das Ende sein von allem. – Immer wieder sagte sie es laut vor sich hin: das soll nun das Ende sein. – Und doch war sterben noch nicht das Schlimmste –, wenn sie sich nicht entschließen konnte, den Kampf zu wagen, dann erwartete sie das andere: jahrelanges Siechtum, hatte er gesagt, das bloße Wort war schlimmer wie zehnfacher Tod – sich herumschleppen vom Bett zum Sofa, vielleicht auch einmal bis ans Fenster – mit den ewig bohrenden und zerrenden Schmerzen – nichts mehr tun, nichts mehr wollen können und dabei verfallen, häßlich werden, Falten bekommen, langsam zum Skelett werden, bis auch das zusammenbrach. – Der Gedanke schüttelte sie wie etwas Widersinniges, Wahnsinniges, Unfaßliches.

Was hatte sie nicht schon alles hingegeben in dem unbändigen Drang nach ihrem innersten Selbst, das so viel zum Opfer wollte – Heimat, Geschwister, selbst den Bruder, den sie so sehr liebte, denn der war schließlich auch von ihr gegangen zu den anderen – den Mann, dem ihre erste große Leidenschaft gehörte – sein Kind – Reinhard –

alles, alles von sich geworfen, ihr war, als ob sie immer nur über Leichen hinweggegangen sei –, um schließlich vor ihrer eigenen anzukommen, und daneben stand das Schicksal und grinste sie eisig an: Es ist noch nicht genug – jetzt nehme ich dir auch noch deine letzte Kraft, deinen jungen Körper, der noch blühen wollte, deine jungen Jahre, die noch heißes Verlangen trugen –, und schlage dich zum Krüppel. Ohnmächtig sollst du vor mir daliegen, und es war alles umsonst.
Und sie konnte nicht einmal aufspringen, um sich zu wehren oder zu fliehen. Was half es ihr, wenn sie die Fäuste zum Himmel ballte und ihrem Geschick fluchte? – Nein – kraftlos daliegen und warten, bis der Schlag sie traf oder an ihr vorbeiglitt. – Wie hatte sie nicht schon warten gelernt – auf Gesundheit und auf die Rückkehr zum Leben, aber auf den Tod warten, auf den wirklichen oder den anderen – den Tod bei lebendigem Leibe –, das war eine fürchterliche, verzehrende Geduld, die sie noch zu lernen hatte.

Als der Arzt am nächsten Morgen wiederkam, stand Ellens Entschluß fest, sie wollte nun alles so rasch wie möglich festgesetzt haben. Aber es hieß noch eine Reihe von Tagen warten und sich zur Ruhe zwingen.
Draußen war immer noch Sonnenschein und goldne Tage. Ellen meinte noch nie einen so lichten, strahlenden Herbst gesehen zu haben, es schien ihr fast wie eine gute Vorbedeutung, und mit der Entscheidung kam allmählich eine Art Zuversicht über sie. Manchmal lag sie lange da und betrachtete sich in ihrem Handspiegel – nein, sie sah noch nicht aus wie ein zerstörter Mensch. – Sonnenkind, so nannte Johnny sie – ja, sie hatte eigentlich immer noch ein Kindergesicht, nur etwas schmaler war es geworden, aber keine Leidenszüge.

Am letzten Tage kamen viele von ihren Bekannten mit dem verborgenen Gedanken, sie vielleicht zum letztenmal zu sehen, Schwester Maria fragte, ob sie nicht doch mit einem Geistlichen reden wollte – und dann Johnny – er legte ihr einen Haufen Rosen aufs Bett, seinen Kopf dazu, und Ellen glaubte zu sehen, daß er weinte.
»Aber Johnny«, sagte sie, «was habt ihr alle? – Tut, als ob ihr mich schon begraben wolltet, und ich denke ja gar nicht daran zu sterben.«
Jetzt, wo es so dicht vor ihr war, fand sie beinah etwas Festliches in der Gefahr und gewann ihre alte Fähigkeit wieder, über alles zu lachen.
Es war ein trüber, grauer Nachmittag, und die ersten Schneeflocken trieben gegen die Fenster, als Ellen aus langer Betäubung wieder erwachte – wie durch einen Nebel sah sie Gesichter um sich her, dann sank sie wieder in den Nebel zurück, und es kam eine lange, halb bewußtlose Nacht – neben ihr die Schwester – ihre weißen Schleier schwankten hin und her wie große Flügel – – noch mehr Tage und Nächte – ein Gewirr von neuen wühlenden Schmerzen, schreckhaften Träumen und sengendem Durst – ein dumpfes, willenloses Ringen gegen unerträgliche Pein und dann wieder Zurücksinken in die milde Morphiumbetäubung.
War das noch Leben oder war es schon Todeskampf?
Am ersten Morgen, wo sie wieder klar um sich sehen konnte, war ihr zumut, als sei sie schon weit fortgewesen, in dem dunklen Land, aus dem keiner mehr zurückkommt – und ein seltsames Gefühl von Erdenfremdheit durchzog sie, als ginge es sie nichts mehr an, ob sie wieder zu den Lebenden gehören sollte.

Dezember 93

Den ganzen Tag in alten Briefen gelesen und zuletzt in

meinem einstigen Münchener Tagebuch – bis dahin, wo es plötzlich abbricht . . . Seither habe ich nie wieder geschrieben, es taumelte alles zu überstürzend rasch an mir vorbei und über mich weg, von einer Katastrophe zur andern, bis zu der langen Ruhezeit im Krankenhaus.

Danach kann ich mich oft noch zurücksehnen – mein Gott, es war nicht leicht, von der stillen Zeit Abschied zu nehmen und so mit halben Kräften wieder hinaus – sich am Stock herumschleppen wie ein Krüppel. Und wo mich Bekannte sehen, dies Erstaunen – man hat ja immer nur gehört: mit der ist's aus. Es kommt mir beinahe vor, als wären sie enttäuscht, wenn einer wieder aufersteht von den Toten. – Und diese endlosen Fragen, warum ich immer noch hier bin, nicht bei meinem Mann. – Das weht einen so kalt und feindlich an, man möchte seine Habe auf den Rücken nehmen und davongehen – Gott weiß wohin. – Aber ich hätte es mir vorhersagen können. – Und wenn ich so dasitze und meine Umgebung ansehe, in der ich jetzt lebe – dies kleine, enge Atelier mit dem Feldbett und dem großen Tisch, weiter ist fast nichts darin –, da kommen so allerhand Gedanken. – Ja, ich bin jetzt nicht mehr die verwöhnte junge Frau, der man jeden Wunsch an den Augen abliest –, und auch nicht mehr die unverwüstliche Ellen früherer Tage, der die größte Misere am lustigsten schien. Der schwerste Kampf wird jetzt erst beginnen, wo ich ihm eigentlich nicht mehr gewachsen und schon recht kampfmüde bin.

Da steht der Stock neben mir – der Stab Wehe – mein guter Doktor versichert mir, daß ich mit der Zeit wieder würde gehen können wie andere Menschen, aber dann redet er auch von Schonung und Pflege und ist entsetzt, wenn er hier heraufkommt: »Kann denn niemand etwas für Sie tun?« – Aber das kann ich ihm nicht auseinandersetzen – – Reinhard tut immer noch für mich, was er kann, aber die Krankenzeit hat mehr verschlungen, wie ich ihm sagen möchte, und noch Schulden von früher her. – Es kommt eine ziemliche Misere dabei heraus. Nur gut, daß wir immer zwei sind, die Dalwendt ist jetzt auch ganz auf sich selbst angewiesen, und wir teilen gute und schlechte Tage wie früher.

Alles in allem bin ich ja gerade dahin gelangt, wo ich wollte, mein Leben gehört nur noch mir, ich kann daraus machen, was ich will. Ich bin auch noch jung genug – wie viele fangen in meinem Alter erst an hinauszukommen.

Wenn ich daran denke, wie ich mich in ganz jungen Jahren fürchtete, ich möchte nicht genug erleben! – Jetzt liegt viel hinter mir in den kurzen Jahren.

Die alten Briefe haben mich heute ganz wehmütig gemacht – Detlev, Friedl und all die andern. – Wir waren ja noch halbe Kinder damals, in unserer Begeisterung und unserem Pathos, fühlten uns als die Vorkämpfer einer neuen Zeit – jeden Augenblick wären wir bereit gewesen, uns dafür zu opfern.

Ich weiß wenig davon, was aus ihnen allen geworden ist und wie weit sie dem Damals »treugeblieben« sind. – Aber wer mag so dafür geblutet haben wie ich? – Ja, »der letzte Mut zu sich selbst« – ein blutiger Weg, der dahin führt –, der die Füße wund und müde macht.

Und manchmal möchten Heimweh und Sehnsucht rufen: Komm zurück! – Als ich anfing, mich zu erholen, den ganzen Tag im Lehnstuhl am Fenster saß und daran dachte, wie Reinhard jetzt einsam ist und sich vielleicht noch nach mir sehnt –, da haben sie oft nach mir gerufen – –

Aber dann der erste Besuch bei Johnny –, er trug mich die Treppe hinauf, die ich so lange nicht mehr gegangen war –, und da droben, wo alles an unsere wilden Stunden erinnerte –, da fühlte ich wieder den heißen Hauch der

Stürme, die draußen wehen, wo man frei ist. Die am warmen Kamin sitzen, wissen nichts davon – nur wir, die auf der Landstraße gehen.

Januar 94

Endlich kann ich wieder etwas an die Arbeit, und der Stab Wehe ist verbannt.
Allmählich fangen nun die Erfahrungen an, die man mir früher so oft weissagte –, daß wir nie ungestraft vom geraden Wege abweichen dürfen. – Ich wollte in unsere frühere Malschule eintreten, aber man hat etwas von Ehescheidung gehört und erhebt Bedenken. – So bin ich denn in eine andere gegangen, wo es nicht so strenge genommen wird.
Und das andere ist dem gleich. – Bei meinem ersten Münchener Aufenthalt verkehrte ich noch in einigen Familien – trotzdem ich damals doch ein ziemlich extravagantes Leben führte, aber man wußte nicht, wie weit es in Wahrheit ging, und vor allem wußte man, daß ein geachteter Mann in sicherer Stellung mich heiraten wollte. – Eine Mittelsperson macht mich jetzt schonend darauf aufmerksam, daß man an mir irre geworden sei – aus dem, was sie sagt, fühle ich wohl heraus, daß ein offenes Bekenntnis vielleicht alles wieder gutmacht – man könnte ja vielleicht eingreifen, helfen – *tout comprendre et tout pardonner* – man weiß ja nichts Genaues.
Aber ich danke schön – ich suche niemand mehr auf, der nicht zu mir kommt. Es wacht etwas von dem alten Ibsenklubgeist in mir auf. Wenn mir etwa Steine in die Fenster fliegen sollten, so werde ich sie mit Vergnügen aufsammeln und für meine Kinder aufheben. – Ich habe eine stille Freude dabei, all diesen guten Leuten in Gedanken die Tür recht weit aufzumachen.

2. Februar

Diesen Winter hat sich eine etwas merkwürdige Freundschaft angeknüpft – ich war abends bei strömendem Regen in der Stadt, wollte beim Marienplatz in den letzten Fiaker steigen. Als ich ankam, stand schon jemand daneben, will mir aber aus Höflichkeit den Wagen überlassen, hält sogar seinen Regenschirm über mich. Mir machte das so tiefen Eindruck, daß ich sagte, er könne ja mitfahren, wenn wir denselben Weg hätten. Das Ende war, daß wir dreimal zwischen dem Hoftheater und dem letzten Stück der Theresienstraße hin- und herfuhren und uns noch nicht darüber geeinigt hatten, wer wir eigentlich wären. Dann trafen wir uns am Weihnachtsabend wieder auf der Straße, hatten beide nichts anderes vor und feierten ihn zusammen in einer Weinstube, gerieten so tief in ein Gespräch über Boheme, Gesellschaft, guten Ton und Etikette, daß wir eine Stunde vor meiner Haustür standen und ich ihn schließlich zu einem Kaffee bei mir einlud. So ähnlich hat sich unser Verkehr dann weitergesponnen, er kommt oft abends zu mir herauf, und wir schwätzen die halbe Nacht durch – trotz allem guten Ton, an dem wir übrigens aufs strengste festhalten. Denn unser Benehmen ist tadellos korrekt in Gedanken, Worten und Werken, man könnte es eigentlich nicht einmal Freundschaft nennen, wir verkehren nur wie zwei liebenswerte Eisblöcke, die irgendwelchen Gefallen aneinander finden. Bel-ami – den Namen hat er bekommen, wie ich seinen wirklichen noch nicht wußte – gehört der sehr guten Gesellschaft an – ist immer sehr elegant und scheint ein ziemlich unruhiges Leben zu führen. – Jetzt im Karneval, kommt er einmal im Frack, einmal in irgendeiner Maske zwischen zwei Festlichkeiten bei mir angestürzt, um sich auszuruhen. Wir suchen erst lange nach einem geeigneten Platz für seinen Zylinder, dann sitze ich auf dem Bett, er

auf dem einzigen Klappstuhl und erzählt mir seine Erlebnisse. Einmal schlief er dabei im Stuhl ein – und entschuldigte sich wenigstens drei Stunden lang. Ich versicherte ihn meiner Nachsicht, und so ist es allmählich Brauch geworden, daß er bei mir seine nächtliche Siesta hält.
Ach, dieser Karneval! Wenn ich Bel-amis Schlaf bewache oder Johnny zu irgendeinem Fest schminken und kostümieren helfe, da wird es mir doch manchmal arg schwer, immer zu Hause zu bleiben – aber dies Jahr darf ich nicht tanzen – wer weiß, ob später.

März

Nun ist bald Frühjahr – und dann geht Johnny fort – vielleicht auf Jahre. Aber wir sind beide sehr tapfer und machen uns keine Abschiedsschmerzen. – Eigentlich sind wir überhaupt sehr weise, nehmen das Leben nun von der Sonnenseite, soweit es uns zusammen angeht. Wir wissen wohl, was der andre an trüben und schweren Sachen zu tragen hat; aber das behält jeder für sich. Es gibt keine abgründigen Gespräche zwischen uns über Seelenzustände und dergleichen, aber auch keine Verstimmungen und keine Szenen. Der Tag gehört jedem allein und der Tagesordnung, die man nie miteinander teilen sollte. – Wir kennen eben alle Weisheiten.
Und Eifersucht, ich glaube, davon wissen wir auch nichts. Oder doch – ich fühlte so etwas, weil er ein Kind hat. Sonntags kommt die Mutter manchmal damit, um es ihm zu zeigen – einmal auch, wie ich da war. Und dabei wurde mir ganz weh – man hat mir gesagt, daß ich wohl nie eins haben werde. Und wenn ich dann solche kleine Wesen sehe, schmerzt mich das Gefühl, daß es eine Sehnsucht gibt, die mir nie erfüllt werden kann.
Aber Johnny hat mich furchtbar ausgelacht, als ich ihn bat, er sollte es mir schenken.

August

Lange, lange nichts aufgeschrieben – daran kann ich selbst immer messen, ob mein Leben still und einsam gewesen ist, oder ob es mich mitgerissen und durchgeschüttelt hat.

Ich bin viel gesünder, seit ich draußen auf dem Lande bin, male den ganzen Tag. – Und doch denke ich immer wieder, daß ich nicht lange leben werde –, daß es mich doch wieder hinwerfen könnte und ich mich eilen müßte. Dann kommt ein förmliches Fieber über mich, ich möchte in jeden Tag hineindrängen, was er nur fassen kann, an heißer Arbeit und heißem Leben.

Wenn ich mein Tagebuch lese – das klingt alles so, als ob ich immer in tiefer Melancholie herumginge und der dunkle Hintergrund nie ganz wiche. Und dabei gibt es keinen Menschen, der so viel lacht wie ich – niemand glaubt, daß ich auch nur einen Tag ernst oder traurig sein könnte, oder daß mir irgend etwas tief geht. Ich begreife es ja auch selbst manchmal nicht völlig, daß ich immer noch ganz dieselbe bin. Aber immer noch könnte ich für einen Moment der Freude meine ewige Seligkeit verkaufen. – Ich könnte es nicht nur, ich tue es auch.

Seit Johnny fortging, ist es fast wie das Leben im herumziehenden Zigeunerwagen, das ich mir als Kind träumte – von einem Ort zum andern und über dem Hier das Dort vergessen. Nur immer weiter, nicht rückwärts sehen und nicht vorwärts, den Zufall als Gott anbeten und ihm opfern.

Ich denke oft daran, wie ich als Kind war. Ich dachte mir immer, mein Leben müßte etwas ganz Besonderes werden, und später auch noch: Ungeheure Dinge leisten, in der Kunst, in allen möglichen Verwegenheiten, am liebsten hätte ich auch Seiltanzen und Akrobatenkünste gelernt, überhaupt alles können, alles beherrschen.

Und vielleicht wäre ja auch allerhand daraus geworden, wenn sich nicht von Anfang an alles dagegen gestemmt hätte. Zu Hause – ich kann meine Eltern doch heute noch nicht recht begreifen –; Eltern sollen doch froh sein, wenn ihre Kinder viel wollen, und sie sind immer nur entsetzt. Ich habe wohl kein Wort so gehaßt wie das: Es geht nicht. – Es ist das unwahrste Wort, das es gibt. Und später, ja, hätte der liebe Gott mir nicht dies Kranksein geschickt, mir wieder eine Kette an den Fuß gehängt – –, denn darüber gibt's wohl keine Täuschung: Ein ganz gesunder Mensch werde ich nie wieder, wenn ich auch nach außen hin so tue und so lebe.
Und das ist doch das einzige, wirkliche Unglück, das einen treffen kann. Aber ich habe immer noch nicht gelernt zu sagen: Es geht nicht.

September

Zwischendurch ein paar Tage in der Stadt. Ein Abend mit Bel-ami. Der ist wie ein Anker in der Brandung, er weiß wohl ungefähr, wie ich lebe, aber wir reden nicht davon. Wir zwei verlieben uns nicht ineinander, auch nicht vorübergehend, kommen uns auch freundschaftlich nicht näher, es liegt eine weite Ferne zwischen uns, und die geringste Übertretung würde alles zunichtemachen.
Er schlief wieder ein auf seinem gebrechlichen Lehnstuhl. Es wurde immer später, und ich versuchte ein paarmal, ihn aufzuwecken. Es ist etwas Eigenes, jemand schlafen zu sehen – bei diesem ist's, als ob der wirkliche Mensch dann erst zum Vorschein käme, seine Züge bekommen etwas Zerwühltes, Gequältes, er sieht aus, als ob er nie jung und froh gewesen wäre.
Ich weiß wenig von seinem Leben, aber ich denke manchmal, daß er ebenso ruhelos ist wie ich, sein Gesicht sagt es, wenn er schläft. Vielleicht hält uns das zusam-

men –, obgleich wir es uns niemals eingestehen würden. Schließlich werde ich auch müde, lege mich aufs Bett. Dann und wann wache ich auf und sehe mich um: dieser elende Raum ohne alle Behaglichkeit – der große, wüste Tisch, auf dem all meine Sachen liegen, weil ich keine Schubladen habe – die Lampe mit dem zerrissenen, hellgrünen Schirm – aber doch liebe ich das Ganze, und es hat einen gewissen Zauber. Und drüben im Lehnstuhl schläft der ferne, fremde Mann.

Beim Einschlafen geht mir durch den Sinn, wie schön doch diese unsere stillen Stunden sind –, daß ein Mensch zu mir kommt, um auszuruhen, und all das Schweigen zwischen uns beiden Ruhelosen.

Erst am hellen Sommermorgen wachen wir auf, die Lampe brennt immer noch. Ich mache Kaffee, und nun kommt erst die Plauderstunde. Dann begleite ich ihn durch den Englischen Garten, er hat einen weißen Tenisanzug an und ich ein weißes Kleid – draußen ist alles so morgenfrisch und schön.

November

Nun wieder zurück von den Sommerfahrten, und der Herbst macht melancholisch. München verödet immer mehr; dieses Jahr sind viele gegangen. Johnny, die Dalwendt – der Zarekkreis hat sich nach und nach aufgelöst, es ist nicht mehr das abenteuerliche Traumland von früher.

Ich komme im Café mit allerhand Leuten zusammen, Malern, Literaten usw., aber es ist eine ganz andere Sorte Menschen. Es scheint mir beinah, als ob inzwischen eine andere Zeit und eine andere Generation gekommen wäre. Es ist kein Sturm mehr darin, und all das Neue ist eben doch nicht gekommen. Diese Kaffeehausmodernen sind schon so mit allem fertig, was wir damals andächtig anbeteten, als ob man nun keine Andacht mehr brauchte, weil man die Kinderschuhe ausgetreten hat. Und im Grunde haben sie dafür nur Pantoffeln angezogen und bewundern nur mehr sich gegenseitig. Oh, diese vielen ernsten Gespräche, was der eine als Künstler will und wie der andere das Leben anfaßt usw.

Ich bin doch, weiß Gott, noch nicht so alt, daß mir alles in der Erinnerung anders aussieht, aber diese Leute scheinen mir so abgelebt und greisenhaft gegen die, mit denen ich jung war, sogar auch gegen unsere Zarekboheme vor drei Jahren. Sie wollen auch nicht mehr Boheme sein, jeder hat seinen schwarzen Rock und geht auf *jours*, um über Kunst und Kultur zu reden. Man soll es doch nicht ganz mit der Gesellschaft verderben, denn sie hat die Übermacht behalten, und es ist gescheiter, sich eine Tür offen zu halten. Ach, wie hätten wir den totgelacht, der auf einen *jour* gegangen wäre.

Neujahrsabend

Wenn doch Bel-ami noch käme, um mir die schwarzen Gedanken etwas zu vertreiben, und wenn er nur ganz ruhig dasäße und kein Wort sagte.

Aber es ist alles still, und ich bin allein. Seit Tagen schon nicht mehr ausgegangen, es hilft nichts, gegen diese Kraftlosigkeit und Erschöpfung anzukämpfen, es hilft nichts, daß ich mich nicht ergeben will.

Warum man wohl an solchen Tagen immer so sehr zu Betrachtungen aufgelegt ist –, aber es scheint eine alte Gewohnheit, die schwer loszuwerden ist. Immer wieder muß ich an Reinhard denken, vor zwei Jahren waren wir an dem Abend noch zusammen –, und weiter zurück – zu Hause – die Geschwister. – Vielleicht denken sie manchmal noch an mich, wie an jemand, der lange gestorben ist. Und ich sitze hier, halbkrank, in dem elenden Raum, wo das Schneewasser durch die Scheiben läuft, und wo alles zu sagen scheint: Was führst du für ein Dasein! Und ich bin noch jung – aber alles, was ich hoffen und wünschen könnte, ist untergraben durch diese elende Kraftlosigkeit. Es hat längst zwölf geschlagen, lärmende Menschen kommen unten in der Straße vorbei, dann ist es wieder ruhig. – Mir ist, als ob mein eigenes Leben mir hier in der Totenstille gegenübersäße – so haben wir beide schon oft Zwiegespräche gehalten, mit bangen schweren Fragen. Wenn ich an die eine Hoffnung glauben könnte, die ganz leise und ganz ferne aufdämmern will, aber ich habe nicht den Mut dazu –, als ob sie dann zerrinnen müßte wie alles andere, wenn ich nur den Blick nach ihr wende oder nur eine Hand rühre.

Mitte Januar

Nun schon seit Wochen so hinliegen. – Wollte ich mir meine ganze Verzweiflung eingestehen!
Wozu immer wieder sich aufraffen, wenn doch alles umsonst ist. Als ob ein Gespenst mich vor meinen eigenen Augen hinwürgte – ich kann nicht leben und nicht sterben.
Heute habe ich mir mit vieler Mühe den Lehnstuhl ans Fenster geschleppt – es ist ein wahres Ereignis, einmal den Platz zu verändern, in den Hof hinauszusehen, wo ein paar Knechte Holz hacken und der Schnee von den Dächern rinnt. Alles trüb und grau, weiche, drückende Vorfrühlingsluft, über dem Kohlenschuppen graugelbe Häuserwände – so einer von den Tagen, wo man sehnsüchtig von Luft und Licht träumen möchte wie ein Gefangener. Ja, was ist das für ein Dasein, wenn man krank ist – morgens liege ich lange im Bett, nur um nicht in den Tag hinein zu müssen. Dann mit dem Hammer dreimal an die Wand klopfen, bis der alte Hausmeister

kommt, um Feuer zu machen. Er läßt die Tür offen, und sie knarrt, daß ich weinen möchte, dann fliegen die Späne durchs Atelier, und dabei unterhalten wir uns über das Elend im Leben – drüben liegt seine Frau schon seit Monaten krank. Die beiden Alten sind wie eine Art Familie für mich. Dann bringt er mir den Kaffee, der auf meinem schwarzen Koffer serviert wird, weil kein anderer Platz da ist. Ich stehe allmählich auf, alles ist in Unordnung, nichts da, was ich brauche.
Mein roter Schlafrock ist mein einziger Trost, der sieht wenigstens aus, als ob man bessere Tage gekannt hätte, wenn ich die alte Frau drüben besuche, findet sie mich sehr schön.

15. Februar

Heute kommt mein Doktor wieder – sieht mich sehr ernst an.
Ich habe doch recht gehabt –, die Hoffnung, an die ich nicht zu glauben wagte – – Ein Kind, mir ein Kind –, am liebsten wäre ich ihm um den Hals gefallen. – Das war die erste frohe Stunde seit langer Zeit, und ich kann es immer noch nicht begreifen.

März

Und nun sind mir alle Stunden froh – der lange Tag und die lange Nacht; ich möchte immer nur daliegen und auf die leise, ferne Stimme horchen, die mir von einer namenlosen Sehnsucht und einem namenlosen Jubel redet.
Und die Mattigkeit, die Ohnmachten, das stundenlange Augenflimmern morgens beim Aufstehen – all diese fast unerträglichen Gefühle, die ich früher schon einmal gekannt habe, jetzt erkenne ich sie mit Freuden wieder. – Es ist nicht mehr das Gespenst der Krankheit, vor dem ich mich so entsetzlich fürchtete – jetzt ist es der Ruf zum

Leben. Ich bin wohl ungeduldig, daß bessere Tage kommen, aber sie müssen ja bald kommen.

30. März

Wie oft denke ich jetzt zurück – an Henryk. – Ich begreife es nicht mehr, daß ich mich damals so in Angst und Verzweiflung hineinjagen ließ. Ich war selbst ein hilfloses Kind, es schlug mir alles über dem Kopf zusammen. Nach außen hin ist meine Lage vielleicht noch schlimmer – ich weiß keine Hand, die sich mir bietet, nach der ich greifen könnte. Ich weiß nur, daß ich Mutter werden und daß mein Kind mir ganz allein gehören soll. Es ist ein seltsames Gefühl, wenn der Körper sich so verändert – etwas schwermütig und süß Geheimnisvolles und wie Andacht, wenn man fühlt, wie das kleine Leben sich von Tag zu Tag deutlicher regt – ich möchte nur darauf lauschen dürfen – nichts mehr tun, nichts mehr denken.

31. März

Ich lebe wieder mein gewohntes Leben, die Kräfte kommen wieder, aber damit auch eine körperliche Verzagtheit und Ratlosigkeit, über die ich schwer Herr werden kann. Ein unaufhörliches Hin- und Herdenken: Was soll ich nun tun?

Es dauert nicht lange mehr, so weiß es alle Welt, die Leute im Hause, in den Läden, wo ich täglich einkaufe, an denen ich vorübergehe, alle werden mich anstarren, mein Geheimnis herumzerren.

Mein Gott, bin ich feige –, aber ich möchte nur fort von hier, weit fort, wo mich niemand kennt.

Dabei der ewige Kampf mit der äußeren Not, mit den Schulden, die sich immer höher türmen. Der Hausbesitzer will mich vor die Tür setzen, denn die Miete steht seit einem Vierteljahr aus. Alle paar Tage kommt er herüber, in der Soutane und mit seinem Rosenkranz, denn er ist Priester. Auf meiner Staffelei steht ein angefangenes Porträt vom letzten Winter; ich vertröste alle, die um Geld kommen, darauf, daß ich für das Bild sehr viel bekommen werde. – – So geht es von Tag zu Tag.

Inzwischen hat sich auch wieder ein kleiner Kreis von Bekannten gesammelt, denen es ähnlich geht – Ateliernachbarn und andere. Wir haben einen gemeinsamen Mittagstisch bei mir, sie kommen zu allen Tageszeiten, machen Musik und Lärm und versuchen mich aufzuheitern, wenn ich traurig bin.

Und abends Bel-ami – ich habe es ihm gesagt. Er sieht sich in meinem Atelier um: »Ja, um Gottes willen, was wollen Sie denn mit einem Kind anfangen?« Dann redet er davon, daß es meine Lage nach allen Seiten hin erschweren würde, und daß es doch eigentlich ein Verstoß gegen den guten Ton sei.

Er hat sich so viel Mühe gegeben, mich etwas zu erziehen. Ich lache wohl, aber mir ist das Herz so voll, daß ich kein Wort herausbringe von allem, was ich sagen wollte.

2. April

An Reinhard geschrieben – ich konnte es nicht lassen. Bis vor einem halben Jahr haben wir immer noch Briefe gewechselt – jetzt schweigt er schon lange.

Aber es war wie ein vermessener Glaube in mir, daß er vielleicht jetzt wieder mein Freund sein könnte, mir selbst kommt die ganze Welt so verwandelt vor – in einem ganz neuen, weicheren Licht.

Er hat kalt und hart geantwortet; daß ich doch jetzt bedenken möchte, was ich mir und meinem Kinde schuldig wäre den Vater zu heiraten.

Mein Kind hat keinen Vater, es soll nur mein sein. Ich habe es selbst so gewollt – er ist schon lange fort, und ich

würde ihn nicht zurückrufen, selbst wenn ich wüßte, wohin er gegangen ist. Dieser Mann gehört nicht zu meinem Schicksal.
Aber der Brief von Reinhard läßt mir keine Ruhe – ich muß ihn noch einmal sehen, mit ihm sprechen, alles in mir schreit danach. Kein anderer Mensch hat so tief zu mir gehört und so tief in mich hineingesehen – keiner mich auch wohl so geliebt. – Ich will ja nicht seine Liebe wiedergewinnen, nur ihn noch einmal sehen und dann meiner Wege gehen. – Ich weiß ja, daß ich vielleicht sterben muß, wenn das Kind kommt – die Ärzte haben mir früher oft gesagt, daß ich mich der Gefahr nicht aussetzen sollte.

10. April

Gestern abend zurückgekommen. – Wo war meine Besinnung, daß ich hinfuhr und nur daran dachte: morgen sehe ich ihn wieder und fühle noch einmal seine milde gute Hand.
Und dann sein Telegramm: Wiedersehen ausgeschlossen. – Es ist wie eine ewige Wiederholung, die durch mein Leben geht. – Meine Mutter, die mir sagen ließ: Du gehörst nicht mehr hierher –; dann Henryk –, aber der gab mir wenigstens noch die Hand. Und nun auch Reinhard, der mich geliebt haben will. – Das ist also immer das letzte, was Liebe geben kann! – Sie wissen alle nicht, was Liebe ist – sind alle hart.
Es war Sonntagmorgen und alle Glocken läuteten, ich wußte nicht wohin, um allein zu sein, und bin in eine von den großen Kirchen gegangen. Und da habe ich lange hinter einem Pfeiler gesessen und daran gedacht, daß wir beide ganz allein auf der Welt sind – ich und mein Kind. Wenn es wüßte, wie viel Liebe seiner wartet, mir war beinah, als ob ich laut zu ihm sprechen müßte.

15. April

Jetzt gilt es vor allem Arbeit suchen, mit der ich etwas verdienen kann – es hat sich auch allerhand gefunden – Schreibereien, eine Arbeit, die mir im Grunde nicht liegt und mich nicht freut. Aber was soll man machen?
Die Reise hat für diesen Monat alles verschlungen – ich habe nur noch eine Matratze zum Schlafen – alles andere ist ins Leihhaus gewandert.

25. – –

Niemand weiß, wo ich bin. Ganz heimlich bin ich fortgegangen, ohne Abschied. – Nur Bel-ami war den letzten Abend noch da, wir saßen bis spät in die Nacht in dem leeren Atelier auf zwei Koffern. – Ob er etwas davon fühlte, wie bange und traurig mir war?
Und am nächsten Morgen fort, ganz allein. – Nur die alte Hausmeisterin weinte – ja, nun hätte sie niemand mehr.
Ich sehnte mich so danach, ganz allein zu sein, aber nun weiß ich die Einsamkeit nicht zu ertragen – von einem Ort bin ich zum andern gefahren, überall kam es mir unerträglich vor, auch nur einen Tag zu bleiben – immer neue, fremde Gesichter, die mir von feindlicher Neugier erfüllt schienen, mich bis in die Träume hinein verfolgten.
Ich will ruhig sein und nur an mein Kind denken. Aber das Heimweh reißt an mir, Heimweh nach jedem Stückchen Heimat, das ich jemals besessen habe – selbst nach meinem öden Atelier in München. Nur nach einem Fleck auf der Welt sehne ich mich, wo ich mich still und müde hinlegen könnte und nur ein Mensch um mich wäre, der mir ein gutes Wort sagt. Mir ist, als hätte ich die letzte Stätte verloren, keinen Boden mehr unter den Füßen – ganz allein auf öder Landstraße, mit dem ungeborenen Leben unter meinem Herzen. Und wir beide allen Stür-

men überlassen – wohin werden wir treiben – wohin geht unsere Straße?

In einem kleinen abgelegenen Wirtshaus unten am See habe ich mich niedergelassen und gleich angefangen zu arbeiten, um die Gedanken niederzuzwingen. Dazwischen weite Gänge ins Land hinein oder den See entlang. Es hilft alles nichts – ich weiß nicht, warum diese rastlose, drängende Schwermut sich immer dunkler auf mich herabsenkt –, als ob alles Leid und Weh, das man jemals erlitten hat und noch erleiden kann, alle Schmerzen, die mir getan wurden, und die ich anderen tat, – jedes unerfüllte und unerfüllbare Sehnen –, als ob jede wehe Erinnerung und jeder ferne Klang sich zusammenballte zu einer unentwirrbaren, unerträglichen Qual, die keinen Lichtstrahl mehr durchläßt. – Warum es immer finsterer wird in mir, warum ich aufschreien möchte, wenn die Sonne scheint und der Frühling um mich her leuchtet?

Der Sturm der letzten Tage hat nachgelassen; ich ging am See hin gegen Abend, und es kam wieder eine etwas mildere Stimmung über mich. Alles war so still: auf der einen Seite das weite, dämmernde Land mit seinen weißen Obstbäumen und zur andern die blauen, verschwimmenden Ufer. Und doch immer wieder die Gedanken, die nicht weichen wollen –: wenn nun auch das Kind mir wieder genommen würde, oder ich selbst sterben müßte und es zurücklassen. Wäre es denn nicht besser, jetzt noch freiwillig hinabzugehen und es mit mir zu nehmen?

Manchmal ist mir, als ob ich hellsehend wäre und wüßte, daß es so kommen muß. Und wie eine Melodie, die mich nicht losläßt, klingt es in mir bei jedem Schritt: nur sterben, nur sterben. Ich horche in ewiger Todesangst darauf, ob das Kind sich regt in mir, und wenn ich es nur eine Stunde lang nicht fühle, dann glaube ich, nun ist alles vorbei und wir sind beide verloren.

Sonntagnachmittag

Der Anblick von Menschen macht mich krank, und heute kommen sie scharenweise hier heraus. Mir wird dann, als ob ich von Gefahren umringt wäre, mich verteidigen müßte, wenn ich nur ein fremdes Gesicht sehe.

So habe ich mich in mein Zimmer geflüchtet – am offenen Fenster mit dem weiten Blick in sommerliches Grün. Ich sehe auf den langen, gewundenen Weg zwischen den Bäumen und denke daran –, wenn jetzt auf diesem Weg jemand zu mir herkäme und mich aus meiner einsamen Angst erlöste.

Gegen Abend das Boot losgemacht und weit auf den See hinausgefahren, jetzt wieder oben – der Sonntagslärm schallt zu mir herauf, und da draußen die blütenweiße Sommernacht. Wenn man nur schlafen könnte, eine einzige Nacht ruhig schlafen.

So kann es nicht weitergehen, oder ich treibe dem Wahnsinn zu – ich weiß es, fühle es, wie er mich immer mehr umfängt. Nur selten kommt eine klare Stunde wie jetzt, wo ich mir sage, daß das alles krankhaft ist – körperlich. Aber wenn ich es mir Tag und Nacht vorsagen wollte, es hilft nichts, es ist da, weicht nicht von mir. – Den ganzen Tag stehen mir die Augen voller Tränen, und meine Stimme versagt bei den gleichgültigsten Worten.

Ich kann nicht mehr auf den See fahren, nicht mehr ans Ufer gehen, ich fürchte mich vor dem Wasser –, daß ich auf einmal die Besinnung verlieren und mich da hineinwerfen könnte, in die Tiefe, die nach mir ruft.

Nein, ich muß mich retten vor diesem Ruf, sonst verschlingt es mich – mich und mein Kind.

München, Juli

Aus einer langen Nacht bin ich zurückgekehrt – war es nicht schon, als ob schwarze Totenhände mich umklammert hielten, sich immer fester krallten, bis das Bewußtsein sich unter ihrem Griff allmählich verwirrte?

Dann ließen sie langsam, langsam wieder los.

Oft geht es noch durch dunkle Tiefen jetzt –, aber ich sehe das Licht wieder, und es scheint in mich hinein. Ich kann jetzt wieder lächeln über all die Schrecken, wie ein Arzt über die Einbildungen seiner Kranken lächelt. Das Leben wollte mich doch nicht von sich lassen, und es hat lauter gerufen wie all die schlimmen, dunklen Mächte.

Mein Gott, wie rasch uns etwas Überwundenes in der Erinnerung fremd und unbegreiflich erscheint. Wer denkt, wenn die Sonne aufgeht, noch an die Gespenster, die ihn in der langen, schlaflosen Nacht marterten? Er kann nur noch fühlen, daß die Welt sich in Klarheit verwandelt hat.

Und so geht es mir jetzt – ich weiß nicht, wo die dunkle Angst geblieben ist und woher mir die tiefe Ruhe kommt – Ruhe in mir selbst, die ich nie gekannt habe. – Ich war der ruheloseste Mensch unter der Sonne, immer im Kampf, in tausend Kämpfen.

Jetzt möchte ich nur still sein, und lauter neue Gedanken treiben in mir, wie Blüten, die man noch nie gesehen hat. – Wo waren sie vorher? Wo war ich selbst und mein Leben? Es rannte immer in die Irre und immer wieder durch lauter Stachelhecken, riß sich wund und blutete aus vielen Wunden – und ich stand daneben und sah ratlos zu und war verzweifelt, weil nie die Blumenwiesen kamen, die ich suchte. Warum haben wir als Kinder keine Lehrmeister, die uns lehren, mit dem Leben eins zu werden, warum haben sie uns immer nur gesagt, daß es Feindschaft und Kampf sein müßte, schwer und hart? Das ist es nur, solange wir uns dagegen sträuben, taub und blind dahinrennen und nicht hören, was es uns sagt. Und wenn wir das einmal dunkel ahnen wollen, dann schreit so viel

dagegen an, von außen her und von dem, was man jahrelang in uns hineingelogen hat, daß wir uns immer wieder von dem wirren Lärm betäuben lassen.
Ich glaubte so mutig zu sein, weil ich ein paar Sprünge gemacht hatte, die nicht alle wagen –, aber wie elend verzagt bin ich dann oft dagesessen und habe an der Lektion herumbuchstabiert, die das Leben mir zu lernen gab – wie töricht hab' ich gemeint, sie hieße Entsagung, Enttäuschung oder noch alles mögliche andere.
Jetzt kommt es mir vor, als ob mit dem großen Rätsel, das sich in meinem Körper vollendet, auch all die andern Rätsel sich lösten, als ob ich mit anderen Augen sähe, mit anderen Sinnen fühlte, und endlich fange ich an, lesen zu lernen.
– – Ein kleines, enges Zimmer mit zwei Fenstern nach Süden – ohne Läden, die man gegen die Hitze schließen könnte – mein alter, großer Tisch, der fast den ganzen Raum ausfüllt – gegenüber Schieferdächer, auf denen die Sonne glüht – und schreiben, den ganzen Tag von Morgen bis Abend. Aber jetzt sage ich nicht mehr: Was führst du für ein Dasein? Ich würde kein anderes Schicksal mehr gegen meines eintauschen, auch das vergangene nicht.
– Wie ich mich all der Verzagtheit schäme – wie konnte ich mich so vor feindlichen Blicken fürchten?
Einzelne von früheren Bekannten grüßen mich nicht mehr, andere beklagen mich. Mehr oder minder bin ich in ihren Augen doch jetzt für immer bankerott – entgleist – die Tore der »Gesellschaft« sind für immer hinter mir zugefallen.
Und das Kind? – Ich weiß meine Verantwortung wohl – und ich bin froh, ihm gerade dieses Schicksal bieten zu können – ich will es lehren, sein Schicksal zu lieben, wie ich meines lieben gelernt habe.
Zu Hause trage ich nur noch lange, weiße Kleider, die

nach verwöhnter Ruhe aussehen, und die träume ich mir dann manchmal dazu. Wie müßte das sein, jetzt so leben zu können – in großen hellen Räumen mit vielen Blumen und festlichen Dingen – frohe Menschen um mich her, die alles für mich täten, mich verwöhnten – und dann nur daliegen und an das Kind denken.
Wenn ich dann auffahre und mich besinne, laufen mir dicke Tropfen von der Stirn, und die Hände wollen nicht weiter. Die Hitze ist lähmend – auf meinem Tisch steht immer eine große Schale mit Eis, um Kopf und Hände daran zu kühlen – das ist mein einziger Luxus.

August

Die Heimat ist bereit, in der mein Kind erwachen soll. – Seit vierzehn Tagen kaum ins Bett gekommen, ich lege mich nur ein paar Stunden auf den Diwan, dann ist's wieder vorbei mit dem Schlaf, und ich wandere von der ersten Dämmerung an in der Wohnung herum – von einem Zimmer ins andere. – Es war so viel Freude darin, alles selbst einzurichten, so viel Stolz, daß man es selbst zusammengearbeitet hat.
Alles scheint zu warten – die kleine Wiege, die neben meinem Schreibtisch steht – armselig ist das Ganze wohl, aber es war alles, was ich geben konnte, und für mich liegt schon der Glanz all der Liebe darüber, die hier zwischen uns beiden leuchten soll.
Nur die letzte Arbeit muß noch getan sein – meine Augen brennen nach Schlaf. – Ich habe eine Schieblade vom Schreibtisch herausgezogen, um den Rücken dagegenzulehnen, die Schwere im Körper will mich fast zu Boden ziehen. Und ein Gefühl, als ob man nicht mehr auf der Erde wäre, sondern in einem fremden, durchsichtigen Element, wo ferne Glocken läuten und man nur lächeln und weinen möchte.

September – –

Mein Kind – nun ist es aus seinem langen, dunklen Schlaf erwacht, Tag und Nacht liegt es neben mir – Tag und Nacht scheint jetzt die Sonne, und die letzte Finsternis ist hell geworden – die Welt steht still um uns beide, wie ein Tempel, in dem alle Offenbarungen tönen.

Mein Kind – mein schwererkämpftes – nach all dem stillen, frohen Warten noch einmal hinunter in den allertiefsten Abgrund – durch Martern hindurch, wie sie kein Traum zu ersinnen vermag, die alles hinweglöschen, was noch leben will an Furcht und hoffender Erwartung, alles verstummen machen vor dem einen schaudernden Aufschrei, daß solches Entsetzen möglich ist.

Und dann der lichte Morgen, die hellen strahlenden Stunden, wo das Leben in seine Bahnen zurückflutete –, und wo ich zu fassen begann, daß ein Märchenwunder Wirklichkeit geworden war – das Märchenwunder, das neben mir in weißen Kissen lag und mich aus weiten, dunklen Augen ansah. – Mein Kind – was frage ich jetzt noch, ob es schwer erkämpft war –, mein Kind soll zur Freude geboren sein, nicht die verblaßten Spuren tragen von dem, was ich gelitten habe, und was jetzt mir selber Freude und Reichtum geworden ist. Mein Weg war wohl oft dunkel und blutig, ich habe den Tod von Angesicht zu Angesicht gesehen und seinen Blick gefühlt, den Wahnsinn und die letzte Verzweiflung – nun sehe ich dem Leben ins Auge und bete es an, weil ich weiß, daß es heilig ist. Es hat mich all seinen Reichtum gelehrt an Leiden und Lust – ich liebe alle die Schmerzen, die es mir angetan hat, und all die Opferwunden, die es schlug – ich liebe auch die Verlassenheit und die Not, die vor unserer Tür steht. – Wie konnten wir je Feinde sein? Mag es jetzt geben oder nehmen – ich sehe ihm ins Auge, und wir lächeln beide.

Briefe an Hans Hinrich Busse

[Sommer 1903]

Lieber Busse,
besten Dank für Ihren Brief – Langen* ist jedoch völlig ausgeschlossen. Ich habe ihm vor etwa 8 Wochen noch einmal geschrieben, hätte er noch wollen, so hätte er geantwortet. Außerdem wäre er nie auf solche Bedingungen, wie die von Ihnen vorgeschlagenen, eingegangen. Ich habe jetzt inzwischen mit Marchlewski etwas abgemacht. Für den etwaigen Ausfall an Reklame, die aber zu einem gewissen Grade doch auch durch Rezensionen wettgemacht werden kann, habe ich so günstige Bedingungen, wie sie schwerlich ein anderer Verleger machen würde. Er übernimmt Druck, Vertrieb etc. zum Selbstkostenpreis, und der Reingewinn, etwa 50%, kommt mir zu. – Außerdem gehört das Buch mir, nicht ihm, so daß ich auf etwaige spätere Anerbietungen anderer Verlage, im Falle das Buch gehen sollte, freie Hand habe.

Glauben Sie mir bitte nicht, lieber Busse, daß ich Ratschläge anderer prinzipiell und aus Eigensinn von der Hand weise. Ich habe mir die Sache den ganzen Sommer überlegt und manche verschiedene Meinungen darüber gehört, darunter auch solche, die Langen *sehr* genau kennen, und gerade die haben mir sehr abgeraten, mich wieder irgendwie in seine Hände zu begeben. – Das Vergnü-

---

* Der Verlag Albert Langen gab »Ellen Olestjerne« in 3. Auflage 1911 heraus, nachdem das erste Erscheinen 1903 im Marchlewski Verlag – 1903 erste, 1904 zweite Auflage – von kurzer Dauer war.
Dr. Julian Marchlewski, ein polnischer Sozialist aus dem Kreis von Karl Radek und Rosa Luxemburg, hatte seinen Verlag wahrscheinlich finanziell nicht halten können und war nach Ausbruch der russischen Revolution 1905 nach Rußland gegangen.

gen, ihn zu ärgern, ist wirklich nicht so groß, daß ich es deshalb allein täte. –
Das kommt überhaupt nicht in Frage, wenn ich mit dem Buch Glück haben sollte. –
Ich bin sicher, daß Marchlewski sich viel Mühe geben wird, weil ihm daran liegt, in Deutschland bekannt zu werden, und wenn ihm wenig Reklamemittel zu Gebote stehen, so ist der Gewinn dafür um so größer, da ich bei ihm für 1 Auflage soviel bekomme wie für 2 unter den gewöhnlichen Verlagsbedingungen. Kurz ich habe nun einmal den Glauben, daß ich auf diesem Wege am besten fahre. –
Vom 3. bis 10. September bin ich in München, und ich verreise dann auf längere Zeit. Was bis dahin noch etwa einlaufen sollte, schicken Sie mir bitte nach Dietlindenstraße 1/III.
Viele Grüße Ihre F. R.

Die Subskriptionsexemplare werden bis spätestens 15. Oktober fertig gestellt, die Umschlagzeichnung zeige ich Ihnen noch in München.

[Solln, Juli 1903]

Lieber Busse,
besten Dank für die Übersendung und anbei Listen. An Fritz Huch schicken Sie eine und bitten ihn, dieselbe Richters *nicht* vorzulegen, denselben auch nicht davon zu sprechen.
Mit bestem Gruß

Ihre F. R.

[Juli 1903]

Lieber Busse,
besten Dank für die Zusendung. Daß Ihr Name auf die

Liste kam so wie die Einsendungen an Sie gerichtet, hat Adam veranlaßt. Ich habe als selbstverständlich angenommen, daß er Ihres Einverständnisses sicher wäre oder es einholen würde. Ebenso hat er mit Hessel die Korrektur gelesen und den Druckfehler Maximilian übersehen. Hessel hat dann noch weitere Listen drucken lassen, nachdem die ersten 400 aufgebraucht waren, in denen dieser Druckfehler berichtigt ist.
Was sonst daran auszusetzen ist, weiß ich nicht und kann mir nicht denken, daß z. B. die unalphabetische Anordnung der Namen besonders Anstoß erregen kann.
Klages schrieb mir, daß die Liste wenig geschmackvoll und unpraktisch sei, aber über Geschmack läßt sich streiten. Zudem ist jetzt nichts mehr daran zu ändern, und man sollte jetzt das möglichste tun, um sie zu verbreiten.
Von den übrigen Unterzeichneten hat sich bisher noch niemand dafür verantwortlich gefühlt, wie die Subskription betrieben wird, wie ja auch die meisten das Buch gar nicht kennen, also auch keine Verantwortung auf sich nehmen.
Ich sehe also wirklich nicht ein, worin *ich* ungefragt über Sie verfügt habe. – Mit bestem Gruß

Ihre F. R.

Solln, 5. August 1903

Lieber Busse,
besten Dank für die heute geschickten, es sind jetzt 118, da ich noch einige direkt erhalten habe, auf weitere 50 aus Bekanntenkreisen kann ich bestimmt rechnen. – Haben Sie die Bierbaumsche Notiz – möchte sie gern lesen. – Frau Strindberg wird auch darüber in Zeitungen schreiben. –
Axel Junker möchte ich mir warm halten, da er durch große Reklame sehr nützlich sein soll, habe ihm deshalb

auch Listen geschickt. (Er könnte in Frage kommen, wenn mit Marchlewski es sich zerschlüge.)
Übrigens ist mir inzwischen noch ein anderer Verlagsvorschlag gemacht worden, den ich vor weiterer Rücksprache mit Marchlewski mit Ihnen besprechen möchte. Vielleicht komme ich Samstag vormittag im Büro vorbei.
Mit bestem Gruß

Ihre F. R.

Gisela Brinker-Gabler

Der leere Spiegel

Franziska Gräfin zu Reventlows *Ellen Olestjerne*

»Ich glaube überhaupt, lieber Freund«, schreibt Franziska Reventlow an Ludwig Klages, »daß ich oft nicht weit davon bin, verrückt zu werden, z. B. in solchen Momenten, wo man vor dem Spiegel steht und vergebens sucht, sich klarzumachen, daß ich das bin. Und dann ist man auch wirklich nicht da und fühlt, daß nur ein absolutes Nichts da ist.«[1]
Die Erfahrung der Fremdheit des Spiegels ist oft beschrieben worden in der Literatur: als vergeblicher Versuch, die wahrgenommene Gestalt als Bild des eigenen Ich zu akzeptieren, als Entdeckung eines anderen Ich. Darin drückt sich die Identitätskrise eines Menschen aus.
Bei Franziska Reventlow enden die Ver-Suche der Selbstwahrnehmung im Gefühl der Nichtexistenz. Kein Selbstbild haben bedeutet, an den gefährlichen Rändern der Ichlosigkeit zu leben.[2]

Im November 1901, als Franziska Reventlow an Ludwig Klages schreibt, ist sie im Kloster Schäftlarn, in freiwilliger Verbannung, mit der Niederschrift ihres Romans *Ellen Olestjerne* beschäftigt. Wünsche und Phantasien der Titelheldin kreisen um ihr Selbst. Sie ist erfüllt vom Verlangen nach Selbst-Bestätigung und -Erfahrung. Andrerseits spürt sie den Drang nach Selbstentgrenzung und Verschmelzung. Dieses oszillierende Selbstverhältnis erschwert es ihr, sich im realen Leben zurechtzufinden. Es läßt keinen ein-deutigen Lebensentwurf zu: »Ich möchte mehrere Leben nebeneinander haben – eines dürfte dann meinetwegen tragisch sein und entsagend mit einer großen, stillen Liebe – gut und glücklich sein«, erklärt Ellen Olestjerne, »aber das andere – nur hineinstürzen und alles über sich zusammenschlagen lassen.« (S. 192)

Mit einer großen Liebe leben, darin äußert sich das Bedürfnis nach einer begrenzten Lebensperspektive: ein »stilles Glück«, das Sicherheit und Orientierung verspricht.

Tieferen Schichten des Erlebens, dem Unbewußten zugehörig ist die immer wieder aufbrechende Sehnsucht nach einer anderen Glückserfahrung: einem Entgrenzungs- und Verschmelzungszustand, der dem »Alleinheitsgefühl« der frühkindlichen Phase entspricht.[3]

Nicht »nur eine« sein, sondern sich sowohl als begrenztes als auch entgrenzendes Selbst zu erfahren: dieser Lebensentwurf würde die Verheißung enthalten, der Erstarrung zu entkommen, die einerseits durch eine festumrissene Identität droht (das heißt, der damit notwendigen Verdrängung von Teilen des Selbst) und andererseits durch Entgrenzung ins Undifferenzierte (Depression, Wahnsinn, Tod). Das sind Beobachtungen und Erfahrungen, wie sie die literarische Moderne seit Ende des neunzehnten Jahrhunderts artikuliert. Kein bzw. nicht nur *ein* Selbstbild haben, könnte das Offenhalten von Möglichkeiten bedeuten. Voraussetzung wäre allerdings die Fähigkeit, in einem ständigen Prozeß neue Selbstentwürfe zu akzeptieren und zu integrieren, um nicht der tödlichen Gefahr der Ichauflösung zu erliegen. Frauen hätten auf diese Weise eine Chance, den Projektionen und Zuschreibungen von Weiblichkeit zu entkommen.

In ihrem Roman *Ellen Olestjerne* thematisiert Franziska Reventlow die Schwierigkeiten einer jungen Frau, ihr Selbst(bild), ihre Identität zu finden. Dabei lassen sich spezifische Probleme weiblicher Identitätsbildung erkennen. Die amerikanische Psychoanalytikerin Nancy Chodorow kommt in ihrer Untersuchung *The Reproducing of Mothering* (1978)[4], in der sie männliche und weibliche Identitätsfindung vergleicht, zu dem Ergebnis, daß Frauen im Vergleich zu Männern flexiblere Identitätsgrenzen behalten. Das erschwert bei ihnen die Bildung eines Selbstkonzepts und führt zu einer länger andauernden Beschäftigung mit dem Selbstbildnis.

Eine entscheidende Rolle spielt nach N. Chodorow die Mutter-Kind-Beziehung. Genauer gesagt: die Tatsache, daß Jungen und Mädchen in Familien aufwachsen, in denen vor allem Frauen für die Kinderbetreuung zuständig sind (also die Fähigkeit, auf andere einzugehen, von Frauen familiär und gesellschaftlich erwartet wird).

Jungen vollziehen eine Trennung bzw. Abgrenzung von der Mutter, wenn sie sich ihres anderen Geschlechts bewußt werden. Das heißt, anstelle der engen (primären) Mutter-Kind-Bindung tritt eine qualitativ andere Mutter-Beziehung. Sie übernehmen die Rolle des Vaters, was in einer männlich dominierten Gesellschaft den Anspruch bedeutet, Autonomie, Unabhängigkeit und Individualität zu entwickeln. Mädchen dagegen erfahren sich als gleichgeschlechtlich mit der Mutter; verbleiben daher länger in der engen Mutter-Kind-Bindung, die u. a. durch keine eindeutige Ich-Abgrenzung charakterisiert ist.[5] Sie identifizieren sich mit der Mutter, bzw. sehen sich dem Anspruch gegenüber, *mütterliche* (*weibliche*) Eigenschaften zu entwickeln, zu denen Fürsorglichkeit, Einfühlungsvermögen und Abhängigkeit gehören. Beides, die längere Dauer der primären Mutter-Kind-Bindung und die Tendenz, sich eher relational, das heißt in bezug auf andere, zu definieren, kompliziert bei Mädchen den Prozeß der Identitätsbildung und erschwert die Entwicklung von Unabhängigkeit und Autonomie.

Der vorliegende Roman schildet eine traumatische Mutterbeziehung und das andauernde Leiden daran. *Ellen Olestjerne:* das ist zunächst die Geschichte einer bitter unglücklichen Kindheit und Jugend. Ellen, ein leidenschaftliches, phantasiebegabtes Mädchen, fühlt sich von den Eltern unverstanden. Fremd bleibt ihr der Vater, obwohl es Gemeinsamkeiten zwischen beiden gibt (S. 70). Ungeliebt fühlt sie sich vor allem von der Mutter, einer pragmatischen, sich ganz in Haus- und Familienarbeiten aufreibenden Frau. Beide, Mutter und Tochter, finden kein Echo ineinander. Die Mutter versteht es nicht, auf Wünsche und Bedürfnisse der Tochter einzugehen. Ellen kann den Vorstellungen der Mutter nicht entsprechen, bleibt aber emotional stark an sie gebunden, was sich in extremen Gefühlsschwankungen gegenüber der Mutter äußert (S. 22, 27). Mangelnde mütterliche Anerkennung und Liebe haben empfindliche Folgen für Ellens Selbstwertgefühl und Identitätsentwicklung.[6]

»Wenn ich doch nur ein Junge wäre!« (S. 18), wünscht sich Ellen; glaubt sie als kleines Mädchen doch nur die Söhne von der Mutter geliebt. Später ist dieser Wunsch Ausdruck ihres Freiheits- und Unabhängigkeitsdranges. Die Mutter wird nun zur negativen Identifikationsfigur. Ellen verweigert sich der Erziehung zur »höheren Tochter«, mithin einem normalen Frauenleben. Sie entwickelt ein Außenseiterinnenbewußtsein.

Selbstbestätigung sucht und findet sie zeitweise bei den Brüdern und deren Freunden, später bei ihrer Pensionatsfreundin Edith (deren mangelnde Solidarität aber dann

wieder Ellens Außenseiterinnengefühl bestätigt) und schließlich im Ibsenklub, einem Kreis gesellschaftskritischer junger Leute.
Noch vor der Ibsenklubzeit ermöglicht ihr die Begegnung mit der jungen Malerin Hunius eine positive Identifikation und einen Lebensentwurf. Sie weckt in Ellen den leidenschaftlichen Wunsch, Malerin zu werden. Die Kunst und (später) die Liebe erscheinen ihr als Verheißungen eines neuen Lebens. In ihnen sucht sie Überwindung der frühen narzißtischen Kränkung, ihres mangelnden Selbst(wert)gefühls – doch vergeblich.
Ellen gelingt es nicht, zu einer kontinuierlichen Arbeitsweise zu finden. Sie schwankt zwischen exzessiver Arbeitswut und Konzentrationsschwäche. Sie projiziert ihre Entgrenzungswünsche in die Kunst, und sie sucht Selbsterfahrung. Sie fühlt eine innere Leere, einen »toten Punkt« (S. 149).
Mit der Liebe geht es ihr wie mit der Kunst. Sie phantasiert den Rausch, hofft andererseits auf ein Zu-sich-Kommen. Vom Jugendfreund Friedl verspricht sie sich »inneren Halt« (S. 87), Reinhard bedeutet ihr Schutz und Heimat, vor allem nach der endgültigen Trennung von der Familie. Unterwerfungsverlangen, das sich in der Absolutheit der Ansprüche zeigt, prägt die Beziehung zu Allersen, dann auch später in München zum Maler Walkoff. Die Liebesvereinigung mit ihm, beschrieben als epiphanieähnliche Situation, vermittelt ihr erstmals ein starkes Selbstgefühl, das auch ihre kreativen Kräfte freisetzt. Doch es erweist sich als geborgt. Nach und nach projiziert Ellen ihre Wünsche auf den »Meister«, steht ihm Modell, »opfert« ihm ihre Ansprüche, läßt sich, als sie ein Kind erwartet, von ihm zur Ehe mit Reinhard überreden. Eine Lüge, mit der sie nicht leben kann, wie sie später erkennt. Sie läßt heimlich ihr Kind abtreiben und

kehrt mit Reinhards Einwilligung nach München zurück.

So unbedingt Ellens Selbstaufgabe zugunsten Walkoffs war, so radikal vollzieht sich seine Entgötterung. Sie wendet sich Johnny zu; die Beziehung zwischen beiden wird zum – allerdings blassen – Entwurf »freier Liebe«: rauschhaftes Erleben, ohne Besitzergreifung und ohne Anspruch auf Dauer. Und sie findet den Mut, sich von Reinhard zu lösen. Ihr körperlicher Zusammenbruch zeigt allerdings, wie gravierend diese Trennungserfahrung für sie ist: weil sie erneut die Aufgabe von »Heimat« bedeutet.

Reinhards spätere Zurückweisung weckt in ihr quälende Erinnerungen und enthüllt ihren unverminderten Liebesanspruch: »Es ist eine ewige Wiederholung, die durch mein Leben geht. – Meine Mutter, die mir sagen ließ: Du gehörst nicht mehr hierher –; dann Henryk, aber der gab mir wenigstens noch die Hand. Und nun auch Reinhard, der mich geliebt haben will. – Das ist also immer das letzte, was Liebe geben kann! – Sie wissen alle nicht, was Liebe ist – sind alle hart.« (S. 226)

Daß hier der Text aufreißt und das Bild der Mutter erscheint, erhellt schlagartig die prägende Bedeutung der Mutterbeziehung für alle folgenden Beziehungen. Die (aus der Sicht Ellens) sich wiederholende frühe Erfahrung des Zurückgestoßenseins erleichtert es ihr einerseits, Trennungen zu vollziehen, motiviert andererseits ihre rastlose Suche nach Zuwendung, letztlich die verzweifelte Suche nach der (idealisierten) frag- und maßlosen (Mutter-)Liebe.[7] Es erstaunt daher nicht, daß Ellen im Roman immer wieder als »Kind« erscheint, ihren Freunden, ihren Liebhabern und sich selbst.

Die »Lösung«, die Ellen Olestjerne findet, fällt ihr sprichwörtlich in den Schoß. »Jetzt kommt es mir vor, als ob mit dem großen Rätsel, das sich in meinem Körper vollendet, auch all die andern Rätsel sich lösten ...« (S. 231). Ein »großes Vorbild« kommt hier zu Wort. Also sprach Zarathustra: »Alles am Weibe ist ein Rätsel, und alles am Weibe hat *eine* Lösung: sie heißt Schwangerschaft.«[8]

Mit ihrer Mutterschaft erfüllt Ellen Olestjerne die Frauen zugedachte Geschlechtsrolle und sich daran knüpfende männliche Projektionen. Aber sie überschreitet sie auch: durch einen die patriarchale Gesellschaft gefährdenden, maßlosen mütterlichen Besitzanspruch (»Mein Kind hat keinen Vater, es soll nur mein sein.« S. 225) und eine eigenwillige Überwindung weiblicher Einzelexistenz: Ihr Kind erfüllt die Sehnsucht nach einer Beziehung, die dauerhaft ihre Vereinzelung aufhebt, ohne daß sie sich dadurch eingeengt fühlt.

Mutter geworden zu sein, das erfährt Ellen Olestjerne als mystisches Erleben, mit sich selbst und dem Leben eins zu sein. Als äußerstes Erleben der Lebenseinheit, der »Kontinuität des Seins« (Bataille), wird häufig in der Literatur der Jahrhundertwende die erotische Liebeserfüllung dargestellt. Für Ellen Olestjerne beginnt mit der Ankunft ihres Kindes tatsächlich eine einzigartige Liebe: eine Liebe, die – möglicherweise – die ganze Skala der Gefühle berührt, die eine doppelte Identifikation, als Kind und als Mutter, auslöst. Denn die Liebe zum Kind, das sowohl *ein Teil von ihr* als *ein anderes* ist, führt zurück zur symbiotischen Mutter-Kind-Bindung, dem Alleinheitsgefühl der frühkindlichen Entwicklungsstufe, und sie wiederbelebt (und korrigiert) die frühen Mutter-Identifikationen in der mütterlichen Liebe zum Kind.

So problematisch (für Mutter *und* Kind) der Romanschluß von »Ellen Olestjerne« mit seiner Darstellung der Mutterschaft als Entwicklungs*ziel* der Protagonistin erscheint, er deutet auf ein ungestilltes Begehren, das durch die Rückkehr zur vielschichtigen Mutter-Kind-Exklusivität Erfüllung sucht.

Ellen Olestjerne ist Franziska Reventlows erster Roman. Wie so häufig bei Erstlingswerken ist es die Erzählung der eigenen Geschichte. Sie selbst wurde am 18. Mai 1871 in Husum geboren, als viertes Kind einer hochadligen Familie: der geborenen Reichsgräfin zu Rantzau und des Grafen zu Reventlow. Der Vater verwaltete als Landrat den schleswigschen Kreis Husum. Nach seiner Pensionierung zog die Familie nach Lübeck. Franziska zu Reventlow – den Taufnamen Fanny konnte sie nicht ausstehen – besuchte in Lübeck das Lehrerinnenseminar und wurde Mitglied des Ibsenklubs. Volljährig geworden entzog sie sich elterlicher Autorität und ging nach Hamburg. Dort lernte sie den Gerichtsassessor Lüpke kennen, den sie 1894 heiratete. Seit 1895 lebte sie von ihm getrennt; 1897 wurde die Ehe geschieden. Ab 1893 lebte Franziska Reventlow mit Unterbrechungen in München, um sich als Malerin auszubilden. 1897 wurde ihr Sohn Rolf geboren, an dem sie zeitlebens mit zärtlicher Liebe hing. Den Namen des Vaters gab sie nie bekannt.
München war damals eine Kunstszene ersten Ranges. Maler, Literaten, Philosophen schickten sich dort an, die Welt aus den Angeln zu heben. In München traf Franziska Reventlow 1899 auf die »kosmische Runde«, zu der Ludwig Klages, Alfred Schuler, Karl Wolfskehl und Stefan George gehörten.[9] Sie nahmen Nietzsches »Umwertung der Werte« ernst und planten München als Ausgangspunkt für ein »neues Heidentum«. Auf dionysischen Festen feierten sie den »heidnischen Eros«, der für sie »kosmische« Dimension besaß.
Zu ihrem neuen Heidentum gehörte die Wiederentdek-

kung des Hetärentums, vermittelt durch J. J. Bachofens Interpretation in dessen fundamentalem Werk »Das Mutterrecht« (1861). »Mutterschaft und Hetärentum« wurde zu einem neuen Ideal, das Franziska Reventlow für viele verkörperte, zum Beispiel für Ludwig Klages, mit dem sie eine Zeitlang befreundet war.

Franziska Reventlow verliebte sich oft. Sie hatte viele Freunde und Geliebte. Ihr Wunsch, ernsthaft zu malen, brach gelegentlich immer wieder durch. Sie lebte von zahllosen Übersetzungen, vom Geld ihrer Freunde oder was sie sonst hinzuverdiente. In ihren nach der Jahrzehntwende veröffentlichten Werken schildert sie kritisch-selbstkritisch das (geliebte) Boheme-Leben: »Von Paul zu Pedro. Amouresken« (1912), »Herrn Dames Aufzeichnungen oder Begebenheiten aus einem merkwürdigen Stadtteil« (1913), »Der Geldkomplex. Roman« (1916). Ihr Versuch, sich finanziell durch eine Scheinehe abzusichern (sie verhalf dem »Ehemann« zu seinem Erbe) mißlang. Die Bank, der sie ihr Geld anvertraute, ging bankrott. Trotz ständiger Geldnot und auch häufiger Krankheit unternahm sie zahlreiche Reisen nach dem Süden. Seit dem Ersten Weltkrieg lebte sie in Ascona, wo sie 1918 nach einer Operation starb.

Den Plan, ihr Leben aufzuschreiben, hatte Franziska Reventlow 1900 auf Anregung Ludwig Klages gefaßt.[10] *Ellen Olestjerne* entstand in den Jahren 1900 und 1901 und wurde 1903 veröffentlicht – allerdings nicht als Autobiographie, sondern als Roman. Ein naheliegender Grund dafür war sicher, sich selbst und auch Nahestehende durch die Veröffentlichung bestimmter intimer Erlebnisse nicht zu kompromittieren.

Franziska Reventlow änderte teilweise Namen, Daten und Ereignisse. Anstelle der Ich-Aussage wählte sie die fiktionalisierende Sie-Form. Die dadurch bewirkte Distanzierung wird aber im Romanverlauf ständig aufgehoben. Erzählendes und erlebendes Ich gehen immer wieder ineinander über: durch den Gebrauch der »erlebten Rede«, durch Brief- und Tagebucheinschiebungen.[11] Nicht nur das Leben Ellen Olestjernes beschreibt der Roman, sondern zugleich ihr *Er*-leben, ihre Reaktion darauf. Zentraler Begriff der Poetik dieses Romans ist: Emotion. »... ob das Werk so wird, daß andere das fühlen?« fragt Franziska Reventlow besorgt in einem Brief während der Niederschrift des Romans.[12]

So entsteht eine Schreibweise der Subjektivität, die sich auf die widersprüchlichen Gefühle und Gedanken der Protagonistin einläßt, ihre Hoffnungen und Wünsche, ihre Glückserfahrungen und ihre Kränkungen. Die Konsequenzen für den Roman sind, daß Nebenfiguren weitgehend farblos bleiben. Dabei geht Franziska Reventlow so weit, sich bei Figurenbeschreibungen zu wiederholen (S. 150, 190). Situationskontexte und überindividuelle Bezüge werden ausgespart.

Das wirkt sich u. a. nachteilig auf die Darstellung der Boheme aus. Eigenes wird durch den Blick auf anderes nicht relativiert und auf die Bedingungen hin transparent gemacht. Zum Beispiel erfahren wir wenig über andere Bohemiennes, Malerinnen oder auch über das entwürdigende Leben der weiblichen Malermodelle, zu denen gelegentlich auch Franziska Reventlow gehörte. Da die Boheme für Franziska Reventlow zum notwendigen Freiraum wird, in dem sie ohne Rücksicht auf Konventionen und weibliche (Ehe-)Rollenzuweisung leben kann, wird sie idealisiert.

Sie erscheint (im Gegensatz zur falschen Boheme, S. 220f.) als nahezu religiöse Gemeinschaft, in der man Brot und Wein teilt. Und die Frauen? Tatsächlich blieben auch in dieser »Gegengesellschaft« männliche Vorrechte und Ansprüche unangetastet. Kritik daran wird aber vermieden, zum Beispiel durch die Berufung auf das *Schicksal*, angesichts der Folgen »freier Liebe«, mit denen auch in der Boheme die Frauen allein fertigwerden mußten (S. 184), oder durch vorschnelle Harmonisierung, wie in der Fritz-Episode: die dort angedeutete Gefahr, durch Erwartungsdruck zur Schwindlerin zu werden und als Frau beliebig verfügbar sein zu müssen (S. 165 f.), löst sich im gemeinsamen Tränenfluß auf. So wird die Entlarvung der auch in der Boheme fortdauernden Herrschaftsstrukturen in den Geschlechterbeziehungen verhindert. Dieser Problematik entspricht auf sprachlicher Ebene des Romans, daß zeitgenössische Diskurse aufgenommen werden, ohne daß sie immer mit Rücksicht auf weibliche Erfahrung aufgebrochen oder korrigiert würden. So greift Franziska Reventlow, um die tieferen Schichten des Erlebens, ihre Entgrenzungssehnsucht, ihre sexuellen Wünsche, zum Ausdruck zu bringen, auf eine »andere« Sprache zurück, die Sprache der Rausch- und Feststimmung. Aber sie übernimmt lediglich das zeitgenössische Repertoire. Es ist eine geliehene Stimme, hinter der sie sich verbirgt.

Franziska Reventlows Roman erscheint als Schnittpunkt zeitgenössischer Vielstimmigkeit und Stiltendenzen.[13] Zentrale Begriffe und Themen der Jahrhundertwende sind gegenwärtig: der Wille zum »schönen« Leben, Leben für und als Kunst, Leben als uneingeschränktes Sichausleben, Lebensmystik, Ibsenverehrung und Nietzschekult, Kritik der Erziehung und Moral, Faszination durch die Boheme, fatalistische Schicksalsgläubigkeit, Problematik weiblicher Selbstverwirklichung und ledige Mutterschaft. Typische Jugendstilzüge und -motive, wie Vorstellungen rauschhaft-entrückten Lebens und die in roter Üppigkeit versinkende »schwüle Stunde« vermischen sich mit impressionistischer »Flüchtigkeit« und »nordischer« Einsamkeitsstimmung.

Als polyphones Gebilde gehört der Roman zur Literatur des Lebenspathos und des »neuen Subjektivismus« der Jahrhundertwende; er ordnet sich in die Reihe der zeitgenössischen Boheme-Romane ein wie auch in die Serie kontemporärer »Frauenromane«: häufig autobiographisch geprägter Romane weiblicher Autoren, die Möglichkeiten und Grenzen weiblicher Selbstverwirklichung erkunden.

Gemeinsam ist diesen letztgenannten Romanen die auch in *Ellen Olestjerne* thematisierte Kritik der Mädchenerziehung, die treffend die Zeitgenossin Rosa Mayreder als »künstliche Wachstumsverhinderung« beschrieb.[14] Ein viel beachteter und auch erfolgreicher Roman war damals *Aus guter Familie. Leidensgeschichte eines jungen Mädchens* (1895) von Gabriele Reuter.[15] Er schildert die Abrichtung eines jungen Mädchens auf die Rolle der Ehefrau und Mutter, dann ihr Versagen, eine andere Aufgabe zu finden, als sie ihre »Bestimmung« nicht erfüllt, bis diese Frau schließlich den Verstand verliert. Gabriele Reuters Leistung lag in der Darstellung der Zwänge, zäh und auf die Dauer sicher in ihrer selbstzerstörerischen Wirkung.

Franziska Reventlow beschreibt dagegen den Versuch, der traditionellen Rolle und den Rollenklischees zu entkommen. Wie Ellen Olestjerne hatten damals viele junge Frauen den Wunsch, »etwas Großes« zu werden. »Es lag in der Zeitströmung«, heißt es dazu in Hedwig Dohms Roman *Christa Ruland* (1902).[16] Der Wunsch nach Eigenständigkeit und Selbständigkeit führte aber nicht nur zu Konflikten mit den Hüter/innen der »alten Ordnung«, sondern auch mit den von den Frauen verinnerlichten »weiblichen« Werten.

Noch bei vielen Romanautorinnen der Jahrhundertwende ist Zurückhaltung und Distanz gegenüber der sexuellen Frage spürbar. Franziska Reventlow hatte dieses Tabu bereits 1899 in ihrem Aufsatz *Viragines oder Hetären*[17] durchbrochen. Darin übte sie scharfe Kritik an der zeitgenössischen Frauenbewegung, der sie vorwarf, die Geschlechtsunterschiede zu verwischen. Neben dem berechtigten Streben, »die Frauen der arbeitenden Klasse aus ihrer Misere zu befreien«, favorisiere die Frauenbewegung die geistige und berufliche Gleichberechtigung, damit die Frauen mit den Männern erfolgreich konkurrieren könnten. Diese Form von Gleichberechtigung war für Franziska Reventlow kein Thema. Sie plädierte für eine weibliche Eigenständigkeit und Selbständigkeit, die auf »voller geschlechtlicher Freiheit« beruhte: der »freien Verfügung über den Körper«, ohne Bindung an einen einzelnen Mann. Dazu berief sie sich auf die freien (?) Hetären des Altertums.

So sehr Franziska Reventlow recht hatte mit ihrer Skepsis gegenüber einer Anpassung der Frau an den männlichen Konkurrenzkampf im hierarchischen System, und so berechtigt ihre Forderung nach sexueller Freiheit war, so wenig taugte aber ihre hier entworfene Alternative – Hetärentum und Mutterschaft – zur weiblichen Utopie.[1] Die erneute Festlegung der Frau auf *wenige* Funktionen (»Männer zu lieben und Kinder zu bauen«) – sei es auch jenseits konventioneller (Ehe-)Normen – bedeutete eine Fortschreibung der Unterdrückung der Frau. Trotz ihrer radikalen Kritik (christlich-)bürgerlicher Gesellschaftsmoral blieb Franziska Reventlow männlichen Wunschvorstellungen und männlicher Definition von Sexualität verhaftet: in ihrer Beschreibung der Differenz der Geschlechter wiederholt sie herkömmliche Klischees, die u. a. die »weibliche« Natur zum »Empfangenden« und »Nachempfindenden« verklären. Daher gestand sie künstlerische Begabung den Frauen nur auf dem Gebiet der Schauspiel- und Tanzkunst zu.

Dagegen beeindruckt ihr Roman *Ellen Olestjerne* gerade dadurch, daß er eine Frauengestalt jenseits starrer und eindeutiger Vorstellungen schildert. Ellen Olestjernes Bedürfnisse und Wünsche durchqueren die klar abgegrenzten Räume gesellschaftlich sanktionierter Weiblichkeit. »Alles können, alles beherrschen«, stellt sich ein Mädchen vor, träumt dann von der Selbstverwirklichung als Malerin, probt Liebe und Intimität im Sichaussprechen mit der Jugendliebe, entdeckt Reiz und Spannung des erotischen Abenteuers, phantasiert den immerwährenden Rausch, sehnt sich nach zärtlicher Geborgenheit, wünscht sich leidenschaftlich Unabhängigkeit und ein ungeteiltes Leben für die Kunst, erfährt Liebe als Unterwerfungsverlangen und Selbstaufgabe, übt sich in der Kunst erotischer Distanz, erlebt mütterliche Liebe als Lebensbejahung und Ganzheitserfahrung.
So entfaltet der Roman ein Spektrum von Gefühlen und sexuellen Regungen, von alten und neuen Wünschen, führt sie als Bedürfnisse einer Frau vor, die für sich in Anspruch nimmt, sie zu leben. Das bringt die »alte Ordnung« durcheinander, bedeutet für die Frau selbst Widersprüche und schmerzhafte Verstrickungen, auf keinen Fall – bis heute: eine eindeutige Lösung.

Anmerkungen

1 Franziska Gräfin zu Reventlow, Briefe 1890–1917. Hrsg. v. E. Reventlow. Mit einem Nachwort von W. Rasch, Frankfurt am Main 1977, S. 353 [Schäftlarn, Anfang November 1901].

2 Vgl. J. Lacans Konzept des Spiegelstadiums, nach dem das Ich sich erst in der Erfahrung eines Spiegelbildes herstellt. J. Lacan, Das Spiegelstadium als Bildner der Ichfunktion, wie sie uns in der psychoanalytischen Erfahrung erscheint. In: J. L., Schriften, Frankfurt am Main 1973, Bd. 1.

3 Über die Liebesbeziehung als Versuch der Wiederholung dieser Erfahrung: M. Balint, Critical Notes on the Theory of the Pregenital Organizations of the Libido (1935). In: M. B., Primary Love and Psycho-Analytic Technique, London 1965. Über das verlorengegangene Gefühl der Einheit im Zusammenhang mit der Religion: S. Freud, Das Unbehagen in der Kultur (1930), Frankfurt am Main 1962, S. 90f.

4 Nancy Chodorow, The Reproduction of Mothering. Psychoanalysis and the Sociology of Gender, Berkeley and Los Angeles 1978 (University of California Press).

5 Zu der – Freud korrigierenden – Entdeckung der qualitativ anderen (prä-)ödipalen Mutter-Tochter-Beziehung vgl. Chodorow, S. 95ff.

6 E. Balint beschreibt als Resultat einer durch fehlendes (falsches) Aufeinandereingehen geprägten Mutter-Tochter-Beziehung die Erfahrung als »being empty of oneself, a feeling of lack of self, or emptiness«. Zit. n. Chodorow, S. 100f.

7 Vgl. Maggie Scarf, Promiskuität bei Frauen. In: Psychologie heute 8 (1981) 4, S. 34–41. Darin vertritt sie die These, daß Frauen mit häufig wechselnden Partnern ebenso wie Don Juans auf der Suche nach beschützenden Eltern sind, da ihnen eine Bezugsperson, gerade auch in der frühen Kindheit, gefehlt hat.

8 F. Nietzsche, Also sprach Zarathustra. In: F. N., Werke in 3 Bänden. Hrsg. v. K. Schlechta, München ^{8}1977, Bd. 2,

S. 328. F. Reventlow zitiert diesen Absatz in ihrem Aufsatz »Das Männerphantom der Frau«. Vgl. Anm. 17.

9 Johann Albrecht von Rantzau, Zur Geschichte der sexuellen Revolution. Die Gräfin Franziska zu Reventlow und die Münchner Kosmiker. In: Archiv für Kulturgeschichte 56 (1974), S. 394–446.

10 Klages hat auf den Roman wohl auch Einfluß genommen. Vgl. dazu den Briefwechsel zwischen Franziska Reventlow und Klages: Briefe, 289–375. Z. B.: »Wenn ich Ihnen nun diese zwei Teile vorläse, können wir die dazwischen liegenden vielleicht zusammen festlegen, was dann kommen soll und was weg.« (S. 347) Aber: »Lieber Freund, werden Sie nicht böse, aber ich glaube, ich möchte die Retouschierarbeit doch lieber selbst machen. Vielleicht ist das Hysterie, aber ich bilde mir auf einmal ein, daß ich dann ein ähnliches Gefühl haben würde, wie wenn mir z. B. jemand in eine Zeichnung etwas hineinzeichnet, das vielleicht viel besser ist, wie das was ich machen würde. –« (S. 357)

11 Zu den Briefen an Friedl Merold vgl. Briefe an Emanuel Fehling. In: Briefe, S. 9–279; zur Pensionatszeit: Altenburg. In: Franziska zu Reventlow, Autobiographisches. Hrsg. von E. Reventlow. Mit einem Nachwort von W. Rasch, München 1980, S. 240–260. Zu den Tagebuchauszügen: Franziska Gräfin zu Reventlow, Tagebücher 1895–1910, Hrsg. von E. Reventlow, Frankfurt am Main 1976, S. 9–67.

12 Briefe, S. 359 [Schäftlarn, etwa Mitte November 1901].

13 Vgl. Wolfdietrich Rasch, Zur deutschen Literatur seit der Jahrhundertwende. Gesammelte Aufsätze, Stuttgart 1967. Richard Hamann/Jost Hermand, Impressionismus. Epochen deutscher Kultur von 1870 bis zur Gegenwart, Bd. 3, Frankfurt am Main 1977. Dominik Jost, Literarischer Jugendstil, Stuttgart 1969. Helmut Kreuzer, Die Boheme. Analyse und Dokumentation der intellektuellen Subkultur vom 19. Jahrhundert bis zur Gegenwart, Stuttgart 1971. Johannes Székely, Franziska Gräfin zu Reventlow. Leben und Werk. Mit einer Franziska-Gräfin-zu-Reventlow-Bibliographie, Diss. Köln 1977. Helmut Fritz, Die erotische Rebellion. Das Leben der Franziska Gräfin zu Reventlow, Frankfurt 1980. Marlis Gerhard, Franziska zu Reventlow. In: Frauen. Porträts aus zwei Jahrhunderten, Stuttgart 1981, S. 226–243.

14 Zur Kritik der Weiblichkeit. Essays (1905); Auszüge wiederabgedruckt in: G. Brinker-Gabler (Hrsg.), Zur Psychologie der Frau, Frankfurt am Main 1978, S. 98.

15 Franziska Reventlow hat den Roman gelesen. Vgl. Tagebücher, S. 361.

16 Vgl. zu Hedwig Dohms *Christa Ruland:* G. Brinker-Gabler, Die Frau ohne Eigenschaften. In: Feministische Studien 3 (1984) 1, S. 117–127.

17 Wiederabgedruckt in: Autobiographisches, S. 468–481. Der Aufsatz erschien in den *Züricher Diskussionen*. Der Herausgeber Oskar Panizza änderte Franziska Reventlows Titel »Was Frauen ziemt« in »Viragines oder Hetären«. Gleichfalls in der Reihe der *Züricher Diskussionen* erschien 1898 Franziska Reventlows Aufsatz »Das Männerphantom der Frau«, eine Entgegnung auf den zuvor veröffentlichten Aufsatz Ria Claasens »Das Frauenphantom des Mannes«.